文学青年编年史

方岩 著

上海文艺出版社

目 录

第一辑
历史的技艺与技艺的历史 / 003
历史如何虚构传奇 / 022
偷袭者蒙着面 / 045
欲望说明书 / 067
文学青年编年史 / 088

第二辑
历史的红利和盆栽的人生 / 127
革命时期的爱情 / 137
红旗下的蛋 / 146
"你自高高云端,他们在罂粟之田……" / 153
经验仿制、中产滥情与抛向历史的媚眼 / 166
历史遗迹、写作"中段"与自我辩护 / 174

第三辑

文学史幽暗处的高晓声 / 189

李準·1985·茅盾文学奖 / 218

"80年代"作家的溃败和"80后"作家的可能性 / 232

穿过话语的密林和荒原 / 263

现实感、历史观与新经验 / 295

后记

几句话 / 317

第一辑

历史的技艺与技艺的历史

一

> 上海的正史,隔着十万八千里,是别人家的故事,故事中的人,也浑然不觉。[1]

这句话出自小说的第一章,被印在单行本的封底上,大概是想引导读者注意到,这是一个与大历史相对疏远的故事。这其实是个误导。虽说王安忆在历史叙事上一向克制、内敛,但未必就意味着她倾心于历史的例外状况。把这句话还原到小说的语境中,便不难发现,在这句话之前,小刀会如何让富贵之家走向没落的故事点到为止,而这句话之后,世家弟子在亡

---

[1] 王安忆:《考工记》,花城出版社 2018 年版。后文中凡引自该书的引文,不再一一注释。

国之前的歌舞升平、吃喝玩乐的故事才刚刚开始。平静的叙述语调与大历史呼之欲出的压迫感、颓败感构成了紧张、饱满的张力关系。所以，与其说王安忆试图描述一个游离于大历史之外的世情故事，倒不如说，她在刻意保持一种距离，从而能够更为从容地描述大历史的丰富表情，或者说，去深描大历史的某个不为人知的面孔。

故事才过三分之一时，小刀会又被重新提起，这倒印证了前面的判断。

>大伯却摇头了：世人都以为恶报，其实不然，那小刀会可说是绿林中人，吃野食的，倘若造化大，就坐龙椅了，这就叫"道高一尺，魔高一丈"！所以，大伯指指东墙：千万不要惹！陈书玉点头了。

此时，已是解放后。"东墙"这边是昔日的世家，"东墙"那边是新社会的无产者。世家因为院落被侵占而欲向无产者伸张权力，结果是"身后'哗啦'一响，一块半砖抛过来，碎成齑粉"，于是便有了前述的对话。时代的吊诡之处正在于大历史中显赫的革命和暴力，与世情中潜隐的戾气和蛮横，很多时候是气息相通的。所以，细描日常中的隐忍和逆来顺受未尝就不是直面大历史的一种姿态。重新审视这样的场景，便会发现隐忍未必是置身事外的表现，很可能源于对即将展开的大历史的恐惧和担忧。

> 油毛毡下已经钻出一个女人，叉着腰，昂头指了他道：拆房子吗？新社会了，社会主义了，穷人翻身了，不受剥削了……连珠炮的一长串，他几度张嘴，几度遭遇狙击，发声不得，何况论理。大伯拉他落地，来不及撤梯子，掉头避进内厅，身后"哗啦"一响，一块半砖抛过来，碎成齑粉。稍事喘息，大伯道：历来刁民最可怕，赵匡胤、朱元璋、李自成——本已经坐了龙庭，想不到来了个更野的，忽必烈，茹毛饮血之类，不是有句俗话，乘车的敌不过穿鞋的，穿鞋的敌不过赤脚的；又有一句，五百年必有王者兴，"王者"是谁？正是草莽中人！

两种声音在这里交织，显得意味深长。一方面是尖锐的冲突。前者嘹亮、直接，但不免有权力的噪音的嫌疑，"它是权力——不论何种形式——的附属物"[1]，因为政治正确的词汇打断了是非的讨论，或然

---

[1] ［法］贾克·阿达利：《噪音：音乐的政治经济学》，宋素凤、翁桂堂译，河南大学出版社 2017 年版，第 18 页。

的历史正义以粗暴的形式表现出来。与此相比,后者的低声细语更像是某种暧昧的历史评价。尽管相形之下,后者在欲说还休中闪烁的那些词汇和评价,在今天看来更像是某种陈词滥调。但是,在新的历史并未向世俗社会展现其足够的说服力的时候,这未尝不是特定语境中存在的一种真实的历史感受,这种感受正是源于反复循环的旧历史的经验提醒。这与面对尚未充分展开的未来所怀有的恐惧和担忧,其实是一种感受的两种面相。所以窃窃私语其实是一种压抑、隐忍的状态。然而,不管是理直气壮还是低眉顺眼,两种声音却分享了非此即彼的对抗逻辑,旧历史的幽灵飘散在新历史的高昂的情绪中。从这个意义上讲,这两种声音似乎又在某种程度形成了互证。正如旧历史可以用一栋老宅的墙区隔出两个阶层,而新历史却用一道看不见的墙重新划分了群体:

  时代将人划分了两边,这边是过去,那边是现在,奚子划到了那边,剩下的他们几个在这边。陈书玉逐渐意识到,界限是难以逾越的……事实上,过不过得去不由自己说了算。

二

然而,《考工记》并不仅仅只是一个被历史挟裹或抛出轨道的世情故事,因为王安忆的叙述的焦点,从未离开过一栋老宅,包括前述的那些引文所涉及的事件也是由老宅引发的。小说的第一句便是从陈书玉回到老宅开始叙述:

> 一九四四年秋,陈书玉历尽周折,回到南市的老宅。

小说的最后一句,老宅成为了文物,摇摇欲坠:

> 四面起了高楼,这片自建房迟迟没有动迁,形成一个盆地,老宅子则是盆地里的锅底。那堵防火墙歪斜了,随时可倾倒下来,就像一面巨大的白旗。

除了离家的两年,陈书玉在老宅里度过了一生。老宅见证了晚清、民国、解放后至今的时代风云,在祖辈的故事里或许还见证了更早的历史,而陈书玉亦亲历了从民国的繁华和凋敝、1949 年之后的曲折和稳健,直到新世纪的来临。历史从未在别处,一直在雕刻塑造宅子和宅子里的人，而宅子和宅子里的人也在努力辨析那些历史痕迹，以试图理解历史的风向和表情。最后，历史昂首向前，留下一具老迈的肉身和一座颓败的老宅相互守望，铭刻着"煮书亭"的石碑便成了历史曾经来过的证据。

这是颇具匠心的叙事结构设置，正如小说中老宅的选址、外观、选材、内部结构、布局、图案装饰都出自匠心独具的设计。而要将这一切匠心精细地呈现出来，只能依靠出色的手艺，或者说技艺，这对于小说的创作是如此，对于一栋建筑来说亦是如此。技艺的结果一方面关乎实用，另一方面则事关审美，而不管是审美还是实用，都带有时代的烙印。因此，当技艺问题被讨论时，从来就不仅仅是技艺本身的问题，这就是科技史在谈论具体的技艺问题时，为何总是要以特定时空下的历史、地理、经济、文化、思想等要素作为基本背景来讨论[1]。更何况技艺造物何尝不能在隐喻意义上来形容历史塑造、赋形诸种状况呢？

这样便不难理解王安忆何以会用《考工记》这个名字，这个名字是对古代典籍《考工记》的直接借用。它是我国第一部手工艺技术汇编，据考证成书于春秋

---

[1] 参见［英］李约瑟：《中国科学技术史：第一卷导论》，科学出版社、上海古籍出版社1990年版。

战国时期，后来被奉为经书，又称《周礼·冬官·考工记》。在目前较为通行的版本里，开头如下：

> 国有六职，百工与居一焉。或坐而论道，或作而行之，或审曲面埶，以饬五材，以辨民器，或通四方之珍异以资之，或饬力以长地财，或治丝麻以成之。坐而论道，谓之王公；作而行之，谓之士大夫；审曲面埶，以饬五材，以辨民器，谓之百工；通四方之珍异以资之，谓之商旅；饬力以长地财，谓之农夫；治丝麻以成之，谓之妇功。……知得创物，巧者述之守之，世谓之工。百工之事，皆圣人之作也。烁金以为刃，凝土以为器，作车以行陆，作舟行水，此皆圣人之所作也。[1]

在这样的表述中，各种工匠（百工）的职业身份和职责虽在国家制度层面予以承认，但是重点却是在强调"百工之事"出自"圣人之作"，即工匠们的技艺是圣人的发明。可见，除却工具性、物质性价值，技艺更是与制度、历史、伦理相关。《考工记·匠人》便是个很好的例证。"匠人建国"、"匠人营国"是对

---

[1] 闻人军译注：《考工记译注·前言》，上海古籍出版社 2008 年版，第 1 页。

匠人职责的总结。"国"就是城邑，所谓"建国"、"营国"就是"建置城池、宫室、宗庙、社稷，并规划国城周围之野。"[1]所以，"匠人"远非我们今天所理解的那样，其实是个特定的称谓："匠人所负责的建筑工作是属于官营建筑范围。匠人是专门为王室即政府服务的建筑工匠。"[2]可见，"匠人"不仅意味着技艺和谋生，更是职责和服务对象都非常明确的官职，他是国家机器的构成部分，是从周代开始延续了数千年的工官制度的中心。事实上，"百工"既可以被理解为各种工匠，亦可以被理解为掌管营建制造之类事物的官职名称[3]，即"国有六职，百工与居一焉"。由此，也就不难理解，何以"百工之事"在礼教、礼制的语境中经常被提起。比如，《论语》中曾有"百工居肆以成其事，君子學以致其道"[4]的说法，在隐喻意义上以工匠技艺的习得来描述君子得道的方法，在另一处则引用《诗经》中描述打磨玉器玉石过程的句子"如切

---

1 闻人军译注：《考工记译注·前言》，上海古籍出版社2008年版，第112页。
2 孙大章编著：《中国古代建筑史话》，中国建筑工业出版社1987年版，第42页。
3 参见闻人军译注：《考工记译注·前言》，上海古籍出版社2008年版，第1页"注释（1）"。
4 杨伯峻译注：《论语译注》，中华书局2006年版，第226页。

如磋,如琢如磨"[1]来形容修学问道的过程[2]。还有一处需要提及：

> 哀公问社于宰我。宰我对曰："夏后氏以松,殷人以柏,周人以栗,曰,使民战栗。"子闻之,曰："成事不说,遂事不谏,既往不咎。"[3]

《论语》中的这个片段旨归固然在别处，但是"夏后氏以松，殷人以柏，周人以栗"这个细节却传达了非常重要的历史信息，即祭祀器物的选材与制度沿革、历史变动之间的关系，强调的是技艺的政治性。小说里的一些细节聚焦的正是一点：

> 祖父说，这宅子的原主当是京官，因宅基正北正南。上海地方，设在江湾滩涂，高低左右难以取直，街市房屋互相借地，这里出来，那里进去，但从这宅子的形制，却可推出中轴线来。

---

[1] 程俊英：《卫风·淇奥》，《诗经译注》，上海古籍出版社1985年版，第99页。
[2] 参见杨伯峻译注：《论语译注》，中华书局2006年版，第10页。子贡曰："诗云：'如切如磋，如琢如磨'其斯之谓与？"子曰："赐也，始可与言诗已矣，告诸往而知来者。"
[3] 杨伯峻译注：《论语译注》，中华书局2006年版，第33页。

如果上述《论语》片段涉及的还只是三代祭祀的具体器物，那么《考工记·匠人》则记载了夏商周三代王城、王宫的整体设计方案，并成为后世王朝模仿的对象。所以，这也是何以在现代建筑史研究中，有些学者一定要把《考工记》这样的技术文献视为"营造法"，而区别于来自西方的"建筑学"这个概念：

> 从基本性质上来看，建筑学是一种科学技术和文学艺术的研究，本身并不含有政治性，它是科学的、学术型的；而营造法作为政府法规，是由朝廷颁布强制推行的，它是政治性的、制度性的。[1]

这倒是印证了小说中那些关于老宅的描述：

> 他顺势问几句祖宅的来历，大伯母说是老祖宗从一名大官手里买下，至于哪一朝的官，什么品级，大伯母说不上来，只是领他到前天井里，抬手向天一指：看见吗？要不是皇帝恩准，谁敢墙头游龙！门头上果然二龙抬头，向两边逶迤。

---

[1] 柳肃：《营建的文明——中国传统文化与传统建筑》，清华大学出版社 2014 年版，亚马逊（kindle 电子书）。

所以，典籍《考工记》并非单纯的技术资料汇编，更重要的是它是作为"礼制"的重要的构成部分而得以保存下来的。所谓"礼制"用现代性话语转译一下，就是大写的"政治"，即各种权力／话语关系编织的意义网络，它上及国家政治、法律制度、伦理道德、文化教育、艺术审美、礼仪仪式，下涉生老病死、衣食住行。这一切都是以人的塑造为中心，人又使用或发明器物展开社会实践，因而器物便兼有了实用和意义符号两种功能。同时，技艺本身抽象，只有附着于人具化为器物才能被看见、谈论。于是，历史、人、器物和技艺便有了复杂的互文和映射。因此，在这个意义上，我们不妨把典籍《考工记》视为小说《考工记》的基本语法来看待，或者说，典籍《考工记》所凸显的技术政治化、器物历史化思路是理解小说《考工记》的关键。

三

其实，历史本身便是一种技艺，雕刻人与万物，庞大到苍茫、渺小至微尘，无处不在却又无法描述，我们只能在历史雕刻过的人和器物中去辨析它可能的样子。所以，当王安忆反反复复地在小说中描述老宅的设计、图案、材质、工艺，以及围绕着老宅流传的故事时，她其实在追溯消逝的历史、制度、传统、伦理，以及能够记录、呈现这些事物的审美。但是在一个惯性被中断、未来亦不具有确定性的新的历史时空中，这一切注定以碎片的形式出现。碎片拼贴出历史可能的形状，小说便是历史可能的形态之一。

  书案收拾得很干净，整块瘿木面板经几代人手摩挲，油光锃亮映得出人影。他看见自己的脸，又似乎是祖父和父亲的，他们彼此相像。

  这是《考工记》里很典型的句式。器物被凝视，孤单的个体便延展出血缘、代际、家族等群体关系，于是叙事的时空、视野也随之蔓延、拓展。相对于肉身易逝，器物的纹理、裂痕隐藏着历史的秘密。器物有如历史的碎片，在它被肉身凝视的时刻，叠加的时空便被释放出来。

  那么如何让一个生于斯长于斯的人重新审视自己的居所及其器物，也就是说，如何让凝视合情合理地发生，便成了一个问题，这便涉及到王安忆小说技艺问题。在小说的开头，我们看到，陈书玉在离家两年后返回老宅，时间和距离提供了陌生化的前提，凝视便有了可能：

木的迸裂,从记忆的隧道清脆传出来,既是熟悉,又陌生。他回家了,却仿佛回到另一个家。

陈书玉离开老宅时,太平洋战争爆发,返回时抗战即将结束,紧接着便是国共内战,解放军接管上海,更何况他离家的两年还与抗战时期诸多大学西迁内陆有关。于是,在历史、人生的十字路口的陈书玉重新面对老宅,便成了一个颇具匠心的设计:首先,个人轨迹和历史大事件的交错为重新审视老宅提供了差异化的经验背景。这不仅为他回忆战争前的略显浮华的小开生涯提供了参照,并且陈书玉的放浪生涯又变成了回忆祖辈、父辈生活的参照。于是在一系列差异性经验背景的铺展中,叙事时空开始从战前上海最后的歌舞升平逐步拓展到晚清上海开埠。其次,离家两年亦为当年形影不离的四小开后半生迥异的人生道路埋下伏笔,由此,王安忆可以追随各自的人生经历将叙述伸向更加广阔、多元、具有差异性的经验领域。换而言之,正是离家两年才让四小开失散成为可能,由此四种人生才能成为四条叙事线索,也正是这四条线索的交织才能让王安忆在叙述 1949 年之后的故事时呈现出深刻的历史总体性。

事实上,王安忆的匠心在叙事上取得实质性进展正始于陈书玉第一次全面审视老宅的时候,初入家门时的回忆和感叹已经开始转向带有历史感的评价：

> 终于有一天，他骑车回家，看见自家宅子，宛如海水中的礁石，或者礁石上的灯塔，孤立其中，茕茕孑立。始料未及的，一阵心惊袭来，他感到了危险。就在这同时，他看出老宅的美。他向来不喜欢中国建筑的形制，觉得阴沉和冷淡，也许是心境相合的缘故，他忽就领略到一种萧瑟的肃穆的姿容。

"美"和"危险"都是历史和人生的不确定性结果。"美"是丧失的预感引发的，而"危险"则是对未知缺乏准备。围绕着"美"与"危险"的是历史的胶着、家族的聚散、友朋的亲疏、个人的困顿，而最终表现于老宅内部的居住格局的变动和日常生活的龃龉。大约就是从这个时候开始，陈书玉在祖父的指点下和讲述中，开始重构老宅的"美"，以及那些"美"背后的历史和世情，眼光愈发抛向过去的时空。于是，当"危险"真的来临的时刻，"美"却成了另外的样子：

> 新气象之下，那宅子显得颓然。不是因为陈旧，而是不合时宜。厅堂的高、大、深，本是威

严和庄重，但时代是奔腾活跃，一派明朗，于是就衬托出晦暗。木质结构的房屋，紫檀的幽微的光，仿佛古尸身上的防腐剂。

"危险"似乎真的杀死了"美"。在新历史的语境下，老宅充满了死亡的气息，像是宣告一个时代的落幕。历史的连贯性也似乎断裂了，"危险"变成了新历史的赞歌，与"美"阴阳两隔。然而，当历史把一座现代化工厂移进老宅的时候，生机勃勃的"危险"和奄奄一息的"美"似乎又建立起某种关联：

> 这一年，也就是一九五八年底，工厂开出了。一爿瓶盖厂，占据宅子的东西两部，以及后楼一排北房，将主楼的南面留给他家，其实也就陈书玉一个人……
> 工厂开班早他一个钟头，下楼推车时候，工人正陆续进厂，走了对面，两边人都偏一步。

社会主义的工厂嵌入世家的老宅，是个容易引发惯性思维的场景。事实上，两种历史狭路相逢，新历史既没有摧枯拉朽，旧势力也没有负隅顽抗，一切仿佛自然生长，工厂建成后，老宅里的人与工厂里的工人按照各自的社会角色及其秩序按部就班地履行着职责。换而言之，王安忆发现了一个奇妙的景观，映照出我们自身关于历史理解的肤浅和固执：两种不同的历史、文化和记忆在老宅中狭路相逢时，竟不是虎视眈眈地仇视和对抗，反倒多了几分小心翼翼地凝视和谦让。或许我们早就习惯了大历史气势汹汹地碾压一切的那种简单、粗暴的身影，却从未仔细地体察过历史在细节处繁复、多变、丰富的面相。即便是简单、粗暴，也未必要以明火执仗的样子表现出来：

> 大虞喝一口酒，说，进院子时候，看地坪的青石板，有几块碎得厉害，大约是机器运送碾压，过廊上的歇山顶也损了好多片，这木质的建造，到底抵不住铁物，五行里不是说"金克木"？陈书玉自己丝毫没注意，在他眼中，这宅子早已颓圮，都可以上演"聊斋"中的鬼戏。倒是工厂开办，充斥进人气，活过来似的。

"金克木"是来自传统的世界观，但这并不代表它不能解释新历史的速度和力量。新历史的雄心和暴力就藏在破碎的青石板的缝隙里、损坏的走廊歇山顶的裂纹中。正如，工厂食堂的老厨子和后来新建的值班室的守夜人一直作为新历史拟人化的存在如幽灵般打量着这栋老宅。前者意味着秩序的重组和权力的重新分配，后者则意味权力的震慑、监督：

> 老厨子说，当年跟父亲进来办宴，也是这厨房，柴灶上坐着高汤的瓦钵，昼夜不熄火。老厨子用筷子根夹起自己盘里的虾，送到他盘子，似乎感谢有人听他说话，不是别人，正是园子的后人。谁想得到，会有一日，面对面坐着吃饭……
> 机器声隆隆响，厨房里则充斥一股慵懒的空气。

时代的轰鸣和世俗的气味的奇妙混合，竟然有了温暖、安详的氛围。或许这稍稍松动了疾风骤雨时代里的严肃表情。然而，这安详显得意味深长，因为听与说的位置早已置换，老宅的主人成了沉默的聆听者，那么隐隐的不安也就弥漫开来。

老厨子犯事被捕以后，工厂便安排了守夜人，然而他与宅子的主人却从未谋面：

> 他家宅子，怎么说呢？不只他一个人，还有一个，一个什么人？隐身人！他忽觉得，身前身后都是隐身人，就像旧时好莱坞电影里的化学博士，消失形骸，视和听的功能却全在。他不敢出声，用眼神示意对方，神情忽变得诡异，使奚子大惑不已。

历史的技艺与技艺的历史　　019

很多时候，沉默和静寂亦是宣称权力在场的一种方式。正如被陈书玉多次提及的那句话：顺其自然。而这个词汇正来自历史和权力的代言人"弟弟"的建议。所以，"自然"其实便是历史本身，是权力主动伪装、隐匿起来的历史。老宅的主人正是在权力的暗中庇护之下度过了一个又一个劫难，所以"上海的正史"从没离开过这栋老宅和陈书玉，只不过在历史狰狞的时刻，他总能被推开。

四

事实上，从工厂嵌入老宅的那一刻开始，老宅及其宅子中的人与器物就成为目睹新的历史进程的动荡和稳健的观察者和亲历者。大炼钢铁时，那些金属器物成为新历史激情的燃料；"文革"时，那些线装书和字画则付之一炬，燃起的火焰和留下的灰烬见证了历史的嚣张和虚无；恢复高考以后，老宅则成为补习场所，平添了几分抚平历史创伤、庇护幸存者的意味；市场经济来临之时，老宅又成为可以交换商品房的硬通货，并再次见证了世情和人心；直到新世纪来临，老宅被挂上"文物"的招牌，与历史的告别才刚刚开始……

当我们意识到不同时代的记忆一直在老宅中叠

加或铺展时,其实老宅已经完成了百年中国历史联系性的重建。此时再去讨论是新历史赋予了老宅新的功能和生命,还是老宅包容了新历史的自信和躁动,已经毫无意义。因为,历史的技艺和技艺的历史彼此交织、相互矫正,早就把老宅变成了器物,上面的花纹和刻痕隐藏着百年中国的历史和世情及其背后"美"和"危险"的秘密,如同老宅中的窨井盖上面那些让陈书玉始终难以确认的奇异图案,它们未必就与特定时代的工艺相关,它们的造型可能就是过去时代的诸种历史和审美层层积累、相互包容的结果。

(原名《历史的技艺与技艺的历史——读王安忆〈考工记〉》,刊于《扬子江评论》2019 年第 1 期。收入集子时,有所改动)

历史如何虚构传奇

一

"历史"终结的时候,我们方能回溯其过程及其意义的复杂性,正如"虚构"的发生,也只有语言走到尽头的时候,我们才能从容地谈论起其形态和意图。只是,当《山本》这样的文本出现的时候,"历史"与"虚构"在其中相互纠缠,既彼此成全又相互消解、掩盖,描述、谈论其中涉及的问题都变得尤其困难。

所以,当一切都尘埃落地,从结尾谈起,未尝不是一个合适的办法。可能是突然降临的死亡,造就了《山本》仓促而稍显生硬的结尾:

> 这日子破了,心也破了。抬起头来,而安仁堂的那几间平房却安然无恙,陈先生和剩剩,还有一个徒弟,就站在大门外的娑罗树下看着她。

……炮弹还是不停地在镇里落着……陆菊人说：这是有多少炮弹啊，全都要打到涡镇，涡镇成一堆尘土了？陈先生说：一堆尘土也就是秦岭上的一堆尘土么。陆菊人看着陈先生，陈先生的身后，屋院之后，城墙之后，远处的山峰峦迭嶂，以尽着黛青。[1]

城池灰飞烟灭，历史也似乎停滞，幸存者意味着什么，便成了一个问题。安仁堂的主人陈先生是位"瞎了眼的郎中"，他不仅疗救涡镇人的身体疾患，而且还能纾解这个地方的街坊纷争和人伦纠葛。这个试图把群体的肉身和精神复归健康状态和良好秩序的人物形象，难免使人想起那个在古炉村游荡的"善人"。善人认为身体疾患源自心病，所以大部分患者都是通过与善人聊天而被治愈的，同时善人又喜欢用疾病的发生和治愈来描述人心和外部世界秩序的崩塌、错乱及其复位。与陈先生一样，善人同样是个能够同时修补肉身疾患和伦常失序的人。于是，他们都成为了"革命"的幸存者……

贾平凹对幸存者的偏爱与执着是显而易见的，因

---

[1] 贾平凹：《山本》，作家出版社2018年版。后文中凡引自该书的引文不再一一注释。

为他会在《后记》中刻意地引导读者对这些形象的理解。关于陈先生,他强调:"我需要书中的那个铜镜,需要那个瞎了眼的郎中,需要那个庙里的地藏菩萨。"对于"善人",他则评价到:"在人性爆发了恶的年代,他注定要失败的,但他毕竟疗救了一些村人,在进行着他力所能及的恢复、修补,维持着人伦道德,企图着社会的和谐和安稳。"[1] 但是就实际的美学效果而言,这些形象因其高蹈、漂浮而缺乏基本的感染力和说服力。因为意图压垮了技术。贾平凹念兹在兹的是儒释道混杂而世俗的实用观念之于人心、社会的干预和疗救。他对这些前现代思想的效用有着近乎宗教般执迷。这份执迷会驱使他有意识地忽略或者无意识地跳过"血肉之躯"的丰富性、可能性在技术上的要求,而制造出一个"扁平"的人物。我想,大概是因为"扁平"挤压了思想的复杂、语义的缠绕,可以较为直白、纯粹地传达意图。

另一个与此相关的问题是,从叙述的角度来看,幸存者陈先生的行为从未构成任何推动叙事进程的动力,善人亦是如此。但是,他们的身影又几乎穿梭于与叙事进程相关的场景中。在场的时候,不提供动力,不在场的时候又以缺席的方式提醒存在感。这一切无

---

[1] 贾平凹:《古炉》,人民文学出版社2011年版。

疑是作者权力意志运作的结果。正如陈先生，他参与了涡镇的日常，救死扶伤，抚慰人心，其行为却无法与叙事情境、故事发展形成张力关系。他的存在更像是舞台上的烟雾，制造氛围，烘托气氛，却不构成动力。

这样看来，故事里的幸存者竟是作者观念凭借权力意志运作的产物，在作者观念、意图与技术以及美学效果三者之间的张力关系中，幸存者更是胜利者，尽管这个依凭权力意志制造出的文本中的克里斯马（charisma）只是个外强中干的存在。我想，作为讲故事的高手和老手，他并非不清楚这种处理方法的简陋之处。但是，他依然铺排了三个"需要"来强调合理性。所以，这种"需要"，可能真的是贾平凹个人的"内在"的需要。对此，可能我们需要换个角度，带着"同情"来看待这个问题。需要补充的是，如何看待贾平凹在前现代问题上近乎宗教般的执迷态度，是个智者见智、仁者见仁的问题。比如说，当有人用"传统"及其相关的概念和表达形式来描述这个问题时，价值判断一定又会是另外的样子。对此，我只是暂时搁置了关于这个问题的讨论，并不意味着我改变了自己的看法。当我使用"同情"这个词的时候，是想强调，当我们站在某种思想的对立面的时候，并不意味着我们不能以平等的态度、移情的方式，去理解贾平凹的这种内在需要，从他的立场来看，我们可以将之称为"贾平凹的困局"。

《古炉》直面了"文革",《山本》则面对的是"二三十年代的一堆历史",两者面对的都是动荡的大历史,简单说来,皆为"乱世"。《古炉》里的故事是乡村里的"文革"武斗,并混合着宗族械斗;《山本》里故事则是山沟里的革命和背叛,以及落草为寇或逼上梁山的传奇。故事皆发生于封闭的乡村,主体皆为对外界信息接收滞后的农民。所以这些故事的基本进程就是,乡土社会被迫卷入大动荡的时代,秩序中断,伦常崩坏,简单地说,就是"乱世"冲击、摧毁了"安稳"。由此,混乱和秩序构成了叙事进程中对立的两极关系。考虑到贾平凹关于"安稳"和"秩序"的理解相对简单和直白,那么,如何描述"乱世"之"乱"则成为贾平凹书写历史的难题和困局。所谓"乱世之乱"就是历史的复杂性。以《山本》所依托的1920年代至1930年代的中国历史来说,绕开可能的话语禁忌和具体的史实描述,仅以观念及其代表的利益诉求来讲,几乎所有重要的价值观冲突和利益纠纷,都是以"革命"的名义、以暴力为手段作为"沟通"问题最主要的方式。面对历史的迷乱和狂暴,任何人都会有自己的书写困局,只是贾平凹选择了较为保守的解决方式。他选择了一套朴素、恒定、简单易操作的价值系统来作为它描述乱世景象的平台、视角和参照系，我们可以将之通俗地理解为，以静制动，以不变应万变。为此，他不惜以简陋的技术手段去牺牲故事里"乱世"所可能带来的充沛、复杂的审美张力和思想景深。由此，我们也就不难理解，前面所提及的贾平凹的三个"需要"其实是具体的、直白的：风水宝地里出土的"铜镜"，其模糊的镜面中折射的终究是晦暗的宿命之光，一切意外和断裂都因命定而失去讨论的必要；同样，历史的原罪和生机、血污和进步等复杂的辩证关系在"庙里的那个地藏菩萨"普度众生的目光里也只能被化解为"生死有命富贵在天"之类的廉价叹息；陈先生更像是一整套伦常秩序和价值观的拟人化的随从或向导，是他在历史迷局中穿行的陪伴和拐杖，是他觉得他可以轻松撬动大块历史的阿基米德支点。所以，幸存者确为贾平凹的"内在需要"，这不仅在技术上能够减轻他书写历史的难度，更是在心理上构成了他从"现代历史"中从容撤退的后花园。

二

指出《山本》在技术、审美和观念等层面出现的"症候"，并不意味着要去否定贾平凹书写历史的真诚和雄心。因为，这些"症候"的出现，与讲述和这段历史有关的故事的难度，是有关的。如贾平凹所言："那年月是战乱着，如果中国是瓷器，是一地瓷的碎片年代。"这样的表达再次令人想起《古炉》。《古炉》的英译名为"china（瓷器）"，所以，通常的理解是，那个以烧制瓷器为生的村子里发生的故事，也就成了关于"继续革命的中国"的隐喻。这样的理解正确而直白却也没有多少值得继续讨论的空间，因为作者的历史观一直在牢牢地牵引着故事进展。但这样的思路未必适用于《山本》里的涡镇故事。因为，情境的变化使得雷同的表达有了不同的意义。

需要说明的是，考虑到话语空间的边界问题，我将尽可能地使用中性或略带抽象的词汇和表达形式来谈历史问题。这便意味着，这种谈论历史的方式在一定程度上可能会限制、阻碍乃至曲解我对于这些历史的真实的态度、情感和价值判断。

用"一地瓷的碎片年代"来描述1920年代、1930年代的历史，不是用心良苦的隐喻，更像是力不从心的写实性白描。因为，除了具体的碎片和局部，在政治、经济、文化、军事等任何层面，都无法找到对这段历史进行总体化描述的有效途径。比如说，当时的各种形式的政权、各种军事力量占据着地理上的不同区域，却不约而同地宣称对"中国"统治的合法性，长时间、大规模地四分五裂；各种政治势力鼓吹不同的意识形态及其支持的现代民族国家方案,为了取而代之而不知疲倦地斗争,此消彼长,胜负难分;国际政治势力彼此之间的结盟、分裂参与到国内各种政治势力的合纵连横中,任何具体历史事件的描述皆是千头万绪……

所以,虽说同为中国"现代"历史意义上的"乱世",但是《古炉》中的乱只是国家内部秩序暂时的失控,甚至在某种程度上可以说,是可控范围内的失控。因此,前文提到的现实中局部与整体之间在某些经验上的同步性、同构性,便在"虚构"与"历史"之间搭建了一条宽阔的路,隐喻的生成顺畅而直接。当然这也可能导致隐喻含义的单调而直白。

而《山本》里的"乱",却是一种无中心、无方向意义上历史景象的胶着、混乱和壮烈。想象一下在这样的情境中讲述故事的困境和可能。特殊历史时期四分五裂的时局和地理空间,以及交通、信息传递的滞后和阻碍,很容易造就地区经验的特殊性。过于执着于经验的特殊性,很容易忽略其与开放性、可交流性之间微妙的张力关系。顺着特殊性经验所鼓励的震惊、兴奋和好奇走下去,小说很可能会走入传奇、异闻的"歧途"。封闭时空里的故事,往往是会切断历史维度的。但不可否认,这也是小说的一种写法。但是,贾平凹偏偏是个企图书写大历史的人,"龙脉""秦岭""黄河""长江""南方""北方"这些负载着宏大意义的词汇占据了五十个字的《题记》的大部分空间。设若贾平凹想在《山本》中写出历史的复杂性，或者说复调的历史隐喻，那么，"虚构"里的涡镇就不能仅仅是秦岭的化身，或者说，涡镇不能仅仅是装载贾平凹所珍视的秦岭里的那些草木鸟兽、人事传奇的容器。因为，时空的封闭性要被打破，经验的特殊性才能在比较中得到区别和确认。同时，不同类型的经验相互抵触、影响，不同的视野、感觉交汇、叠加，方能激发故事的丰富性，由此，意义的多重性和历史隐喻的复调方有发生的可能。正是在这个思路之下，我们不妨把"涡镇"理解为一个场域，影响 1920 年代、1930 年代中国历史的各种因素，包括贾平凹念兹在兹的与秦岭相关的地方性知识，在这里相互激荡，交织成错综复杂、泥沙俱下的秦岭大故事。重新想象这个过程，便有了《山本》。正是在这层意义上，"涡镇"涤荡去秦岭所赋予的地理属性和限制，而成为隐喻意义上的历史漩涡。而"涡镇"之"涡"本就是水流交汇、形成漩涡的意思：

> 涡镇之所以叫涡镇，是黑河从西北下来，白河从东北下来，两河在镇子南头外交汇了，那段褐色的岩岸下就有了一个涡潭。涡潭平常看上去

平平静静，水波不兴，一半的黑河水浊着，一半的白河水清着，但如果丢个东西下去，涡潭就动起来，先还是像太极图中的双鱼状，接着如磨盘在推动，旋转得越来越急，呼呼地响，能把什么都吸进去翻腾搅拌似的。据说潭底下有个洞，洞穿山过川，在这里倒一背篓麦糠了，麦糠从一百二十里外的银花溪里便漂出来。

三

于是，到底是什么样的历史形塑了涡镇的故事形态，便成为需要继续讨论的问题。在这样一个时代，"历史"与"虚构"并置，多少会产生诡异的意味。因为，我们既不能跟"历史"许下关于"真相"的承诺，亦不能与"虚构"达成关于"谎言"的和解。所以，"虚构"中的"历史"，或"历史"如何进入"虚构"之类的话题被提起时，讨论将变得极其困难，因为，这些词汇组合在一起像是同义反复的文字游戏。于是，一种不得已而为之的妥协诞生了：我们会假定，用文字可以对已经发生的事情进行客观、真实的记录和还原，或者说存在一种以此作为目标的叙述，我们称之为"历史"；而那些把未曾发生或可能发生的事情当做已经发生的事情来叙述的文字，则被称之为"虚构"。这是众所周知的常识。不得不承认，很多时候，离开属于权宜之计的知识分类，我们将无法谈论任何问题。然而在另外的一些时刻，我们会遇到一些问题，他们挑战着我们对于知识分类及其惯性思维的确信，提醒我们相对模糊的边界有助于更清晰地审视问题。《山本》中的涡镇故事就属于这种情况。

《山本》的开头写到："陆菊人怎么能想得到啊，十三年前，就是她带来的那三分胭脂地，竟然使涡镇的世事全变了。"这是一个典型的"讲故事"的开头。操着世事沧桑的腔调，准备从"很久以前"说起。在我们的常识范畴内，这是"虚构"开始了。贾平凹在《后记》里也在印证这一点："这期间收集到秦岭二三十年代的许许多多传奇……，从此倒兴趣了那个年代的传说。""传说"也好，"传奇"也罢，其实都是我们在"虚构"范畴可以把握的对象。事实上，贾平凹并没有让《山本》变成奇崛的故事和怪力乱神的想象力的跑马场，时不时会有真实的历史片段插入故事。比如说："形势已经大变，冯玉祥的部队十万人在中原向共产党的红军发动进攻，红军仅两万人，分三路突围，一路就进了秦岭。"抛开具体的细节问题，判断这句话所涉及的史实并不难。因为，冯玉祥充满争议的一生中，唯一一次与中共的大规模武装冲突便是对"渭华起义"的镇压。1928年4月至6月间,刘志丹在陕西东部起事,冯玉祥派出三个师围剿[1]。

但凡与历史相关的"虚构",大约都会以所谓真实发生的历史作为叙事背景。尽管我们与"虚构"可以达成关于"骗局"的和解,但这并不意味着"虚构"就此放弃伪装成真实的企图。所以,这是一个比较程式化的技术问题。但是《山本》并未止步于此。历史片段频繁地出现在涡镇的故事中,他们不仅构成了情节发展和叙事进程的极其关键的动力因素,而且规定了故事发生的基本走向和形态。接下来,我将通过一些例子来说明这些问题。

涡镇的故事取得实质性进展,始于井宗丞成为涡镇舆论的焦点时:

保安队剿灭了一股共匪,把共匪的一个头目的头割了就挂在县广场的旗杆上。涡镇的人似乎听到过共产党这话,但风声里传着共产党在秦岭北面的大平原上闹红哩,怎么也进了秦岭?阮天保就说共产党早都渗透来了,县城西关的杜鹏

---

[1] 参见王云:《渭华起义》,政协陕西省委员会文史资料研究委,《陕西文史资料选辑·第六辑》,陕西人民出版社1979年版。

举便是共产党派来平川县秘密发展势力的,第一个发展的就是井宗丞。为了筹措活动经费,井宗丞出主意让人绑票他爹,保安队围捕时,他们正商量用绑票来的钱要去省城买枪呀,当场打死了五人,逃走了七人,后来搜山,又打死了三人,活捉了三人,其中就有杜鹏举,但漏网了井宗丞。

根据上下文的语境,并不难判断具体的史实背景。中共全面转入地下"秘密"活动是1927年"四·一二"政变之后的事情[1]。稍后的6月,冯玉祥便开始在其辖地河南、陕西、甘肃三省进行"分共"和"清党"[2]。还原此处的史实细节旨在说明,贾平凹将传奇的发生或者说虚构的走向夯实在真实历史的底座上。当历史明火执仗地闯入虚构,涡镇的故事便获得了一个决定性的开始,借用萨义德的一个术语,即"开端":"指定一个开端,通常也就包含了指定一个继之而起的意

---

1 参见王奇生:《革命与反革命:社会文化视野下的民国政治》,社会科学文献出版社2010年版,第六章《党员、党组织与乡村社会:广东的中共地下党》。
2 参见杨奎松:《革命(叁)·国民党的"联共"和"反共"》,广西师范大学出版社2012年版,第五章第五节《从和平分共到武力清党》。

图……这样，开端就是意义产生意图的第一步。"[1] 很显然，从这个时候开始，涡镇的故事生长出一条重要的线索，或者说"革命叙事"被植入涡镇的日常，因为秦岭的珍禽走兽和奇人异事孕育不出"现代革命"的种子。这是一个历史引导、牵制虚构的叙事过程。随后的若干处关键性情节亦印证了这种策略。

继续举例子说明。井宗丞所主导的"革命叙事"在崇山峻岭中高歌猛进的时候，显豁而重要的史实依然与这个故事如影随形，并构成了决定故事基本形态的重要因素。

> 当红十五军到达平原后和北方高原上的红十七军会师，开始冬季反攻，占领了平原西部一座城市，又围困起另一座城市，省委指示红十五军团进一步牵制国民六军不得去平原支援，宋斌就想集中力量先攻下防卫相对薄弱的麦溪县城，建立第一个秦岭苏维埃政权。对于宋斌的主意，蔡一风一直有些犹豫，他认为以眼下的力量还不足以能拿下麦溪县城，即便拿下，能否长久守住？

---

[1] ［美］爱德华·W·萨义德：《开端：意图与方法》，生活·读书·新知三联书店，第21页。

历史如何虚构传奇

这段引文的信息集中于"城市"。这个名词同样构成了1930年代前半段中共内部路线分歧的关键词。从中原大战爆发后李立三提出"没有中心城市的暴动，决不能有一省与几省的胜利"[1]，到王明依靠共产国际的支持以更为激进的姿态继续推行"城市中心的观点"[2]，在相当长一段时间内，城市暴动和集中力量攻打中心城市是红军军事行动不可违抗的原则。受此影响，中共内部的政治斗争在1935年之后才相对平息。尽管在后来的一些党内决议和党史叙述中，将这些观点及其相关行为被定性为"'左'倾冒险错误"和"'左'倾教条主义错误"[3]，但是在当时，李立三、王明等宗派团体一样可以把"右倾""调和主义""右倾机会主义"等政治标签送给那些反对他们的人，同时伴随一些强制措施或暴力手段。由此，我们也就不难理解下面这段引文之于"革命叙事"的意义。

  井宗丞说：这是咋回事？阮天保说：我这里

---

[1] 胡绳主编：《中国共产党的七十年》，中共党史出版社1999年版，第114页。
[2] 中共中央党史研究室：《中国共产党历史·第1卷·1921-1949（上）》，中共党史出版社2011年版，第311页。
[3] 参见中共中央党史研究室：《中国共产党历史·第1卷·1921-1949（上）》，中共党史出版社2011年版，第十章《革命运动的曲折发展和红军三次"反围剿"的胜利》。

> 有军团长宋斌的命令，你看看。哦，你现在没办法看，那我给你念念：阮天保团长，鉴于井宗丞犯有严重的右倾主义罪行，命令你在他一到崇村，立即逮捕。井团长，你听清了吗？井宗丞说：这不可能，军团长为什么要逮捕我？阮天保说：命令上不是写着你犯有严重的右倾主义罪行吗？井宗丞说：右倾主义？什么是右倾主义？

事实上，井宗丞的遭遇可能还涉及到当时在各大根据地开展的"肃反运动"及其扩大化[1]，这样的事情虽然在当时就不断被纠正，但是直到 1935 年以后才被逐渐平息。需要提醒的是，这些事情与前述的史实大体在同一时期和地理范围内发生、延续。同时，这段引文的重要性还在于它与井宗丞死于非命有着直接关系。井宗丞的死亡是涡镇命运的转折点，它不仅造成了"革命叙事"的中断，而且导致了涡镇的毁灭。

需要再次强调的是，我无意用已经形成共识的重要史实来衡量虚构细节的精确性，之所以不厌其烦进行史实还原和背景介绍，是因为，我无法对在虚

---

[1] 参见胡绳主编：《中国共产党的七十年》，中共党史出版社 1999 年版，第 130-131 页；中共中央党史研究室：《中国共产党历史·第 1 卷·1921-1949（上）》，中共党史出版社 2011 年版，第 318-319 页。

构中横冲直撞的大历史视而不见。按照贾平凹的设计，涡镇是"秦岭"的化身，汇聚着奇鸟异兽、奇人怪事，孕育着传奇发生的资源和可能性。但是，传奇的发生和发现需要前提，所以，日常秩序发生紊乱、封闭的时空被打破，奇异、怪诞、不可思议方能发生，并被记录、传唱。《山本》里提供这种条件和前提的是来自外部的大历史，且是异质于涡镇种种象征、隐喻意味的现代性的大历史，所以，涡镇被打开的那一刻，传奇的发生便有了中断甚至被改写的可能。

通过前面的几个例子，我们可以猜测出《山本》里主要故事大概发生于1927年前后至1935年前后。所以说，涡镇敞开之时，真实的历史时刻便降临了，它笼罩着秦岭成为叙事的边界和导向。于是，传奇在大历史的挤压中被形塑为革命的地方性经验，换而言之，因为大历史参与了叙事的建构，传奇的传唱被改写为革命的讲述。至少对于井宗丞的故事来说，历史横亘在传奇通往野史的大道上。然而，随着井宗丞猝不及防的死亡，革命叙事亦戛然而止。在情节层面，我们固然可以把人的死亡和城池的毁灭理解为故事走到了尽头。但是未竟的革命和被迫中断的叙事意味着什么？突然的中断会不会造成意义建构的瓦解和崩塌？这一切能否被理解为，在坚硬、沉重、血污的大历史面前，虚构力不从心、溃不成军？倘若言之成理，我想大概是因为面对革命的复杂性，贾平凹也只能欲说还休……

四

与井宗丞的故事并行的，还有弟弟井宗秀的故事。两兄弟的故事构成了涡镇故事的两种面相和趋向。他们的故事拥有共同的神秘起源：父亲被安葬在别人赠予的土地上后，他们的命运便发生了转折。这三分地是当初别人陪嫁的嫁妆，故称胭脂地，然而却是个风水宝地：

> 她听见赶龙脉的一个说：啊这地方好，能出个官人的。

所以，两兄弟的故事从一开始都是传奇即将诞生的态势，在随后的故事铺展中亦时不时闪现暗示胭脂地确实灵验的片段。前面的文字中，我们以哥哥的故事为例，讨论了传奇的中断与改写、历史对虚构的压迫和限制等问题。接下来，我们可以以弟弟的故事为例，继续讨论相关问题。

如果说贾平凹在井宗丞所主导的革命叙事上表

现出了某种暧昧，那么他在井宗秀的故事上则表现出较为明显的青睐和希冀。因为，相比之下，井宗秀的形象建构和故事铺展上呈现出一种复杂的建构性。所谓"复杂"，指的是井宗秀故事的多义性和形象的多层次。

从我们对1920年代末以后中国历史的常识性理解来看，井宗秀的故事像是军阀或新军阀的成长史。军阀是影响中国近现代史基本面貌的极其重要的因素之一。所谓"军阀"指的是："他掌握一支私人军队，控制或谋求控制一个地区，并在一定程度上独立行事。"[1] 所谓"新军阀"，是相对于北洋政府时期的旧军阀而言，指的是1928年"二次北伐"后，北洋军阀体系瓦解之后，依然盘踞各个地区分而治之的国民党各派系的军事政治集团。《山本》里的井宗秀的成长之路便是如此，他成为富商之后先是谋求当地土匪的庇护，后以官方的名义成立预备团、预备旅——实则是以乡党、血缘、亲属等个人关系作为联系纽带的私人武装[2]，进而实现了对涡镇的全面掌控。事实上，熟悉陕西民国史的人，很容易判断出井宗秀的历史原

---

1 ［美］费正清编：《剑桥中华民国史1912-1949（上）》，中国社会科学院出版社1994年版，第316页。
2 ［美］齐锡生：《中国的军阀政治（1916-1928）》，杨云若、萧延中译，中国人民大学出版社2010年版，第31页。

型是统治陕北长达20年、时称"榆林王"的军阀井岳秀[1]。

尽管这样的故事及其涉及的历史现象在正统史观里通常是道德和制度缺陷的批判标靶。但是这并不影响，中国文化意识中对乱世豪杰的英雄崇拜情结对此类政治形象的传奇化改写。所以，在《山本》中我们看到了井宗秀的另一面：修筑工事抵御外辱，改造旧城改善民生，发展经济，维持涡镇民事、治安秩序。这样的描绘难免引发我们关于乡土社会传统士绅形象的想象："内在道义性权威、外在法理性权威和个人魅力性权威"[2]的结合。于是，军事强人、精明商人和士绅，这些侧面叠加出一个英明神武、励精图治、安民保境的地方自治者的形象。很难说，这样的形象和故事不是贾平凹微弱的理想主义光芒闪耀的结果。因为，绅权作为一种文化政治权力和精神品格在民国已经急剧衰落，因为其所依附的王朝政治体制和文化道统早已分崩离析。所以，在革

---

[1] 参见张紫垣：《井岳秀在榆林》，中国人民政治协商会议榆林市委员会文史资料委员会编，《榆林文史资料》（第十四辑），1979年版（内部发行）；县政协文史办：《井岳秀生平有关资料》，中国人民政治协商会议陕西省蒲城县委员会文史资料研究委员会编，《蒲县文史资料》（第3辑），1987年（内部发行）。
[2] 王奇生：《革命与反革命：社会文化视野下的民国政治》，社会科学文献出版社2010年版，第337页。

命、战争、现代性横扫一切的时代里,绅权很难有所作为。正如历史学家对1920年代以后中国绅权现象的实证分析那样:

> 与清末以前的传统文人绅士相比,民国时期的"新绅士"在才德和威望方面令人有今非昔比之感。他们所赖以支配基层社会的资源是强制性武力和财力,而不是传统士绅所具有的对乡土社会的内在道义性权威、外在法理性权威和个人魅力性权威。上述鄂西12位权势人物中,有的虽然也在"保境安民"的口号下,抵御过外来匪患,或抵制过军阀官僚的苛索,或为地方做过一些修桥补路、兴校办学之类的公益事业,但与其劣迹恶行相比,前者多为后者所淹没。少数公正士绅反被这些有劣迹的"土豪劣绅"从地方自治领域排斥出去。"土豪劣绅"遂成民国时期基层社会的主要支配者。[1]

面对这样的情况,便是"虚构"行使特权的时刻。它唤醒了已经消逝的精神品格来抵消历史的斑斑

---

1 王奇生:《革命与反革命:社会文化视野下的民国政治》,社会科学文献出版社2010年版,第337页。

劣迹，以挽歌的情怀来讲述一个或然的故事。有些时候，的确如此，对某些消逝的美好的执迷，其实带有指向未来的诉求。只是因为历史的断崖过于陡峭，所以微光常常无法抵达。

这项特权无疑属于"虚构"的政治文化功能。然而需要提醒的是，面向历史的虚构，并不必然就是带有消解、抵抗的意味。如同诗性正义并不是虚构的天然属性，以诚相待也并非是所有历史书写的初衷。所以，历史和虚构同样作为有意图的叙事和有技巧的修辞，也有界限模糊、相互启发的时刻——历史从虚构那里学会如何用庄严的面相编织谎言，而虚构也会以谎言作为招牌重建一段历史。《山本》的《后记》里有一句话：

> 过去了的历史，有的如纸被糨糊死死贴在墙上，无法扒下，扒下就连墙皮一块全碎了，有的如古墓前的石碑，上边爬满了虫子和苔藓，搞不清哪是碑上的文字还是虫子和苔藓。

有些时候，我们可能会把虫子的残肢和苔藓的石化看成石碑上变形的文字，也可能把模糊的文字当作虫子、苔藓的化石。这便是历史和虚构边界模糊的时刻。当依凭文字不足以抵抗真相的时候，我们书写的未必是我们的看到,也有可能是我们想看到的。

(原名《传奇如何虚构历史——读贾平凹〈山本〉》,刊于《扬子江评论》2018年第3期。收入集子时,有所改动)

偷袭者蒙着面

一

文学可以定义为一种奇特的词语运用,来指向一些人、物或事件,而关于它们,永远无法知道是否在某地有一个隐性存在。这种隐性是一种无言的现实,只有作者知道它。它们等待着被变成言语[1]。

希利斯·米勒对"文学"的定义,像是关于麦家[2]写作的一个注脚。我们熟知的文学经验光谱的两

---

1 [美]希利斯·米勒:《文学死了吗》,秦立彦译,广西师范大学出版社2007年版,第67页。
2 本文在提及麦家的中短篇小说时,只标注完稿时间,引文版本信息不再另行注释;麦家的长篇小说版本太多,所以笔者在首次提及某部长篇小说时会注其首次出版时间,引文注释则依据笔者所使用的版本。

端,一端是大历史的高台,另一端则是日常的栅栏。我们关于社会、历史、人文、政治方面的基本认知,决定了我们会把目光聚焦于两端之间的某些特定领域,那些在常识范围内可以随意赋形的经验便成了意义的良田。那些视野未曾光顾或路径有限、思维稳固的意义生产方式无法立足的区域,也就成了意义的贫瘠之地。麦家偏偏是个执意要在贫瘠之地发现深矿的人,那些深埋地下的"隐性存在"便成了熠熠生辉的词语。麦家挖掘的这些"秘密"无迹可寻却又无处不在,他们不参与日常经验的运转,却可以决定日常的有无和存毁;它们有时更像是历史的私生子或替罪羊,明明是大历史运行的重要驱动力量,却又是历史攫取胜利和荣耀之时需要极力掩盖的"丑闻"。关于这些"秘密",用麦家自己的话来说:"我们别无选择,'只能住在一个间谍、阴谋、秘密大道横行的社会'"[1]。

或许我们可以说,此类"秘密"在某些类型文学和影视作品中早已屡见不鲜。然而此类经验说到底是,廉价的"英雄梦"和佯装高深的"阴谋论"交媾的结果,借助想象力的放纵和情感、暴力的宣泄,造成了真相澄清、正义伸张的意识形态幻觉。所以,此类经

---

[1] 麦家:《暗算》,北京十月文艺出版社2014年版。后文中凡引自该书的引文不再一一注释。

验及其呈现方式其实是用历史虚无主义筑起一道高墙以隔绝历史真相的困扰。理论的教条主义告诉我们，应该从大众文化中发现潜在的政治反抗力量，但是现实的状况却显示：在特定的时空领域内，大众文化生产和传播的唯一宗旨，就是培养昂扬、乐观、迷醉的历史虚无主义态度，以抵消潜在的求索和抵制。

麦家与类型文学的共同之处，在于对"故事"的强调。用麦家自己的话来说："奔跑中，我们留下速度，却使文学丢失了很多常规的品质，比如故事。"[1] 他对自己"故事"的吸引力也是充满着自信："我的写作一直执迷于迷宫叙事的幽暗和吊诡，藏头掖尾，真假难辨，时常有种秘中藏密的机关不露。因此，我的小说具备某种悬疑色彩，这对大众的阅读趣味也许是一种亲近。"[2] 所以，麦家的写作与类型文学的关系，是一个绕不开的话题。

麦家的写作虽然披着类型文学的外衣，但是，正是在处理"历史"与"故事"关系的基本态度上，使得他的作品区别于类型文学并飞扬起绝对的精神高度。类型文学对"历史"的要求是简单直接的工具化

---

[1] 麦家:《与姜广平对话》,《捕风者说》, 作家出版社 2008 年版, 第 175 页。
[2] 麦家:《形式也是内容——再版跋》,《暗算》, 作家出版社 2011 年, 第 272 页。

思维,"历史"元素在文本内执行某些点缀、辅助的功能,从而让故事在"虚构"的范畴内能够自圆其说,并制造文本之外存在着现实、历史的客观对应物的幻觉。事实上,那些历史元素随时可以被其他类似的历史元素所替代,且不影响故事内部的自洽。换而言之,那些染指历史的类型文学,其实是在利用文本之外的历史常识的片段或现实经验的碎片来装点、伪饰文本源自历史或现实的假象。由此,历史与现实便以某种肤浅的方式被"虚构"征用,并有被抹去边界的可能。这是"虚构"的权力的合理使用,还是"虚构"的暴力及其滥用,取决于不同的读者对类型文学的基本态度。

麦家并不是那种喜欢喋喋不休地进行自我阐释的作家,关于"故事"与"历史"的关系也是只言片语:"也许我不该说,但话到嘴边了,我想说了也就说了,我希望通过《风声》人们能看到我对历史的怀疑。什么叫历史?它就像'风声'一样从远方传来,虚实不定,真假难辨。"[1]相对于《风声》(2007)中故事的精密、复杂和时空跨度,麦家关于"历史"的言论显得谨慎而低调。很显然麦家更愿意让"故事"自

---

[1] 麦家:《与姜广平对话》,《捕风者说》,作家出版社2008年版,第181页。

己发声，更相信出色的"虚构"能够由内而外地辐射出询问历史的能量和光芒。在用历史装扮故事与用故事照亮历史之间，麦家毫不犹豫地选择了后者，这正是麦家的写作在审美趣味和精神品格等层面严格区分于类型文学的重要原因。

"历史"之于麦家既非宏阔、沉重而难以描述，也非辽远、缥缈而可以放纵想象，而是一个个具体、完整的故事，是与具体的政治、日常、回忆、传闻、欲望相关的经验、情感和意义。历史的总体性以草蛇灰线的形态埋伏于虚构之中细微、及物的细节里，化为故事本身的有机构成。有时，一句话可以点亮一个时代，一个声调能够扭转叙事走向……当一个个被麦家宣称为道听途说的故事以尽量完美的程度被呈现出来时，读者的兴趣会被同时引向文本之外的那些历史和现实的幽暗之处。更何况，麦家写作的起点，恰恰是从追寻被刻意抹去的历史真实开始，或者说是始于试图靠近历史深处的某个禁忌。于是，在"虚构"与"历史"之间形成了某种戏剧性的张力关系。禁忌／真相与虚构／故事之间明明需要彼此证明，却又不得不彼此打量、相互提防，这是麦家写作的魅力所在。这种情形可以借用麦家的一部中篇小说的标题来形容，即《让蒙面人说话》(2003)，这篇小说的内容后来被改写为长篇小说《暗算》(2003)的一部分。不妨把"让蒙面人说话"理解为麦家讲述秘密和禁忌的姿态，即如何讲述禁止言说的秘密。

"蒙面"即为叙述的匿名性，在隐藏叙事者身份的前提下提供信息。对于蒙面者来说，在隐匿了身份的确定性和信息来源可靠性的前提下，如何仅仅依凭语言、声音把既无法证实亦无法证伪的故事，以令人信服的方式呈现出来，确实是个难题。这其实是历史叙述中的某种悖论，即如何为宣称不存在的历史赋形。对于读者或观众而言，面对没有身份和信息的权威性保障的故事，他们只能报以怀疑的态度，同时还要辨析词语、语调本身就携带的歧义和不确定性。这就涉及到历史叙述另外一个悖论，当宣称被抹去的历史被陈述出来时，它在多大程度上属于"虚构"的发明。于是，在"蒙面人说话"的场景里，语言与故事、声调与真相、历史与虚构、说服与质疑、发明与伪造等种种因素，交织出紧张、充沛、丰富的叙事关系和意义层次。蒙面人每次开口都是一次小心翼翼的泄密，都是对历史幽暗之处一次猝不及防的偷袭和曝光，语言、智识和意义相互追逐造就了故事偏执却迷人的气质。正如李敬泽评价的那样："麦家所长期坚持的角度，是出于天性，出于一种智力和趣味上的偏嗜，但同时，在这条逼仄的路上走下去，麦家终于从意想不到的角度，像一个偷袭者,出现在他所处的时代。"[1]

二

谍战系列让麦家声名鹊起,这是他逐步选择、调整的结果。麦家对此有着比较清醒的认知:"我也许属于比较'勇敢'的人,选择了离开,重新找时找到了'解密'系列:我明确地感到,这是我的'另一半',然后它就像是我的爱人,如影相随,心心相印,对我的影响和改变也不亚于爱人。"[2]

事实上,麦家重新选择的只是题材,而他对"真相"和"秘密"的偏执地勘察和讲述却是一直未变的。《解密》(2002)写了十一年,但是在此期间及其前后,他还写了许多非谍战题材的中短篇。倘若把这些作品视为谍战系列的附庸,或者是为谍战系列而进行的训练和准备,则容易造成对麦家理解的偏颇。"谍战"属于那种溢出历史、现实常态的"奇异"经验,经验本身所具有的故事性、传奇性很容易引发审美阅读层面的"震惊",以至于会在一定程度上掩盖对文本更

---

[1] 李敬泽:《偏执、正果、写作》,麦家:《密码》,江苏文艺出版社2014年版,第230页。
[2] 麦家:《与姜广平对话》,《捕风者说》,作家出版社2008年版,第184页。

为深刻全面的细读。所以，处理常态经验的能力也是衡量作家功力很重要的一个方面。

麦家有过十七年的军旅生涯，除了那些谍战系列，与军队有关的题材在麦家的写作中也占有很重要的部分。《第二种败》（1990）写于麦家服役期间。故事比较简单：在一场战斗中，指挥官阿今血战至孤身一人。他在并不知晓已经取得胜利的情况下，举枪自尽。所以，故事混合着荒诞、怜惜以及轻微的嘲讽。从表面上看，阿今的举枪自尽与未完成使命的屈辱感有关，小说甚至还讨论了信仰和精神在关键时刻能否给予个体勇气和动力之类的问题。但是阿今自杀前的一段心理／风景描写将这个故事引向更深层的意味。

> 又是风起。山野的风。风把孤立的旗帜吹得猎猎作响，好像在浅吟低唱，又好像在讲述一个关于战争和战俘的故事。阿今听着，觉得十二分的刺耳，又揪心地疼。阿今说，它在嘲笑我，它在叙述我的失败。

阿今死于恐惧和羞愧，但绝非面对具体"失败"的恐惧和羞愧，而是对"失败"即将被记录于故事、叙述、历史之中这件事的恐惧、羞耻和绝望。麦家以某种意想不到的角度"偷袭了"历史。这种历史反思指向革命／历史叙述中关于"胜利"的无限迷恋和过度颂扬。这种功利主义的历史叙述，对"失败"缺乏基本的体察和同情，并鼓励把"失败"视为道德范畴内羞耻之事。最终，肉身毁灭于被某种僵化的意识形态所规训的、并扎根于内心深处的历史观和历史意识。

《两位富阳姑娘》（2003）亦是个士兵死于羞愧的故事，只不过这次是女兵自杀。"文革"期间，军医在一位刚入伍的女兵的身体复检报告上写下了意见："据本人述，未交男朋友，但检查发现处女膜破裂，属极不正常的情况，建议组织上慎重对待。"女兵被遣返原籍后，以自杀证明清白。事后发现，体检时她的名字被同批入伍的另一名同籍女兵冒用了。这样的故事有着我们熟知的伤痕文学的味道。但麦家无意在革命与情欲的关系上老调重弹。简单粗暴地在身体的纯洁与信仰的坚定之间建立联系，固然是革命的道德洁癖的荒谬之处，却也是众所周知的事情。问题是，当女兵被遣返原籍后，却同样遭遇了身体、精神双重不洁的指责。在这一刻，革命与乡村共享了某种前现代的伦理道德逻辑，革命的道德光芒瞬间黯淡。

然而麦家并未止步于此。这篇小说最为奇特的地方在于，所有的人物都没有名字，只有亲属关系、职业身份来标示他们在故事中的作用和相互关系。就连受害者也没有自己的名字，唯一一次正面提及，还被处理为"叫XXX"(《两位富阳姑娘》),在其他几处,则被称为"破鞋"。承载这种道德评价的具体的肉身面目模糊。小说中的每个人都在执行与身份相关的功能,并没有人因一个鲜活生命的死亡而被问责,更没有人对道德错判进行纠正。人人皆为匿名,具体的个人消失于功能、符号的背后,就连道德对象也成了符号和功能,背后具体的个人已经变得不重要。从这个角度来看,麦家已经把故事推进到历史寓言的层面:在一个由先验的秩序和律令来分配身份、功能、符号的社会历史语境中,道德本身也只是空洞的修辞。故事的结尾,妹妹顶替姐姐入伍,无非是一个匿名的肉身填补了另一个匿名的肉身的空缺,然后争端消弭,秩序恢复,一切照旧,仿佛"XXX"的出现只是为了验证秩序能否有效运行的试错手段。就像小说的标题"富阳姑娘",无非是一群被匿名的、被分配去执行某种角色功能的群体的简称。由此,秩序方能封闭、循环地运转下去。正如小说结尾处的那句话提醒的那样:"当我想到,我马上还要这样地重走一趟时,我心里真的非常非常地累。"(《两位富阳姑娘》)

这便是麦家的奇崛之处。军旅文学的内在要求和军人的职业属性从未对他的写作造成任何限制。在他的写作中,军旅题材仅仅是故事的材料,军队无非是人物活动的区域和背景。他并不刻意强调某些因素的"特殊性",因而与"典型"的军旅文学拉开了距离。这也是何以在麦家的军队故事里可以看到他关于社会、历史更为宽阔、深刻的思考。像《农村兵马三》(1999)、《王军从军记》(2002)这样的小说所描述的,其实就是个人试图通过职业选择和努力奋斗而实现阶层流动的故事。虽说这样的故事与其他作家的同类作品相比,并不算出类拔萃。但是从中依然可以看出麦家写作的某种倾向,他对"边界"的突破和对"特殊性"的漠视,使得"虚构"能够超越特定的经验领域和意义生成惯性,从而呈现出更为宽广雄厚的气象和境界。

顺着这样的思路,就能够理解《黑记》(2001)这样的小说。一场艳遇与一场关于病毒和人类未来的科研讲座,构成了这部小说的两个部分。这本是两个毫不相关的故事,却被艳遇中那个女人乳房上的"黑记"连接起来。因为这块"黑记"既能够引发情欲,又是某种原因未明的病毒。这种稍显生硬的结构方式,是麦家刻意设计的结果:科学故事中断了读者关于情欲故事的阅读期待,情欲故事亦让严肃的科学探讨沾染了几分猎奇的味道。这种奇异的混搭和拼贴,使得情欲、伦理、身体、病毒、人类未来之间产生了戏剧性的意义关联。因为,经验本身的体量与辽阔的意义之间存在着一定的距离,所以麦家才要通过这种戏剧性的张力关系来呈现自己意图。这篇小说的探索性和争议性正在于此。但是麦家的写作风格在这里表现得也很鲜明，相对于经验本身的描摹和刻画，他更愿意以某种偏执、奇崛的方式去挖掘经验背后可能存在的更为普遍、深层的意义，或者说秘密。如同《黑记》中呈现的那样，谁能想到情欲的背后居然隐含着事关人类未来的秘密。尽管荒诞、夸张，但为什么不可以呢？借用谢有顺的评价："一个作家如何为自己的想象下专业、绵密的注脚，这是不可忽视的一种写作才能。"[1]

三

因为长篇小说对经验、细节、智识有着体量方面的要求，所以麦家的写作风格在"谍战"系列中得到更为典型的体现。前述已经讨论了麦家与类型写作的关系。在此还要补充一点：新世纪以来各种类型的汉语写作的发展态势表明，当前文学史书写和批评实践中所谓的"严肃文学""纯文学"等概念所指涉的写作其实就是某种类型文学。这些类型的写作中比较突

---

[1] 谢有顺：《〈风声〉与中国当代小说的可能性》，《当代作家评论》2008年第2期。

出的就有谍战文学、网络文学和科幻文学。1980年代中后期以来,"严肃文学""纯文学"的概念、话语已经垄断了"当代文学"领域,需要在这种情况下来审视新世纪以来类型写作的态势,并平等地审视他们的优势和可能性。麦家无疑是开启这种思潮的关键性人物。甚至可以稍显武断地说,让"严肃文学"成为类型文学,始于麦家。简单说来,麦家对类型写作某些要素的借鉴,使得自身的严肃写作迈向了更为开阔、精深的境界。同时,正是在这种作品形态映照下,作为类型文学的"严肃文学"的边界和局限比较清晰地暴露出来。

《解密》(2002年)是麦家的第一部长篇小说。用麦家自己的话来说:"破解密码,是一位天才努力揣测另一位天才的'心'。这心不是美丽之心,而是阴谋之心,是万丈深渊,是偷天陷阱,是一个天才葬送另一位天才的坟墓。"[1] 很显然,这是个关于天才和阴谋的故事。因为麦家并没有止步于故事本身,这部卓越的小说的诞生便有可能。首先,百年中国的历史发展与故事进程相互支撑。不仅故事的起承转合的部分合理性需要在历史进程中得到求证,更重要的是,以故事主角容金珍为中心铺展出一个百年中国知识分

---

[1] 麦家:《谈〈解密〉》,《捕风者说》,作家出版社2008年版,第165页。

子的形象谱系。可以简单梳理一下：第一代，容黎黎是晚清时期就游学海外的读书人，回国后兴办新式学堂；第二代，容小来和容幼英拥有海外大学的正规学位，是民国大学教育的中坚力量；第三代，容因易是抗战时期的大学生，解放后留在大陆；第四代，容金珍则是解放后国家培养的大学生。这个以血缘关系连接而成的现代中国知识分子形象谱系在与故事融合后，显得意味深长：这四代人在视野胸襟、社会贡献、活动空间、精神境界等层面呈现出逐代降格、收缩的趋势，直至容金珍消失于社会领域，成为国家的"秘密"。虽然，容金珍的崩溃，有着冷战格局下国家利益之争这种政治正确的宏大叙事作为背景。但是在更为深远的意义上，容金珍的崩溃未尝不是"现代知识分子之死"的隐喻，知识分子终将死于精神自由的禁锢和知识服务于权谋的罪恶。所以，这亦是《解密》中隐藏的另一个"秘密"。

再者，在"虚构"领域征用"非虚构"手段作为叙事策略，不是什么新奇的技法。然而麦家凭借对其的出色运用，使得《解密》在故事形态和意义表达上呈现出更丰富的审美层次。严格说来，容金珍的主线故事是类型故事的写法，叙事在传奇故事的道路上一路狂奔。但是当各种"访谈""录音""见闻"不断地插入故事主线时，叙述节奏不仅得到有效调节，而且在庞杂的外部信息不断介入下，主线故事的形态和意义也渐渐丰满、复杂起来；更为重要的是，在这个过程中，故事的"野史"气质逐渐被涤荡，开始显露出"正史"的伟岸气质。于是，被掩埋的历史重建天日的幻觉被麦家利用"非虚构"技法制造出来。当"容金珍的日记"出现在小说结尾时，诸多类似于"鬼不停地生儿育女是为了吃掉他们"[1]的句子，不仅让容金珍的形象更加立体、丰满，同时也让人觉得失落的知识分子精神之魂似乎回归了。

如今重读麦家的"谍战三部曲"，不管是从写作难度，还是作品形态的完美程度，抑或是意义呈现的深广度，《解密》确实是最好的那部。所以，多年以后麦家在描述《暗算》的各个版本时，还念念不忘《解密》：

> 《解密》我写了十一年，被退稿十七次……血水消失在墨水里……这过程也深度打造了我，我像一片刀，被时间和墨水（也是血水）几近疯狂地捶打和磨砺后，变得极其惨白，坚硬、锋利是它应有的归宿。

---

[1] 麦家：《解密》，北京十月文艺出版社2014年版，第288页。

虽说到了写《暗算》的时候，麦家有了"削铁如泥的感觉"，但他的探索依然在深入。《暗算》的争议性在于结构，在最终修订的版本中，由五个能够各自独立的故事构成。麦家的解释是："《暗算》是一种'档案柜'或'抽屉柜'的结构，即分开看，每一部分都是独立的，完整的，可以单独成立，合在一起又是一个整体。这种结构恰恰是小说中的那个特别单位701的'结构'。"[1] 麦家的解释并不牵强。如果说，在《解密》中，麦家是要发现那些被历史藏匿起来"秘密"；那么，在窥见"秘密"以后，麦家打算在《暗算》中去近距离地观察、描述那些制造"秘密"的人，而这些人在制造"秘密"的过程中各有分工，或者说他们从不同的角度参与了"秘密"的制造。所以，《暗算》的结构是对应了以隐秘的方式被关联起来的一群人。当麦家再次动用了"非虚构"手段以后，"特权"使得他描述这群人的日常成为可能。于是，"世俗"进入了故事，这也使得《暗算》看上去像是采取了去神秘化的叙述策略。

阿炳、黄依依、陈二湖以不同的方式展现了他们与"世俗"的纠葛。阿炳作为一个在生理上天赋异禀

---

[1] 麦家：《形式也是内容——再版跋》，《暗算》，作家出版社2011年版，第272页。

之人，本来就对世俗缺乏基本认知。精神的残缺与权力对肉身的工具化要求不谋而合，而权力的奖赏恰恰是世俗的享乐。工具化的身体没有欲望，而权力却把欲望视为丰厚的回报。所以，阿炳死于权力的馈赠。阿炳之死也就充满了反讽的意味。黄依依与阿炳形成了鲜明对照。作为一个精神健全、肉体健康的人，黄依依试图向权力索要世俗的欢愉时，却被视为"一个有问题的天使"。权力的诡异之处在于，他人格化的一面阴晴不定、难以揣测。他主动塞给残缺之躯阿炳一份难以承受的世俗欢愉，却把健全之人黄依依的朴素要求视为冒犯和越界。黄依依最终死于权力剥夺所导致的人生的失衡和失控。对于他们的遭遇，麦家曾说："他们抛妻别子，埋名隐姓。为国家的安全绞尽脑汁'暗算'他人、他国，然而最终自己又被世俗生活'暗算'。"[1] 话只说对了一半。他们的遭遇固然与世俗相关，然而这世俗受控于权力的恩赐和剥夺。与阿炳、黄依依不同的是，陈二湖对世俗生活表现出主动的拒绝和明显的不适应。当他退休后不得不面对世俗生活时，他精神状态很快萎靡起来，原因恐怕还在于缺乏权力的关怀和滋养。这就是他何以执意要回到红墙内度完余生，因为被规训后的自觉意识需要权力的

---

[1] 麦家：《谈〈暗算〉》，《捕风者说》，作家出版社2008年版，第167页。

不断回应，肉体方能持续运转。小说里描述得很清楚："父亲重返红墙后不但精神越来越好，连身子骨也越来越硬朗……红墙就像一道巨大的有魔力的屏障……父亲回到红墙里，就像鱼儿回到水里。"所以，不管麦家写作《暗算》的初衷是什么，他让我们在无意中窥见了权力运行的"秘密"。

在《风声》里，麦家依然执着于"秘密"的发现和描述。如果说，《解密》让被历史抹去的秘密重见天日，《暗算》让藏在秘密里的人现身人间；那么，在《风声》中，麦家开始对历史本身感兴趣，或者说历史从何而来成为了有待"解密"的问题。《风声》无疑是"谍战三部曲"中最具戏剧性和设计感的故事。核心故事是一场发生在封闭空间的生死智斗。密室逃脱、罗生门、戏中戏、酷刑与暗杀……诸多类型故事的主题和手法都被麦家调动了起来。然而当故事里的幸存者和知情者在事后纷纷发声时，读者才意识到这个精彩的故事仅仅只是个供拆解的目标。回忆、录音、访谈、正史记载，甚至是重要证物（遗物），不仅仅在消解故事的可信度，而且彼此之间相互证伪，甚至在细节回忆和证物真伪方面都出现了重大分歧。

不同的力量都在争夺革命往事的解释权。尽管这场胜利是各方被迫合作的结果，但依然会因为政治立场的不同而导致记忆重塑的差异。于是，一场斗智斗勇的英雄赞歌，在另一方的眼里就成了不折不扣的阴谋和背叛的故事。有趣的是，证物的真伪并不在于真相的澄清，反而暴露了革命叙述偏爱戏剧化的情节设计和道具使用的倾向。政治化的历史叙述经不起物是人非的检验，于是，个人记忆就变成了虚构变数的源泉。比如，在顾小梦那里，信仰与感情碰撞的结果是两者皆可疑；而在潘教授那里，"父辈的旗帜"愈发显得神圣、崇高。可见，"虚构"衍生出更多的"虚构"，而那些衍生的片段式的"虚构"却反过来让一场精心设计的、完整的"虚构"破碎、崩塌。正如历史叙述的瓦解始于那些被忽略的细节的生长。正是在这个意义上，历史本身变得面目可疑、迷雾重重。用麦家自己的话来说："正如历史本身，它像'风声'一样从远处传来，时左时右，是是非非，令人虚实不定，真假难辨。"[1]当麦家把历史视为虚无的时候，也就意味着他把那些历史中的秘密和人都一起抛入了虚空。

四年后，麦家写了一部稍显粗糙的长篇小说叫《刀尖》（2011），上下两部的副标题分别为"阳面""阴面"。可以借用这种说法来进一步理解麦家看

---

[1] 麦家：《〈风声〉是〈暗算〉的敌人》，《捕风者说》，作家出版社2008年版，第170页。

待经验及其意义的方式。倒不是说麦家习惯从正反两面来描述经验及其意义，而是说，"阴面"和"阳面"都未必是抵达真相的途径，经验的多种面相相互对峙、逼供、角力时所撕开的那道狭缝或窄门，可能才是抵达秘密深处的入口。

就像麦家新近的那部长篇小说《人生海海》（2019）里的主人公，他有时被叫作"上校"，有时被嘲笑为"太监"，而他的真名叫"蒋正南"，于是如何讲述他的真实经历及其背后"秘密"便成了一个问题。每个称呼都代表着他所经历的某段历史和别人对其具体经历的猜想和评价。它们的相互补充和修正，便构成了一段历史不同面相之间的叙述张力。简单说来，"上校"与"太监"分别代表"蒋正南"所经历过的历史的荣光与屈辱。麦家就是在对荣光、屈辱及其背后的"秘密"的一一求证、还原和"解密"过程中，将童年的记忆编织成了雄浑的历史故事。更为重要的是，麦家这次再次展示了他奇崛的想象力和精妙的赋形能力：不管是形式上还是意义上，无论是实体层面还是隐喻层面，他都极其恰当地把复杂的历史面相、层次、意义都铭刻在一个具体的身体之上。简而言之，历史的肉身，或肉身的历史以一种直观、鲜活的意义和形态穿行于《人生海海》的字里行间。诸多细节以极端、惨烈、感性的方式直抵历史深处：在某些时刻，高昂的生殖器可以作为历史进攻的武器，是历史荣耀的表征。欲望、身体、色情都失去了具体的内容和道德伦理相对性，成为历史正义本身。而在另外一些时刻，历史的"耻辱和罪恶"[1]真的被刻在肉身的隐秘之处，需要以禁欲和沉默来拼死守护。身体和伦理的道德羞耻感一旦被历史征用并过度强化，往往是历史溃败、唯余肉身可以支配之时。在两端之间，信仰、革命、世俗所构成的基本历史态貌无一不在试图重新塑造这个脆弱的肉身……用麦家自己的话来说："这个小说其实和革命、暴力、创伤是纠缠不清的。"[2]

　　这本是个无休无止的过程，但是当蒋正南成为一个"鹤发童颜害羞胆怯"的老人时，便意味着故事将走到尽头。蒋正南精神崩溃后，智力回到了童年状态。所谓童年是指"完全幼稚、天真、透明"的精神状态，对过去没有记忆，对未来没有恐惧。这种刻意设计的情节与其说是麦家试图与历史和解，毋宁说是过于沉重、难以承受而不得不谨慎地终止询问和探索。因为所谓"童年"既阻止不了创伤记忆的偶尔闪回，更抹除不了刻在肉身上的历史污迹。这样的设计其实就是麦家试图带着他所珍视的人物一起从历史中逃逸。这

---

[1] 麦家：《人生海海》，北京十月文艺出版社2019年版。
[2] 季进、麦家：《聊聊〈人生海海〉》，《当代作家评论》2019年第5期。

种意图在故事的结尾表现得更清晰,那块历史的污迹已经被简陋的文身替代:"一棵树,褐色的树干粗壮,伞形的树冠墨绿得发黑,垂挂着四盏红灯笼。"树冠遮住了一行字,那行字事关历史的色情和暴力,四个灯笼则掩盖了四个汉字,那是一个日本女人的名字。把污迹和创伤涂抹、美化为一幅美丽的风景,麦家故意制造了与历史和解的幻觉,他要借此掩护自己暂时的退场。因为关于"秘密"每次探寻,都是与历史身心俱惫地缠斗,他需要稍事喘息,为下一次猝不及防的偷袭养精蓄锐。

(原名《偷袭者蒙着面——麦家阅读札记》,刊于《扬子江文学评论》2020年第1期。收入集子时,有所改动)

欲望说明书

一

1831年,歌德完成了《浮士德》。梅菲斯特的结局会让现代人心生同情,一个恪守契约精神、助力他人实现种种愿望的人,不仅遭遇了背信弃义,而且要像约伯那样背负肉身的毒疮和道德的恶名。[1] 他被"爱的妖怪"[2]灼伤后,从此下落不明。在歌德讲完这个故事近两个世纪之后,作家李宏伟开始追问梅菲斯特的下落,并想象梅菲斯特带着他的神力和智慧遭遇现代世界时,会发生什么样的故事?于是,便有了长篇小说《灰衣简史》。

---

1 参见[德]歌德:《浮士德》,《歌德文集》(第1卷),绿原译,人民文学出版社1999年版,第440-441页。
2 [德]歌德:《浮士德》,《歌德文集》(第1卷),绿原译,人民文学出版社1999年版,第441页。

故事开始后不久,李宏伟就坦白了让梅菲斯特穿越至当代的"技术手段",即借小说人物之口直白地道出《灰衣简史》与《浮士德》及其衍生作品的关系:

> ……我偶然翻到了德国浪漫派作家沙米索的小说《彼得·史勒密尔的神奇故事》。……这不就是一个弱化版的《浮士德》嘛。浮士德的故事里那些可以视作人类史诗的元素统统被弱化或抽掉,只留下伤感的青春乃至幼稚的嗟叹。如果说这个故事有什么打动人的地方,不过是它比《浮士德》更为近身取譬,更容易让人理解和代入。毕竟,灵魂或有不同,每个人的影子总是一样。
>
> ……当天下午……我还在幻想,自己将如何轻松地一手交出影子一手接过钱袋。结果,就在脚要落在最后一级台阶上时,我恍然大悟,还有一阵让人战栗的后怕:这个故事不正是我想要的吗?《彼得·史勒密尔的神奇故事》不正是我的戏剧素材吗?
>
> 说戏剧素材,是我强行压制住兴奋的结果。我要说,这个故事正是我想要做的戏剧的灵魂……[1]

---

[1] 李宏伟:《灰衣简史》,长江文艺出版社2020年版。后文中凡引自该书的引文不再一一标注。

这段话是一位充满野心的戏剧导演的自述，除了引文中提及的那些作品，这样的人物设定亦很容易让人想起另一部与浮士德有关的文学经典，托马斯·曼的《浮士德博士》，小说的主角是一位音乐家。一部小说与诸多经典文本产生关联，使得李宏伟像是要完成一部复杂的互文性写作。但是"戏剧素材"这样的说法倒是提醒了其他理解路径。李宏伟让小说人物自我表演的同时，亦背负起"元小说"的功能和效果。他一边从这些经典文本中裁剪自身所需的素材，另一方面却又在有效调控这些素材所可能引起的意义联想，他要利用这种有限的暧昧来建构一个21世纪的欲望及其实现代价的故事，再次借用这位导演的话来讲："如果说这个故事是一面照出时代众生相的镜子，中国化就是擦掉蒙在上面的水汽。"

所谓的"中国化"无非是古典故事在现代语境中的重新解释。在歌德的故事里，在黑暗／罪恶与光明／救赎绝对对立的古典的、宗教的道德范畴内，梅菲斯特丑陋、猥琐的形象过于戏剧化地承载了道德训诫。很显然，在"交易"和"契约"已经成为现代世界基本精神的时代里，这些设定显得格格不入。所以，需要将"与魔鬼立约"祛道德化为现代社会的普通交易行为，至少在表面上要如此。同时，梅菲斯特若要融入现代社会的日常场景，也需要对其形象和神力进行祛神秘化。所以，李宏伟最终拼贴出一个21世纪的梅菲斯特。他清除了梅菲斯特的道德污名，限制了其超自然的神力，保留了其冷酷而尖锐的智识状态，并让其拥有较为固定的外貌、体态、服饰等人类外形，从而可以从容地出入现代生活的日常场景。但是这里存在着某种微妙的意义张力：首先，李宏伟之所以借助经典文学中的神秘元素或素材，因为他想利用这些元素，将那些习以为常的当代社会症候重新问题化。另一方面，为了避免这个当代故事的叙述逻辑被超验的、神秘的思维主导，他又必须对这些素材和元素所引发的超验想象和解释进行调节和限制。因此，这是一个祛魅、施魅交替进行的叙事过程。所以，审美距离和叙事焦点能否得到有效控制，完全依赖于李宏伟能否平衡两者之间微妙的张力关系。

相应的是，李宏伟选择了艺术家（王河）或与艺术行当有关的人（冯进马）作为"与魔鬼立约"的交易对象。这样的选择不难理解，艺术家的身份可以为围绕着"立约"行为所产生的思辨性的、戏剧性的言行、氛围提供更为坚实的说服力。于是，李宏伟对王河的描述，就成为了一位艺术家对另外一位艺术家的想象和评价。然而两人都在同时虚构梅菲斯特的当代故事，于是作者与虚构对象的意识便在类似问题上产生了重叠和错位。这种双重虚构造就某种间离效果，使得整部小说的进程像是一部同时在眼前上演的舞台剧,而有个被灰衣人看中的"选民"恰恰就是个剧作家。所以,不管是祛魅与施魅交替的叙事进程还是双重虚构的间离效果,都是为了更好地呈现这个披着神秘外衣的当代社会故事。

二

在一份名为"欲望说明书或影子宪章"的文献中,"灰衣人"和"本尊"曾被这样的描述:

(1)灰衣人。……在历史各个转折处、关节点,在日常生活某些严重的时刻,都能看到灰衣人的身影。殷切渴盼的姿态,及时精准的出手,让数千年流逝的时光深处总是隐现他们的痕迹。……最著名的,莫过于对博士的那番协助。……

(2)本尊。灰衣人的选民,欲望的奴隶。奴隶是矫饰的称谓,是嫉妒心发作下,对领先者的污名化。这些领先者,比其他人多走了几步,率先陷入困境,他们的动力如此强大,必须找到解决方案才能暂时心满意足。在后来者的指认中,他们更易于被归类,被划分在几个已知的区域。

比如爱情，……比如权力，……比如金钱，……

这份说明简洁扼要地总结了在他人欲望实现过程中灰衣人重要的"协助"作用，并将灰衣人立约对象（本尊）的欲望类型粗略地归纳为爱情、权力、金钱三大类。倘若要进一步了解灰衣人与本尊的各自作用、相互关系，以及一些更深层次的秘密，则需要在具体事例的进程中来揭示。冯进马对前女友命运的暗中操控，虽并没有在小说中占据很重要的比重，但它却是上述三种欲望纠缠的结果。

凭借灰衣人取之不尽的钱财——不，是用影子换来的钱财，你迅速成了最神秘、最有影响的地产与影视巨头……欲望的折磨不在于无法满足，而是每一次满足都唤醒更强烈的欲望。

明白这一点，你开始了对她的报复，施加慢性毒药，让对方形成依赖，但又总得不到足够剂量药物的报复。你给她规划发展路径，让她从几乎没有资源的新入行者，变成在一些作品中偶尔露脸的排不上号的小演员，当她渴望为大众所知的时候，又为她打造一些可以混个脸熟，绝对无法让人记住的角色。她甚至得到一些不怎么重要奖项的提名，但从来没有笑到最后。你为她创造所有的机会，也为她制造所有的障碍，和她相关的事情，你都委派灰衣人全权负责并随时告诉你新的进展与动向。不需要几年，你就得知，她被你唤醒的野心与欲望折磨得不成人形，失眠、抑郁、植物性神经紊乱……

……　……

照顾？当然，一如既往。给她安排各种演出，电视、电影，还有舞台剧，出席各种活动，首映式、见面会，不时接受采访，偶尔走走红毯，伴之以小分贝的尖叫与欢呼。我不断安排聚光灯照向她站立的方位，也一直如您要求，让她大多数时间都在聚光灯边缘徘徊，偶尔也往里面站一点，但绝对不出现在核心位置。按您的要求，过去这几十年，她始终只成为陪衬，总是能见到虚荣的盛大，却享受不到虚荣的满足，她感受到的一切，都只是对比之下的伤害与羞辱……

前两段引文是冯进马对前女友的报复计划，后一段则是灰衣人在具体实施过程中的行为。在与"本尊"冯进马的关系中，灰衣人俨然是一副严格遵守契约、完全服从雇主意愿、尽职尽责的职业经理人模样，他形象地展示了无形的权力和资本附身于人并作用于人的过程。一个人对另一个人的命运设计和掌控，如同这部小说中其他欲望的最终实现，其实都是灰衣人及其立约对象在遵守现实世界运行规则的前提下运作、算计的结果。在这样的过程中，并无超自然神力的介入，而所谓权力和资本也仅仅只是等待被使用的原始资源。从这个意义上来讲，不妨把灰衣人，这位21世纪的梅菲斯特，理解为当代生活中资本／权力的人格化表现。

在上述场景省略的文字中，冯进马通过望远镜来观察欲望屡屡受挫的前女友，在此之前，他当然是通过灰衣人来了解她的境况。不管是"望远镜"，还是"告诉"，其实都是一种窥探和监视的观察角度。这种隐秘的、有距离的观察，实施却是浑然不觉的直接操控。距离或者说"望远镜"的两端是两个世界：一个是透明的悲惨世界，居于其中的人只能将欲望受挫、人生波折托辞于"命运"这样的暧昧表达；另一个世界幽闭而安稳，居于其中的人在对他者的精确操控中，制造着别人的"宿命"。当两个世界被并置时，便不难发现"前女友"的处境其实构成了当代人生存困境的隐喻，即身处被权力／资本精确算计和量化控制的世界却浑然不知。值得注意的是，冯进马的前女友在所有的对话和描述中都没有具体的名字，始终只是人称代词"她"，这便意味着，作为权力／资本的提取对象，所有的人都是"无名之辈"，人称代词之下可以是任何一个具体的人。

某种奇妙的悖论产生了。真相只向发现"望远镜"的旁观者敞开，且以戏剧性的方式故意暴露。同时，这并不意味着旁观者作为当代社会的一员，在审视自身处境时可以分辨出那些基于人为操控的命运幻觉。这里存在着作为"知识"的"真相"与作为洞察力、行动力的"真相"之间的分界。当代社会的生存困境在更深的层次被揭示出来。当代社会并不缺少关于权力／资本的知识，知识被消费的同时其实亦是"获悉真相"的幻觉被制造出来的过程，当人狂喜于知识的获取而遗忘了自身真实处境时，消费知识便替代了真实的觉醒和行动。很多时候，权力／资本以故意泄露有关自身真相的碎片为代价，以换取制造更为庞大、复杂、精密的整体幻觉的可能，由此他们将会以更为安全、隐秘的方式藏匿自身。这是权力／资本以祛魅的方式重新自我神秘化的更新过程。正如前述场景里已经呈现的那样，灰衣人并非权力／资本本身，只是其代理人，它的人形外貌只是以人类能够理解的形式释放真相的碎片，让人误以为洞悉了世界的运行规则；冯进马也并不拥有它，由于"不是每个天然的影子都值得报价"，他通过契约成为"灰衣人的选民"，这其实是资本／权力对他进行估算、甄别的结果。从这个角度来看，冯进马与其前女友并无本质区别，都是权力／资本的塑造对象，只不过前者是它拣选出的肉身容器，而后者只是它的压迫对象。理解了这一切，却依然看不清它的样子和来处。事实上，李宏伟在努力捕捉权力／资本的人间景象的同时，亦完成关于当代社会权力／资本起源神秘化的展示，这其实亦是真相的某个侧面。

接下来将不得不提及那个在冯进马、灰衣人、王河的对话中偶尔闪现的"布袋"。这个素材来自18、19世纪之交的浪漫主义作家沙米索的小说《彼得·史密勒奇遇记》。沙米索故事里那个可以源源不断地取出金币的"哥尔多巴马革"的"福神钱袋"[1]，在李宏伟的故事里成为可以不断取出现金的灰色布袋。浪漫主义时代器物的神圣气质早已荡然无存，取而代之的是粗鄙、实用的当代气息，李宏伟甚至放弃了对灰色布袋的直接描摹。这当然是有意为之，似乎它本就是应该遮遮掩掩的原罪。在老故事里，钱袋从一开始就是彼得·史密勒灾难不断的源头，而在李宏伟的新故事里，那个灰色袋子恰恰是冯进马欲望得以实现的基本前提，原始积累意义上的第一桶金。倘若由此把那个灰色布袋视为资本／权力神秘起源的隐喻，则未免

---

[1] ［德］阿德贝尔特·封·沙米索：《彼得·史密勒奇遇记》，人民文学出版社1962年版，第10页。

显得过于牵强。首先，李宏伟对布袋的轻描淡写与冯进马的道德感有关，并非刻意强化器物的神秘气质。再者，布袋在与灰衣人的种种现实行为产生联系之前，其所代表的金钱功能和财富象征等意义根本无法发挥出来，仅仅只是个被藏匿起来的物品。这与它在浪漫主义故事中始终具有超验的魔幻意义截然不同。所以，在灰衣人所展示的现实原则和人类行为的支配下，灰袋更接近于权力／资本的物化形式。简单说来，布袋只是个被支配的物品，可以被任意置换成其他物质基础以助力欲望完成，它不具有不可替代性，亦没有自身的意志。借用灰衣人对王河说的那句话："是那个袋子，在那个故事里是彼得·史勒密尔的，在这个故事里是冯先生的。很快，它就会在您的故事里，成为您的。"可见，布袋始终是灰衣人的附属物。

于是，疑问又回到了灰衣人身上，他何以要助力这些欲望的实现？灰衣人陪着执意要换回影子的冯进马夜游城市时，也许便是真相显形的时候。用冯进马自己的话来说："我想看看自己利用这次交易，究竟做了什么。"在这场夜游中，冯进马看到自己为这个城市打造的两栋地标式建筑，一栋是他在这个城市完成的第一个建筑，一栋金碧辉煌高达三十八层的办公楼，另一栋则是晚近完成的充满未来感的钻石魔方巨型剧场。两种截然不同的场景被展示出来。

在那栋办公楼内：

通明的灯火都阻隔不了夜色远远地落下，笼罩着整座城市，但这里仍旧像一片法外之地，凸显着自己的时令与节奏。由上至下，自左及右，整栋大楼数百个房间，每一个都灯光明亮，每一个都还有人在。有的人伏在桌前敲击键盘，有的人面对屏幕愁眉不展，还有些人围着长条或圆形会议桌，站着或坐着，在激烈地讨论。有人在不同房间里穿来走去，收集或发送着手里的资料，有人手里端着咖啡，在窗前远眺，一口一口吞咽。远离窗户的走廊、过道，一定还有人独自抽着烟，看着明灭的烟头发愁，也一定还有人聚在一起，互相点着烟，谈笑风生。

而剧场则是：

从这儿望过去，可以看见剧场此刻调整成了T形。T形那一竖里的十数个空间塞满了演出，国内的国外的，戏剧的戏曲的，个人演唱的群体合唱的，舞美灯光尽善尽美的，清清爽爽不插电的……应有尽有，每一种都不缺乏观众。T形那一横分割成三个最大的空间，左边正在举行一场魔术表演，魔术师取下自己的头颅，正抛掷飞去来器一样，将它一次次扔向下面坐着的观众，带给他们欢呼的惊悚；右边正在举行一场音乐会，看指挥的动作、乐队的人数、乐器的繁多，应该是一支交响乐，观众们也都正襟危坐，隔着几十米，都能想见他们严肃的陶醉表情。

这两种场景并置时，会产生奇妙的意义对比。前者是忙碌的人间景象，欲望在其中翻腾，或受挫或转化成塑造现实的力量。后者则充满狂欢、享乐的气息，欲望在其中化为缤纷的幻觉，这些幻觉或许含有指向未来的能量；这也是个欲望被暂时悬置的地方，是对现实按下的暂停键。如果说，标志性建筑塑造着现实空间的格局和气象，那建筑的外形、内部空间和功能则衍生出某种精神层面的意义、价值和秩序。正如冯进马自己体会到的那样："那些如剪影似皮影通过窗户玻璃展示的人影，……是无声的，是通过一栋楼整合出了秩序的……"当灰衣人向冯进马这位如今"最神秘、最有影响的地产与影视巨头"指出他在这个城市的成就时，其实是指出了他的那些欲望所转化成的新的秩序和意义。换而言之，在灰衣人的眼里，那些拥有"天赋异禀的影子"的人的欲望代表着新的秩序和意义发生的可能。

三

那么,这些新的秩序和意义所蕴含的力量在塑造现实之后,终将指向何处?当"园子"和"老人"出现的时候,这个与欲望相关的故事便进入了超验的时空。李宏伟戏仿"创世纪"重建了"伊甸园",把一个"此岸"的故事移植进了"彼岸"的世界。

> 老人并不轻易说出园子里事物的名字。起初,老人到来时,园子就在,园子里的一切也已在此,但仍必须说,园子是老人创造的。园子里的所有,山川、河流、平地、丘陵,都是按照老人的想法,由他一手所造;山岭的高寒、荒漠的不毛、沼泽的连绵、原野的葱茏,也都依随老人的意兴,出自他的手。就连高悬的日,圆缺的月,风霜雨雪,星移斗转,也无一不是经由老人,才如此。

"老人"创造了山川河流、日月星辰、四季万物。按照老人的设定,我们身处的"这个世界只是园子里有名事物的投影","他说出的每一个名字,做出的每一次安置,都会让这座园子更明晰一点,而这明晰也会进一步填充园子投射的那个世界的空间,让它变得满了一点点"。"老人"掌控着一切:"难道你们没有发现，这座园子里没有一样事物有影子吗？每一样东西都是它的自身也是它的普遍，是它的抽象也是它的具象。因此，它们才同时在生长在寂灭，在形成在固定，在分蘖在并枝。"所以，他审慎地安排秩序，谨慎地命名。无疑，"老人"对"园子"的管理，就是绝对意志对绝对意义、绝对价值、绝对秩序的塑造。他是一切的绝对起源，神圣而现实，看似威严高远的召唤其实都是面面俱到的规训。前述提及的当代社会权力／资本起源神秘性问题在这里似乎有了答案。以彼岸的、超验的神秘性来解释现实领域的神秘现象，无非是重新确认了当代社会资本／权力来源的神秘性，并非只是待解的现象，而就是本质和真相本身。这种作为本质的神秘性无需理性辩论和外在程序作为确认依据，是透明、赤裸的"绝对"。

很显然，灰衣人直到被驱逐出"园子"的那一刻，都没有领会到"绝对"的含义："命名权"就是"绝对"体现。灰衣人作为"老人"的影子，每一次命名都是对未知事物的赋义，都是对原有秩序的调整，这些无一不是对"绝对"的干扰、破坏和对"老人"的挑衅和反叛。

在"园子"里时，"灰衣人"还是只是"影子"，他是老人将九个"影子"聚拢在一起并用自己的灰色外衣赋予其人类外形的结果，他获得这一切后随即被驱逐。首先,"九"与其说是有意义的数字,倒不如将其视为关于"影子"形状变化多端的模糊表达。由此,"影子"便成了歧义、暧昧和不确定的意义和秩序的隐喻,它意味着未知事物的现身及其带来新意义和秩序的可能,意味着新的主体性诞生的可能。其次,从影子变成灰衣人,依然是"绝对"来赋形赋义的结果。这个貌似带有授权意味的过程,其实彰显的是"老人"的至高权威,以及"绝对"对异质的驱逐。因为,灰衣人的力量只能在"园子"之外发挥,且永远不能摆脱那件属于"老人"的灰色衣服,因为这是权力永恒的烙印和伤痕。

所以也就不难理解,灰衣人何以要在现实世界孜孜不倦地挑选"选民"并助力他们实现欲望。因为每种欲望都意味着不可预测的意义和秩序的产生:

> 我要找到一些人,尽我所能,为他们提供一片领地、一个领域,看看他们如何规划、设计其中的生活,看看他们理想的秩序能达到什么程度,看看他们得到、设计、实施过程中,能够舍弃什么,能够对同类严厉到什么程度。

所有在"绝对"规定之外的意义和秩序,对"老人"而言都是需要防范的意外、混乱和力量。因为,

"老人"所担心的正是："也许等到那个世界的空间完全被填满，它将反过来影响园子。"

由此，那些在现实世界翻腾的欲望也就有了正面的向度，他们见证、参与了一场发生在"老人"的暴政与"灰衣人"的抗争之间，关于世界"命名权"的争夺和为建立新秩序而进行的斗争。这并不意味着"灰衣人"代表着所谓的永恒正义，正如我们在冯进马的故事中曾经看到权力/资本狰狞的样子，冯进马对前女友的设计如同"老人"对现实世界的处置，那是"绝对"的"恶"投射于这个世界的又一个影子。但不必因此而否定冯进马在那个城市中建立的意义和秩序中所蕴含其他可能性。要知道，那些变化多端的欲望、影子由混沌、模糊逐渐生成各种意义、秩序的过程中，总会蕴含着多元的、广阔的、朝向未来、预示希望的选择和可能。至于，这个世界是否真的是"园子"的投射，还是李宏伟故意把一个极其现实的故事挪移到超验时空来讲述，这样的问题已经不再重要。

四

《灰衣简史》再次表明李宏伟一如既往是个偏执的形式主义者。在这部小说中，除了对《浮士德》及其衍生故事的借鉴，在其他方面亦体现了他对形式愈加偏执的迷恋。小说整体上采用了古代典籍的内、外篇结构。通常说来，"内篇为作者要旨所在，外篇则属余论或附论性质"。所以在结构安排上，内篇置前，外篇附后。但是在李宏伟的处理中，他在外篇中采用了药品说明书的内容结构和行文风格，即以言简意赅的语言和条理性、层次性的信息，提醒了小说的主题和理念。相应地，他在内篇里铺陈、演绎了小说的主体内容，即由灰衣人、冯进马、王河、"园子""老人"构成的一个时空交错的庞大、复杂的故事；同时，还不忘在其中插入一部《旁白》，当然可以把这部《旁白》理解为"选民"戏剧导演王河的剧本，很显然，这是对希腊戏剧结构中合唱队的模仿。简而言之，李宏伟在采用这种形式时，不仅故意颠倒了内篇和外篇的结构顺序，而且刻意让这两个部分的内容、旨意与其所署标题发生意义冲突，以反讽的形式凸显了叙事的焦点。此外，李宏伟对形式的着迷亦体现在某些段落和细节中：除了"老人"和"园子"对"创世纪"和"伊甸园"明显的挪用，还有冯进马刺瞎自己双眼的情节，很容易让人想起那个同样刺瞎自己双眼走入永恒黑暗和赎罪的俄狄浦斯。

这些无疑都可以归结为"戏仿"，因为他们都是对经典形式的创造性模仿。借用《灰衣简史》中的故事来形容,所有的"戏仿"都是经典形式的"影子"。可见,李宏伟对形式的偏执便是对影子力量的笃信。他相信,那些"饱满、健壮"的影子终将摆脱附庸、走向反抗,在强大的主体性中彰显"影子"的诗性正义。

比如那场泥沙俱下、众声喧哗的欲望"旁白"。严格说来,这些欲望的故事与小说中那些故事并没有情节意义上的关系,且它们皆可以还原为现实世界中的新闻事件。他们与小说唯一的逻辑关联大概在于,它们的主人都不是灰衣人的"选民",其影子也属于"不值得报价"的影子。如果说,历史由那些"选民"书写,内容是那些成功实现的欲望;那么,那些失败的欲望将不值一提,而他们的主人亦注定成为"时代弃子"。因为试图在历史中留住那些在艰难时世中挣扎的"沉默的大多数"的身影,而又不至于沦为肤浅经验和廉价同情的传声筒,李宏伟便把事件编排成了"抒情"。古希腊合唱队的幽灵让那些沉默、压抑的欲望歌哭咏怀、直抒胸臆,不管是忏悔,还是愤怒和哀嚎,抑或是理直气壮的辩白,都在失败欲望的合唱中构成了清晰的声部。于是,失败欲望的"抒情"成为历史的"民谣",在历史的黄钟大吕的间歇中执拗地展示自己的声线和旋律。正如,那些"旁白"其实是小说中重要故事的扭曲的影子,他们如影随形地跟随,仿佛是在提醒，欲望书写历史时的偶然和随性。

《灰衣简史》中这个片段，很容易让人想起李宏伟上一部长篇小说《国王与抒情诗》（中信出版社，2017）中的《提纲》。这是一个由词汇、词组、不连贯的句子、语气词、拟声词所组合而成的文字段落，占据整部作品体量的四分之一左右，却看不出与故事主体的直接关联。乍一看，像极了一部凌乱而不知所云的私人写作提纲。如果有足够的耐心和想象力，一些意义片段可能偶尔会被拼贴出来。考虑到故事主体中未来时空、高科技等所营造的语境，不妨将这份提纲理解为一部雄浑沉郁的人类史诗，包含着人类本真自我的秘密，它被故意切割成语言的碎片漂浮于浩渺的数据洪流中，以对抗帝国无处不在的监控、检索和清除。如同电影《黑客帝国》里的经典场景：从屏幕上方倾泻而下的字母雨或字母瀑布。那不是字母的随意坠落，而是代码片段、程序碎片伪装而成的美学幻觉。它们在等待时机被连接成完整的黑客病毒程序，以瓦解强大的人工智能系统及其所制造的美丽新世界的幻觉。正如，那些语言碎片在等待被重塑为有着充沛的情感、丰富的智识的人类抒情史诗并广为传播，以摆脱由帝国科技所监控并塑造的、异化的情感、思维、信仰系统。"提纲"也好，"旁白"也罢，都是"抒情"，有时候，"抒情"像是"叙事"的影子，他们可以化为伟大叙事的光晕，亦可以让形迹可疑的叙事陷入无物之阵的迷雾。

事实上，早在李宏伟的第一部长篇小说《平行蚀》（作家出版社，2014年）中，他已经在借鉴史书的编年和纪传来处理个人成长与历史禁忌之间的复杂纠缠。在那篇精彩绝伦却鲜被提及的中篇小说《来自月球的黏稠雨液》[1]中，他更是大胆地采用官僚语言、行政文书的形式来讨论未来时空中的社会分层和区隔。就小说内容而言，社会实验和社会现实之间的分界时隐时现。无疑，李宏伟对形式的偏好一直如影随形地伴随着他的写作，形式的迷人之处正如影子的变幻不定，便于李宏伟怀揣利器在虚实之间腾挪闪躲，在某个猝不及防的时刻，让对手遍体鳞伤。

（原名《欲望说明书，或21世纪的梅菲斯特——关于李宏伟〈灰衣简史〉》，刊于《上海文化》2020年7月号。收入集子时，有所改动）

---

[1] 《来自月球的黏稠雨液》曾作为单篇作品收入小说集《假时间聚会》（作家出版社，2015）。后来成为李宏伟长篇小说《引路人》（北京十月文艺出版社，2021）中的一部分。

文学青年编年史

一、关于"文学青年"

从洪水肆虐全国的 1998 年到汶川地震发生、北京奥运会举办的 2008 年,一群文学青年十年漫游的精神／地理图景构成了长篇小说《雾行者》的主体:他们游荡于广袤的地理空间,亲历过历史提速后的蓬勃、蛮横和牺牲,目睹了复杂的现实与朴素的愿望叠加出的形形色色的人生……这样的经验和图景可以被任何类型的知识体系描述和呈现,同样也可以被"文学"谈论。世界变化的速度和深广度,对包括"文学"在内的任何知识体系的描述和解释能力都是一种挑战。所以,"世界"成为"文学"意象的过程,便是世界的扩张、变化与文学的扩容、重建之间永无止境的、复杂而广阔的对话过程,而那些积极参与这种对话的人们将拥有朝向未来的、丰富、辽远的精神世界。《雾行者》在这个意义上成为一部辽阔的精神传记。

因为"文学"本身就是《雾行者》的描述对象，所以在展开讨论之前，有必要对"文学青年"这个称谓所涉及的相关问题进行澄清。因为《雾行者》中的主要人物很容易被贴上"文学青年"的标签，而这种标签在当下中国文化语境中恰恰是个极其暧昧的存在。

尽管"文学"的专业标准及其话语方式在这个时代是面目可疑的，但是这并不影响其凭借残存的话语权威制造对立面以强化自身合法性，"文学青年"在这种意义上成为"污名"的称谓，意味着知识的残缺和品味的浅薄，代表着不被信任的、非专业的价值和意义。在大众文化领域，"文学青年"又成为某种消费符号：以清浅的感伤回避现实的批判，以轻盈的形象掩盖翻腾的欲望，以简单的语言架空复杂的意义，它用一套易于习得、复制的标签化语言符号系统来吸引消费群体以制造自我提升的人生幻觉。在这个意义上，它其实是设计更为精密的、运行方式更为隐秘的、规模更为庞大的遮蔽现实的话语体系中的共谋成分。但不管是专业话语的歧视，还是共谋关系对其的商业化利用，"文学青年"都是在"文学"与个体日常的断裂关系中被使用、谈论的。

正是在个体日常与"文学"的关系重建中,《雾行者》重新定义了"文学青年"。这里的"日常"并不涉及生存问题,而是强调个体"自我"与周遭世界的基本沟通方式:小说中主要的人物一直在借助文学经典提供的经验、视角和意义来看待周遭世界的变化;同时,他们亦在对世界变化的感知中调整自身,并进一步影响自身与"文学""世界"的关系。这是一个持续的、相互塑造的过程。所以,这里的"文学"并非仅仅是兴趣、爱好、谈资,亦非单纯的职业或谋生工具,更非美化权力、资本和共谋关系的装饰性象征物,而是可自由选择的、可信赖的知识体系。个体以此为中介,实现"自我"与周遭世界的互动。在这样的关系中,作为知识体系的"文学"其实被赋予了类似于"世界观"或"信仰"的功能,它影响甚至决定着"自我"解释世界的思维方式、情感表达和价值判断等。同时,"自我"作为个体与世界相遇时共同塑造出的阶段性精神状态,它亦处在一个不断变动的过程中。所以,"青年"是关于"自我"的开放性、可塑性以及未完成性的中性描述:

> 我们的自我是有黏性的;自我不是没有摩擦力的、无实体的和超脱的,而是卷入具体的时间与地点、文化与历史、身体与经历。这些把人与

人区别开来的要素极为重要；它们在文学以及生活中都应该得到认可。[1]

所以，当路内[2]追问"你曾经是文学青年，后来发生了什么？"[3]时，他其实想探究的是世界以何种方式向谁敞开了何种样子。这是一个需要在"自我""世界"和"文学"三者之间的张力关系中持续追问的庞大而复杂的问题。倘若考虑到路内是在"虚构"范畴内讨论这些问题，那么《雾行者》其实也是路内关于自身写作及其意义的反思。

1　［美］瑞塔·菲尔斯基：《文学之用》，刘洋译，南京大学出版社2019年版，第67页。
2　路内的长篇小说版本众多，为了让读者直观地了解路内的写作历程，这里罗列一份粗略的路内长篇小说创作年表，即长篇小说的首次发表和首次出版情况。1、《少年巴比伦》发表于《收获》2007年第6期，2008年由重庆出版社首次出版。2、《追随她的旅程》发表于《收获》2008年长篇专号·春夏卷，2009年由中信出版社出版。3、《云中人》发表于《收获》2011年第3期，2012年由浙江文艺出版社首次出版，本文使用的是其他版本。4、《花街往事》发表于《人民文学》2012年第7期，2013年由上海文艺出版社首次出版。5、《天使坠落在哪里》发表于《人民文学》2013年第10期，2014年由北京十月文艺出版社首次出版。6、《慈悲》发表于《收获》2015年第3期，2016年由人民文学出版社首次出版。
3　路内：《雾行者》，上海三联书店2020年版。后文中凡引自该书的引文不再一一注释。

二、《雾行者》A 面：文学、小镇和世界

（1）

《逆戟鲸那时还年轻》收录了九个短篇，格式像塞林格的《九故事》，题材却并不整齐，是文学小青年的习作集。

这样的描述很容易让人想起路内自己的那部小说集《十七岁的轻骑兵》。《逆戟鲸那时还年轻》的作者是端木云，小说素材多来自他的成长经历，且大多写于 1998 年。当路内开始详细地介绍这本小说集的内容时，他其实在完成大多数长篇小说都要处理的一个问题，即交代小说主要人物的早年经历、精神气质、思维方式、人生抉择，它们不仅是故事在情节意义上的起点，也是小说叙述基调和氛围变化的源头之一。值得注意的是，路内在实现这个基本要求的同时，又完成了现实如何进入虚构的演示和讨论。《雾行者》很重要的一个特点在这里展现出来：路内在叙事的过程中，对叙事行为本身的反思一直如影随形。不妨把作为知识体系的"文学"视为《雾行者》中的一个一直无法被命名、赋形的"幽灵"般的人物，路内通过对其的追踪和凝视，建构了"自我"与"世界"进行

对话的方式和图景。

当端木云回忆"写小说的年代"时，故事时间便被追溯至一个具体的年份，1998年。这是故事开始的年份："端木云毕业那年正逢一九九八年，洪水泛滥的夏季将会永远地留在他的记忆中。"个人记忆与社会记忆重合，社会重大事件因为震荡的深广度而被铭刻于个人经验中，个人记忆则因为社会重大事件的参与建构而得到强化。同时，毕业类似于造成连续性断裂的"事件"，文学青年无可避免地与世界狭路相逢。一个文学青年的就业之路竟像一段历史拉开序幕，这样的反讽同时指向个体和历史。

因为涉及小说的描述和讨论，所以经典名著、电影的名字不时闪现在叙述的进程中。但没有必要刻意寻求这些名著与路内或端木云写作的内在关联，不妨将它们视为文学青年知识储备的某个侧面。同时，辨析端木云与朋友们关于文学的种种议论的对错，亦无多大意义。因为这些观念都是极其私人化的视角和感觉。这些知识和观念并不构成叙事的动力，却是必要的修辞。它们在情节、对话、叙述中恰到好处地出现，从而使得叙事充盈、生动。

端木云的人生经历所塑造的小说形态才是需要关注的重点。当端木云向朋友辩解"不是写寓言"时，就已经挑明端木云小说形态涉及的基本问题了。端木云谈论写作时，高频词是"象征""隐喻"；喜欢写"既是天使又是魔鬼"的白痴；偏爱幽闭、静默的场景，如电影院、傻子镇和收容所；到了后来开始用字母代替人名。这些写作都在指向抽象、凝重的意义和形态，尽管不乏深刻，却依然是向内收缩的思维状态。很显然，现代主义文学经典中的某些类型所构成的视角，已经牢牢掌控了端木云看待世界的方式。当路内讲述端木云的写作过程时，间离效果很容易激发反思的意味。他并非反驳经典的意义，提醒重新思考现代性意义上的寓言式写作之于当下的适用性。端木云毕业时，遭遇的是1990年代末现实世界的飞速扩张和膨胀，事物、经验的多样性层出不穷，而他的写作却在不断地向内心撤退，躲在经典曾不断塑造的"小镇""城堡""精神病院"等场景所预设的意义象征系统内。当端木云试图将1990年代肇始的收容制度写进小说时，却借自己小说中的人物之口说了一句话："D说，收容站是一种象征。"现实的荒诞、残酷被漠视，并被简化为某种象征系统，寓言写作的无力被瞬间揭穿。

小说中还有一个细节：

可是花神和凶神指的是什么？端木云说，看起来是象征，其实是隐喻，类似梅尔维尔的白鲸，

> 但就连我也没搞清凶神和花神之间有什么关联。

面对具体的经验，端木云已经无法做出有效的解释，他的话语需要借助经典所提供的经验和意义来呈现。换而言之，借助别人的话语来表达自身，在某种程度上意味着自身语言及物能力的衰退和丧失。或许在这里，路内是想写出文学青年在现实面前的溃败。但是他们的失败并不仅仅来自现实的残酷，更来自"自我"的封闭与知识体系的僵化之间的不断循环。路内的反省不仅指向现代主义经典所建构的某种视角和意义系统的僵化，即寓言写作对世界的多样性和复杂性的删减或漠视，有些时候沉思、深刻与苍白、软弱只有一线之隔；而且，映照出文学青年精神世界的某些层面在沸腾的世界面前所表现出的时代症候。

事实上在故事的发展中，端木云的部分朋友们，那些曾经的文学青年们已经纷纷开始调整与现实的关系，尝试着与世界进行实质性的接触。唯独端木云依然沉浸在自己的意义系统中。在端木云决定往前迈出一步时，这一天正好是1999年的5月1日。他和周劭即将前往的目的地是一个开发区，那里聚满了打工仔，他们都是劳动者。

（2）

到铁井镇她发现这地方小得可怜，她家乡县城远比这里热闹，有五十万人口。当她走到开发区，情况完全变了，这一天早上，数万名打工仔从宿舍区涌出来，像浪潮转换为支流，按照不同款式的制服分别进入某一家工厂。七点五十五分，街道变得极为安静，人都不见了。

文学青年们终于与这个世界最真实的一面狭路相逢，血汗工厂和打工仔。这样的场景怪诞而真实，工业社会最基本的一种面相。开发区首先是成千上万的陌生人、原子化的个人，为了生存而不得不聚居在一起的场所。这样的生存环境常常因为空间逼仄、资源有限、路径拥堵、秩序失衡，从而使得结构性的社会问题在其中得到集中乃至戏剧性的呈现。所以，不妨把开发区视为现代社会和当代现实的缩影，财富与权力、秩序与道德、梦想与生存、城市与乡村、身份与阶层……几乎所有现代社会命题都在这里密集交织。类似的地方还有"城中村""城乡结合部"等空间。正如故事所实际呈现的那样，几乎所有的小说人物都在开发区以不同的方式产生联系，小说中的主要叙事线索也在这里交织。当"炼狱式的小镇"这样的表达被提起时，尽管它依然是个典型的现代性寓言意味的意象，但是对于此时的文学青年端木云来说，已经不再仅仅是内心荒凉、精神颓废的投射，而是开始有了丰富的现实内涵。"小镇即世界"的现实图景开始在文学青年的视野里慢慢展开。

> 两人沿着围墙又往前走了一段，三五个打工仔与他们擦肩而过。天色有点暗了，路边的树枝低垂到头顶，蝙蝠在空中振翅飞舞。直走到围墙尽头，看到渣土场像深入水潭的半岛，水面上全是水葫芦，远处有一片树林。郑炜领着端木云走向一条岔路，片刻之后，一条街道出现在眼前，像幻境一样，整片的农村小楼以及用铁皮和毛毡搭起来的违章建筑，电线在半空杂乱无序地拉过，各家各户灯火通明，许多打工仔在其中走动。

"十兄弟"的故事在这样的环境中发生，贯穿小说始终，并波及小说中的其他几个时空。这样的故事形态本身就是"小镇即世界"的形象解释。"十兄弟"的故事固然惊心动魄，但黑帮故事的外衣终究掩盖不住社会悲剧的内核。"黑帮""黑社会"抑或是"犯罪团伙"是法律条文定义的结果，彰显着权威秩序的存在。当秘密全部被揭开的时候，便发现这些人最初的啸聚恰恰是因为社会正义缺失和利益诉求渠道堵塞。所以，罪与罚制度惩戒的不对等，善与恶评价标准的混淆，便以极具反讽意味的方式成为"十兄弟"故事的社会起源。无疑，犯罪和暴力应该被禁止，但是在制度性福祉覆盖不到的地方，"十兄弟"的结合其实也是一种朴素的民间互助形式，是基于基本生存、尊严的相互搀扶。也正是因为事关生存，所以，对丛林原则的服膺就成了相互扶持、抱团取暖的这种形式的另一种面相，戾气伴随着温暖，关怀包裹着暴力。所以，当"江湖儿女"像句口号一样飘荡在小说的各个角落时，所有豁达、洒脱态度的背后往往都藏匿着辛酸、不堪甚或残忍的现实。

"十兄弟"的故事与那些隐秘的、黑暗的现实及其秩序相关，是丰厚的历史红利和光鲜的社会进程所极力掩盖的。后者依靠的是另外一套秩序，即工厂、流水线及其相关管理手段，其中包含对等级和暴力的合法化。这里暴力并不仅仅是指可见的暴力，如保安队的残暴行为和对工人的严苛管理，而且包含那些不可见的暴力及其形式：

> 周劭穿着紫色的衬衫觉得怪异，他这辈子没穿过紫色。……
>
> 在美仙公司，干部和销售员穿蓝色制服（而

且有领带）。周劭很快就识别清楚，干部的蓝略浅，销售员的蓝略深。童德胜和祝淼是储运部唯一穿浅蓝色制服的人，但质检包装处的课长穿得和他的工人（全是姑娘）一样，粉色制服。至于台干，也穿浅蓝色制服，从外观无以辨别，但只要他们一出现，你就会知道，他们是台干。周劭寻思，这体系有点让人看不懂。

由于色系分类，窜岗变得很容易识别。穿灰色制服的工人从长龙式厂房的东边进入，除了午饭，其余任何时候你都休想见到他们。这些人是操作工，当周劭问他们在做什么时，童飞的回答是：他们在发疯似的干活。

想象一下这种画面：一套只为攫取利益最大化的严苛的管理体系化身为五颜六色的制服，色块和颜色斑点的流动和凝固下是蝼蚁般的密集人群以及永远也看不清的表情。残酷的生存被覆盖上了赏心悦目的油彩。这种秩序对身体和身份的处置实际上代表了被默认为合法的暴力／监控系统。以颜色区分人的角色、等级和功能，是客观之物的神圣化、神秘化和人的物化、扁平化同时发生的过程。或者说，人作为个体的差异性，如容貌、体重、性别、性格……一律被系统抹平，成为无差别的、等待被赋形赋义的物体，直到被系统分配颜色、划分等级、成为符号、执行功能。五彩斑斓的色彩掩盖了系统对人的盘剥和异化。这种秩序所带来的效率和利润,并不覆盖他们的对象,而是属于系统的设计者和维护者。在这样的背景下,"假人"(那些身份造假的人,比如,假身份证、假学历)涉及的问题便有了黑色幽默的色彩。只要"假人"还在系统里执行某种指定功能,身份的真假根本不重要,这里面有着系统的自信、傲慢和残忍。只有当"假人"违抗指令并试图从中获利时,"假人"才被系统视为必须清除的"病毒"和需要解决的"BUG"。"假人"在这个意义上反而成为具有主体性的人,这对颜色体系而言更像是反抗和揭露。被颜色体系排除的"假人"们慢慢衍生出自己的秩序和现实,这便是"十兄弟"的故事。

事实上,端木云不断见证,并间接卷入"十兄弟"的故事的过程,亦是他所信赖的意义系统不断遭到破坏的过程。所以在他闲荡于铁井镇的过程中,偶尔会闪现出类似"全景式"的视角:

> 小镇的居民歧视打工仔。这是当然的,任何一个开发区的"原住民"都有可能产生这种优越感……优越感伴随着恐惧感一起生成,确实,五到十万名打工仔近在咫尺,治安队徒劳地阻止着

打工仔从西侧和北侧进入小镇，与此同时，在小镇东侧，朝着上海的方向，桑拿房和洗浴中心相继落成好几家。这一格局具有哲学意味，具有历史意味，具有文学意味，可能也具有现实意味，但你并没有钱去领受所有的现实。

"哲学意味""历史意味""文学意味""现实意味"叠加于同一种景观，这是端木云内心世界逐渐向外敞开的自我证言，他开始看到现实不同侧面，并懂得在并置中看出现实不同层面的联系性和多重意义。"小镇即世界"像是某种至暗时刻。没有这种时刻的降临，端木云可能依然活在"寓言"的世界里，也不可能有此后漫游生涯中对"寓言"世界的反省，以及对"人山人海"的拥抱。

（3）

端木云的"自我"曾被囚禁在《逆戟鲸那时还年轻》的寓言世界中。当这个寓言世界被铁井镇撞击出一道道裂缝时，"自我"将随着端木云辗转各地的漫游生涯而开启否定和重建的过程。需要提醒的是，前述关于寓言世界的反省，来自叙述者复述端木云小说时的腔调与端木云小说本身的腔调之间的间离效果，是路内的叙事态度和读者的阅读感受，而非端木云的自我认知。当端木云以"我"作为叙述视角自述漫游生涯时，他的那些关于"文学"的主动拒绝和否定才是自我认识，才能构成"自我"建构的动力。

端木云的自述始于 1999 年 10 月他开始在全国各地的仓库轮流转岗，止于 2007 年 9 月去往珠穆朗玛峰大本营的路上。端木云的轮岗其实是从一个开发区流转到另一个开发区。铁井镇的景观由开发区、流水线、联防队、打工仔、收容所、城乡结合部、洗浴中心、桑拿房等构成，这是一个微缩的当代社会形态及其财富／权力分配体系的展示。倘若将其视为世纪之交十年历史的表征，那么便意味着端木云其实一直见证并被动参与着历史的野蛮生长。与此同时，作为端木云精神栖息之所的"文学"亦在虚拟的形态中经历着繁盛和凋敝。BBS 论坛是彼时文学青年们的精神家园。端木云在 2005 年初辞职的时候正是 BBS 迅速衰败的时候。

正是在现实与虚拟的撕扯之中，端木云看清了几分真相：BBS 论坛时代文学话语的洪流看似汹涌却终究是虚拟的澎湃，难以及物，正如匿名的言论和野心禁不起现实的轻微撞击；现实经验的爆炸与文学及物能力的萎缩依然相向而行……

所以，当他指出昔日"同路人"玄雨的末世小说《废土世界》的想象力来自"古代神话的想象逻辑"

时，其实在批判寓言写作的封闭与想象力的陈旧循环互证，而这恰恰是论坛时代风行的某种写作倾向。端木云所否定的，正是自己所曾投身的。无疑，端木云那个稳固、自洽的文学／精神世界在与现实的碰撞中逐渐坍塌，而他的自我批判亦指向了重建的可能。这种可能在他评价《废土世界》和《巨猿》的角度差异性中体现出来。两者都是带有灾变和末世色彩的小说。对于前者，端木云是用现实世界运行规则和逻辑来质疑其叙事的合理性。对于后者，他则试图通过文本细节去复原那些真实发生过的社会、历史记忆，或者说，他在思索那些社会、历史记忆如何与个人经历发生关系并进入虚构的过程。当"作家的自我"这样一个朴素而复杂的问题被重新提出时，也意味着现实与虚构的张力关系将被重新赋形。

相应的是，端木云在现实领域中对好故事诱惑的拒绝。漫游生涯开始后不久，他便撞见了"十兄弟"最为核心的秘密，窥见了一群人在这个时代中走投无路的样子。面对把"十兄弟"的故事写成小说的建议，他表示了明确的反对："此时此地，我只能说，忘记小说吧。"这是写作道德感的觉醒。与此形成鲜明对比的是，端木云在去铁井镇谋生之前，出于好奇心，他还曾央求护士将其带进收容所内部以收集写作素材。他的态度转变并非是难以驾驭所谓好故事的个人才能问题；而是，在残忍、沉重的现实面前的无力干预所产生的关于写作行为的羞耻感。直面这种羞耻感，进而拒绝写作都是写作伦理的应有之义。

无疑，路内的写作观在虚构人物端木云那里得到部分印证。尽管"十兄弟"的故事是《雾行者》最主要的构成部分，但是路内并没有直接叙述这个故事。即便端木云、周劭与"十兄弟"中的个别成员有过交集，但是"十兄弟"的故事却是依靠"道听途说"的信息或"转述"的片段拼贴出基本轮廓和线索。借用端木云的话来说："如果你（指的是另一位作家）的小说写到那些人，用了他们的隐私，碰触了他们的内心，却不能给他们以安慰，你最好赶紧去死。""十兄弟"的故事无疑是这个时代最为隐秘的伤痛，但是诗性正义真的能填充道德、制度、罪与罚缺席之处的真空吗？面对这样追问，写与不写抑或是怎么写，都事关道德。

在这个自我重建的过程中，端木云后来终于触及了文学知识谱系的整体评价。这种反思是从他与人讨论经典文学中的"意象"开始："文学中陈旧的意象，被用滥了的意象，人们不知其滥俗而仍然自以为是地使用着的意象。"简单来说，就是经典文学意象滥用的问题。严格说来，所有意象都发生于不可复制的瞬间，原初的意义只与特定时空的具体经验相关。有些意象成为"经典",是依凭精妙修辞的结果,有限的语言可以依凭家族类似原则对诸多类似的经验进行压缩。所以,大部分时候,当经典意象被重复使用时,其实就是原初的意义在类似语境中被挪用或稀释,虽已经不觉得新奇,但还是觉得基本妥帖。然而这也意味着,新语境中那些不在原初意象意义覆盖范围中的异质性经验被轻易忽略了,更遑论那些体量微小但意义微妙的经验细节。无疑,经典意象的滥用在本质上是对差异性进行同质化处理的审美懒惰和误判,是审美空间的塌陷,更进一步说,是对真实经验和诚挚感情的消灭,正如端木云所言:"深渊都被那些重复的比喻给填平了。"

事实上,经典文学意象恰恰是经典文学谱系的核心构成部分,正如小说中所罗列的那样,李白的"月亮",凯鲁亚克的"在路上",博尔赫斯的"镜子",尼采的"深渊",加缪的"局外人",卡夫卡的"城堡",艾略特的"四月",奥威尔的"老大哥",《圣经》中的"原罪",美杜莎的头颅,潘多拉的匣子,索多玛的盐柱,塞壬,俄狄浦斯,西西弗斯……这是一份邀请读者持续添加的名单。经典文学谱系所提供的世界观和精神资源,从来都不是特定人群的专属,特别是在现代社会。因为他们在解释世界某个层面(社会、历史、政治、伦理等)的深广度、通约性、影响力而成为可以共享的思想资源和价值尺度，他们中的一部分甚至因为影响巨大而在传播中成为无需通过阅读就能获得的社会共识、思维方式、文化符号。所以，迷失于经典亦是另外一种意义上的思想被宰制。面对时代、历史提速后的经验类型的急剧增多和经验体量的急速扩张，如何调试审美习惯、价值偏好、思维方式对经典文学谱系的过度依赖，便成为"文学"重建的重要问题。这样的整体调整，并不是强调经典的相对性，而是向作家的"自我"重建提出中肯的建议，即摆脱经典的压抑和阴影，以激发自身描述经验、命名事物的能力。

端木云的"自我"重建跟随他的"游荡"始终处于流动状态中。所以，很难通过截取片段分析来呈现其整体效果。但不妨把端木云的漫游生涯视为一个"文学"话题在不断被提出的过程，而这些话题的提出几乎都是现实事件激发的结果。同时，关于"文学"的讨论最终指向的都是关于自身的检讨和激辩，这种或隐或现的变化又会在与现实持续沟通的细节中呈现出来，并引发新的"文学"话题。如此反复，"文学"成为某种意义、形态不断变化的、特殊的"中介"。如前述的那样，人总是习惯用自己信任的知识体系和话语方式来解释自身与周遭世界的关系，恰好"文学"正是端木云的兴趣和后来的职业。也正是人的局限和可能、世界的无尽、文学的未完成态三者之间持续的、开放的、不断的对话，使得《雾行者》走向开阔、澄明的境界：

> 我闭上眼睛听着小伙子讲话，那些被音译命名所限定在汉字里的山峰，那些奇怪的或神圣的意义，几千座山峰就像城市的名字、道路的名字、人的名字、小说的名字，无尽并且自负地存在于我的认知之外。

三、《雾行者》B 面：变容、编年和前史

（1）

事实上，《雾行者》的复杂和辽阔仅靠端木云独自漫游、沉思是难以实现的。这部小说的优秀得益于多个声部的交织所构成的坚实的语境和宽阔的视野。比如端木云和周劭的关系。两人是大学同学，是好友。周劭见证了端木云沉溺寓言写作的过程，又一起经历了铁井镇的种种经验，共同目睹了十兄弟故事的一些片段。直到两人各自在全国轮岗，虽是异地，却保持联系。

从叙事的角度来看，两人之间存在着非常微妙的对话关系。在两人几乎形影不离的日子里，当现

实在端木云的眼中化为一个个文学意象时,周劭是那个不断打破其幻觉并推动其面对现实的人。多年之后,周劭在翻完一本"发霉的文学杂志"后,"随即发笑,这些写寓言的作家啊"。善意的嘲讽不言而喻,尽管那时端木云并不在身边。从叙事的背景和信息的完整度上来说,两人分隔两地却不断沟通信息的行为及其效果,其实是在合力完成庞杂经验的完整拼图。

所以,周劭与端木云的这种人物关系其实也是叙事关系和结构关系。小说的结构设计也体现了这一点。第四章是周劭在 2008 年的经历,他最后一次为公司出外勤,查明真相后决定辞职,故事的时间停止在 2008 年 5 月 1 日凌晨。而第五章却是端木云自述从 1999 年 10 月到 2007 年 9 月长达近 8 年的漫游历程。也就是说,第四章发生的事情其实是在第五章之后。第四章是沉郁、坚实的社会、历史景观的全面铺展,第五章则为深邃、辽阔的精神图景的缓缓升腾。换而言之,周劭在现实中四处奔走的经验其实构成了某种依托,为端木云的精神成长铺垫了深厚、绵密的现实语境;由此,当端木云在与世界缓慢的对话过程中呈现出朝向深刻、辽阔的自我重建的趋向时,才不会显得虚空、高蹈。所以,前者仅仅只是故事在物理时间上的结束,而后者才是叙事的意义和形态的完成。

倘若按时间顺序来调整两个章节，则小说的整体审美将大大折损。

其实，不妨把端木良和周劭理解为作家路内精神世界中分裂而缠绕的两个"自我"，在"虚构"领域的化身或投射。而周劭正是那个不断向外部世界突进的"自我"。作为曾经的文学青年，周劭在毕业后就投身纷繁、缭乱的现实。在这个意义上，周劭的言行、人际关系及其衍生出的社会现实，其实都构成了审视"文学"的外部视角。

举个例子。《雾行者》的开头是悬疑小说式的，周劭卷入了一场谋杀案。尽管凶案已经足够扑朔迷离，那些游离在故事主线之外的闲笔，还是以稍显突兀的方式宣示着存在感。当这些富含文艺信息的片段（细节、对话）以极其不协调的方式与作者着力呈现的黑暗现实并置在同一语境中时，"文学"与"世界"的"分裂"异常醒目。小说中有个意味深长的细节。讨债前，台企高管陆静瑜在小城里一家门可罗雀的咖啡馆里，请老板手冲了一杯拿铁，买下了一本英文版的珍·奥斯汀的《傲慢与偏见》。这个细节如果从语境里抽离出来，未免显得有些矫情。形成对照的是，在讨债现场，陆静瑜并没有任何与文艺有关的举动，始终是奉行理性、利益原则的经济人的有理有据和不卑不亢。当然可以把类似的闲笔出现，理解为小说主要人物周劭身上的文学青年气质在一些叙事空间里残余；也可以从叙事技巧层面去解释这样的场景，它不仅舒缓了关于债务所引发的紧张氛围，而且也是静默和游离的方式调整叙事张力，为接下来即将发生的讨债时的争执和冲突制造戏剧性反差。但是这些阐释都不是要弥补"分裂"。因为，这种"分裂"正是路内所试图呈现的"真实"，是路内努力把与"文学"相关的问题进行客观化审视的结果。

这些闲笔，它们漂浮、闪现于主要故事发展的间隙之中，却不构成任何叙事动力，正如在真实的世界中，"文学"或远或近地环绕于生活和现实周围，却又不与生活、现实发生实际的接触，或实现功利的效用。以开放的态度对待"文学"与"世界"的"分裂"，才能看到在远和近、分裂和融合之间有无数种丰富的选择和姿态。所以，不管是"文学"救赎功能的肤浅论调，还是"文学"无用论的粗暴论断，都解释不了何以"文学"与"世界"的关系在陆静瑜身上如此分裂而又自洽。因为理解这一切需要承认"分裂"即是真相：很多时候，"文学"只是这个"世界"的"闲笔"。

再举个例子，《雾行者》腰封上有句话："你曾经是文学青年，后来发生了什么？"，出自第四章周劭与前女友重逢的场景中。前女友卧底记者的身份让这场重逢显得意味深长。文学青年投身社会新闻，是对知识体系和世界观的重新选择，是面对现实的思维方式和实践行为的转变。这种身份转变在故事中自然会带有关于"文学"反思的象征性意味，正如周劭把一本发霉的文学期刊扔在了街边，这绝非无意识的举动，而是有意味的态度。

但是，更重要的是两人贯穿整个章节始终的"对话"。两人重逢时，各自交换着对过去和现在的看法。这场看似平等的交流，却因为辛未来的身份而显得失衡。社会新闻记者的身份加持了现实信息的密度、重量、真实性和深广度，使得这种交流成为当代现实及其症候不断涌入文本的过程。但是，辛未来并非凭空出现，她的名字时不时被端木云和周劭提起，她的故事片段一直断断续续地飘荡于周劭和端木云的生活和记忆中。所以，与周劭邂逅、对话的过程，其实也是她的故事的断裂、空白之处被逐步拼贴和填补的过程。也是正是因为身份使然，那些现实图景便在辛未来讲述自己故事的过程中，以很"自然"的状态被缝合进来。所以，看似失衡的交流过程，倒也合情合理。但无论如何，从最终的审美形态来看，这场对话都在召唤端木云的参与，它像是粗粝、深沉的声部，回荡在端木云漫游路途上。

（2）

周劭与辛未来的这场对话被命名为"变容"，事实上，这不仅是文本中社会、历史、现实等信息密度和体量的"扩容"，也是路内写作的"增容"：《雾行者》在语言和氛围、叙述和结构、格局与气象等层面完全区别于他以往的写作，是一次卓越的奔腾。

在辛未来和周劭的交谈中，辛未来曾简单地总结过自己的职业经历：

> 我也写过血汗工厂的报道，没什么影响力。说实话到处都是这种工厂，刚踏进去时还觉得挺新鲜，那些工人的状态，主管和保安的状态，感觉就像马克思所说的随时会诞生革命，可是用不了三天你就会明白，这是常态，这是打工仔糊口的地方（大部分都是年轻人，或者傻子），不会有革命。看看那些私营煤矿，在那里，事故代替了革命，死人的事情循环发生，比血汗工厂更具有启示性。

确实很难想象这样的句式、语言和表达会出现在路内的写作中。在《雾行者》出现之前，路内最让人津津乐道的叙事和审美风格，一直是那种"愤世的小流氓"[1]般的戏谑的语气、明快的节奏、恣意的自嘲和佯装世故的感伤。这里无意暗示路内此前的写作在刻意回避社会、历史,而是强调此前的路内确实不是那种在写作中直陈社会、历史观念的作家,他甚少直接描摹社会、历史场景,更不会刻意编织有社会、历史导向的隐喻、细节。即便是《花街往事》《慈悲》这样的根植于历史深处的故事,也常常会因为故事本身的饱满、精彩而让人忽略其背后的历史渊源。

但是"熟悉"的路内还时不时闪现在"激进"的路内的叙述之中。比如上述的那个场景中,周劭亦回应了辛未来关于他过去十年经历的询问:

> 周劭说:嗨,说起来,倒不免得意。二〇〇〇年被建筑老板的马仔用火药枪指着头,要我开仓库发货,绝对刺激;〇一年被偷;〇二年在火车站被人抢走了所有行李;〇三年非典,倒没什么大事,中间辞职了一回,本想到北京找份体面的工作,结果被堵在一栋楼里半个月,后来又回到美仙公司;〇四年在一座城市,下暴雪,手机被人偷了,我把前任仓管员的骨灰带回总部,这孩子车祸死了;〇五年发生了更多的事,来不及讲。

---

[1] 路内:《十七岁的轻骑兵》,人民文学出版社2018年版。

相对于辛未来那种有着明确社会、历史内容和态度的雄辩，周劭的回应值得玩味。他刻意回避了与大历史的正面相遇，比如，"〇三年非典，倒没什么大事"，却极其固执地用具体年份来标注个体经验。这种句式的汇聚，以及个体经验的逐年排列，竟产生了"编年史""大事记"的宏大意味。倘若对路内的此前的写作比较熟悉，便不会想当然地认为，路内通过戏仿历史叙述重要形式的策略维护了个人经验的尊严。从审美效果倒推出写作策略，难免会有误读。因为这种句式及其所代表的处理个人经验的方法和态度，在路内此前的写作中极其常见。比如，

> 九一年夏天，我在戴城无所事事，时间就像泥坑中的水，凝固，腐臭，倒映着天空中苍白的云。(《追随她的旅程》)
>
> 假如让我回忆我的一九九四年，我会说，那一年仿佛世界末日，所有心爱的事物都化为尘土，而我孤零零地站在尘土之上，好像一个傻逼。(《少年巴比伦》)
>
> 一九九六年是我比较荒凉的一年，但我不太想用荒凉这种滥词，说得具体一点就是，我没工作，没钱，没女人，文凭能不能拿到手还不知道，

因为我挂科太多，都快把我愁死了。(《天使坠落在哪里》)

以上的例子来"追随三部曲"。限于篇幅，每部小说只引用了一条。这样简单地罗列旨在表明路内一直在执着地在为个体经验标注时间刻度。他甚至用这种方法完成了"追随三部曲"的写作。众所周知，"追随三部曲"的发表时间依次为《少年巴比伦》《追随她的旅程》《天使坠落在哪里》，其实故事发展顺序为《追随她的旅程》《少年巴比伦》《天使坠落在哪里》。只要对小说中随处可见的路内式的个体经验编年句式稍加注意，便会发现"追随三部曲"其实是路内按照时间顺序逐年编织出的小城青年在1990年代的个人经验编年史，故事开始于"一九九一年，我十八岁"(《追随她的旅程》)，结束于"二十七岁生日那天，我离开了戴城……我二十七岁那年，世纪末和千禧年按时到来……"(《天使坠落在哪里》)还需要提及的是，小说集《十七岁的轻骑兵》的写作。小说集的第一篇《四十乌鸦鏖战记》开篇第一句话就是："我们所有的人，每一个人，都他妈差点冻死在一九九一年的冬天。"最后一篇《终局》开头则写到："我们在一九九二年分配到全市的化工厂。"这个短篇系列的起始和结束时间，正好对应着《追随她的旅程》的故事始末。很显然，两部作品存在着直接联系：路内在《追随她的旅程》中把焦点聚焦于路小路实习期间的初恋，腾不出更多的精力来叙述他实习生涯中的其他方面；于是他便用一系列的短篇来修补编年叙事中残缺的部分，在补全实习生涯中的其他经验的同时，顺便追溯了路小路的技校生涯。所以，小说集的腰封上有句话把《十七岁的轻骑兵》形容为"追随三部曲"的"前传"故事，这是对路内编年式写作的如实描述和强调。但是却忽略了另外一点，《十七岁的轻骑兵》之于《追随她的旅程》更像是以时间编年为基础，在空间意义上的经验拼图。

如果说，在《雾行者》之前，"编年"只是路内处理个人经验的特定方式，并涉及其写作上的整体规划。那么，到了《雾行者》，这种"编年"及其衍生出的"拼图"已经成为醒目的叙事结构和叙事方法，只不过不再局限于个人经验。

  第一章 暴雪（2004）
  第二章 逆戟鲸（1998）
  第三章 迦楼罗（1999）
  第四章 变容（2008）
  第五章 人山人海（1999-2007）

从形式外观来看，时间控制着叙事的节奏和进程，并成为小说章节划分的依据。依据时间限定，主要线索的流动性、阶段性形态得以清晰地呈现；同时，刻度造成的停顿，是对过程和时间的强制定格和延时，使得提取、凝视、描摹经验细节成为可能。由此，更多的细节呈现将有助于叙事的精确性、饱满度。从内容上来说，各章的信息、线索、意义彼此补缺、呼应，从而构成一个复杂的、立体的拼图故事。特别是空间维度上的经验范围的延展，使得直观描述经验的关联性和复杂性成为可能。正是依凭这种叙事结构和方法，体量巨大的《雾行者》中时空、视角转换和衔接，丰富的知识和绵密的细节，以及广阔的社会历史图景等得以清晰而饱满地呈现。

（3）

路内如此偏执地迷恋个人经验的编年叙述，大概是因为他曾清晰地看见两种历史的"时间差"以及居于其中的个人困境。

> 我又想到自己二十五岁了，时光荏苒，我十七岁时候拿着无缝钢管在街上打架的时代一去不返，我二十岁时候在国营工厂里倒三班睡大觉的日子也消失殆尽。有一天我走到糖精厂那边，

发现一条高架公路直直地劈过厂区，从糖精车间旁边凌空而过。这极其破坏我的现实感，我一直认为糖精厂是我年轻时代的监狱，但是监狱的上空怎么可能飞过一条公路？它打破了我自怜自艾的幻觉。假如我还在那里造糖精，一定会觉得时间扭曲，深刻地变成一个疯子。

我在一个不是很匀速的年代里，坐着我的中巴车，咣当咣当，从这里到那里，用自己的速度跑来跑去，看着别人发财破产，似乎一切都与我无关。我所留恋或憎恶的世界，终于抛在脑后了。我混惨了，身边的人全跑了，连老杨和小苏这种看起来会和我一同衰老的货色，都成了白领，而我被扔在戴城，甚至被戴城扔在马台镇。用不了多久，我就会被马台镇扔到什么地方去。(《天使坠落在哪里》)

戴城并不仅仅只是地名，而是社会主义工厂及其"工厂办社会"的结构和功能的隐喻。一个工人在履行工作职责的同时，他的生老病死都可以在工厂所提供的教育、住房、医疗、福利体系中完成。因此，对他来说工厂只是微缩的社会结构。居于其中（"国营厂"／"糖精厂"），个人只是按照国家设定的工厂角色完成自己的人生轨迹，个人无法从国家一体化的设计、计划中剥离。但是路小路偏偏生于社会主义工厂的没落时期，另一种历史时间及其代表的秩序——即当时以"高速公路""白领"为表征的市场经济——已经开启。路小路身处两种历史时间的夹缝之中（"不是很匀速的年代"），或者说，新的历史时间对旧的历史时间的挤压，让路小路意识到自己既摆脱不了旧秩序的阴影，也触及不到新秩序。于是，两者之间的时间差和意义沟壑，造就了时代的零余者、小城的闲逛者，他们既是观察者也是叙述者。他只能以"自己的速度"来丈量周遭世界的变化。如今重读在那个封闭的"戴城"里发生的"追随三部曲"便会发现，那其实是困在两种历史之间的绝望、消沉的青年人佯装豁达的伤感记忆。对于一无所有之人来说，再贫乏的经验也会显得弥足珍贵的。这便造就了一个高度风格化的路内：对个体经验的极度自恋、奋不顾身地维护和自鸣得意地讲述。与此紧密相关的便是，这些经验被讲述的过程亦是被不断标记刻度的过程，那么留给路小路的只剩下中性的、匀速的物理时间可以依凭。当路小路用"自己的速度"去丈量它时，他便是路小路自己的时间。前述曾提及把周劭的回应视为戏仿历史编年是某种误读，道理正在于此。对于路内及其笔下的路小路、周劭、端木云来说，他们无力去对抗任何一种历史，与其说他们在戏仿历史，倒不如说，他们一直试图在历史对时间的意义垄断中，争取一些存放个人经验和记忆的空间。

不妨从《雾行者》的角度回望"追随三部曲"，路小路当年看见的飞跃戴城上空的新历史及其秩序，在十多年以后统治了这个时代。或者说，铁井镇所代表的历史时间和秩序在世纪末之后的十年间掌控一切，如今的铁井镇在十多年前曾是戴城。历史更替完成、时间差消失了，然而周劭、端木云继承了路小路"自己的速度"的视角并成为新时代广阔时空中的漫游者，旁观、对话与反思也就取代了闭塞时空中的绝望、隔阂和抗拒。

只是当密集的个人经验与繁复的历史景观在越来越辽阔的时空中愈发频繁地交织于具体的时间中时，原有的悖论会以更醒目的方式呈现：历史从未放弃关于时间的赋形、赋义；同样，个人经验的极端维护方式反而像是向历史发出的暧昧邀请。举个例子，曾出现在"追随三部曲"的最后一部《天使坠落在哪里》中的1998年的大洪水，在《雾行者》中也出现了。

> 一九九八年的春季，雨水多于往年，当时没人会预料到，这是洪水滔天的年份。(《天使坠落在哪里》)

> 端木云毕业那年正逢一九九八年，洪水泛滥的夏季将会永远地留在他的记忆中。(《雾行者》)

前者只是一个小城青年的个人记忆，即便在原文的语境中，这句话也只是路小路讲述朋友去外地"讨债"被困的故事的"起兴"。而后者无论如何都像是欲言又止的阐释邀请，所以，我没能抵制住诱惑，在前述中邀请了历史介入。但是大洪水作为历史大事件与端木云的毕业及其人生经历有无内在的逻辑联系，确实是可以继续讨论的问题。所以，在个体与历史的双向建构中，如何保证个体经验被有尊严地展示，确实是写作中的重要问题。

有种倾向是必须被抵制的，即有些作家会刻意把历史元素（包括社会重大事件）缝制进个人经验的编织过程中，以造成个人经验与历史、社会进程互动的幻象。不可否认，在一些非常极端的状况下，人无法对历史的塑造做出任何回应。但是在大部分情况下，不同的人会以不同的方式对历史进程的不同层面做出反应。但不管是何种反应，都影响着个人经验的形成，历史进程在这个意义上"内化"为个人经验的构成部分。这是个永无止境的个体与历史不断地沟通、反馈的过程。暂时先悬置是否存在与历史无关的个人经验这样的问题，但不容忽视的是，当历史因素不足以构成决定个人经验形态的内部要素时，任何试图绑架历史的叙事都无疑像是实施于肉身的美容或酷刑。肉身的填充物或文身看上去更为悦目、圆润、精致，但是终究经不起仔细揣摩。最令人难堪的是，个人经验叙述中的"自残行为"，或者"苦肉计"。在这样的叙述中，历史已经被物化为工具或道具，甚至被窄化为凶器。鲜血淋淋的伤口和残肢布满个人经验中，让看客陷于极其尴尬的道德处境中，如同遭遇街头艺人的"残酷表演"，必须撒下一些硬币或钞票，方能摆脱被强行架在眼前的道德逼供装置。

个人经验的编年史，固然捍卫了私人记忆和经验的尊严。但是在传播过程中必然会遭遇读者的社会、历史记忆的辨认、质疑和认同等问题。大部分读者的社会历史记忆恰恰建立于历史大事记所提供的经验、视角、意义等层面，这种常识性认知是历史通识教育与意识形态合作的结果。所以，即便是那些亲身经历过社会重大事件的人的认知，也基本上停留在所谓的共识层面，异见和分歧鲜有机会被讨论，更遑论对个人和群体产生异质性影响和改观。辨析和质疑是阅读中正常的智力活动。认同问题则复杂得多，固然存在辨析、质疑之后的重新认同。但是"认同幻觉"则需要被识别出来。

当个人经验中的年份刻度被强化时，很容易引发读者产生与年份相关的社会、历史情境的想象，这想象来自前述提及的社会、历史文化记忆的激活。如果作家与读者生活于同一个时代，类似的情况则尤其容易发生。一旦读者在历史想象与作品提供的经验之间建立强烈的、未经内省的共情关系时，"认同幻觉"便产生了，它将阻碍读者进入反思阶段，辨认出拙劣的写作和寡淡的经验，更谈不上对卓越的写作和优质的文本的揣摩和亲近。"认同幻觉"是某种不易觉察的审美错觉，读者的共情和认同并不一定会建立在饱满的经验和出色的叙述所激发出的审美想象中，反而有可能沉迷于读者自身被唤醒的历史想象的自我繁殖中。"认同幻觉"即便与优质文本相关，也不是值得赞扬的事情，因为它并无辨别文本优劣的能力，更为重要的是，优质文本在召唤认同和共情时，也一定是同时鼓励思辨的。"认同幻觉"大部分时候源于虚假的经验和投机的叙述所制造的骗局。这种情况很容易被转化为某种操作性很强写作模式，让单薄的经验和轻巧的叙述产生阅读和传播上的轰动效应。在一个历史幻觉大行其道的国度里，"认同幻觉"是其在虚构领域的投射。

必须强调的是，上述症候并没有出现在路内的写作中。之所以谈论这样的问题,完全是因为《雾行者》和路内的其他作品之于这个时代的重要性,他的示范作用有可能被效仿者简化为若干写作技巧,这技巧之上可以附加很多欺骗和功利,而未曾意识到技巧的内部是匠心、智识和境界。

(原名《朝向辽阔世界的文学青年编年史——路内〈雾行者〉及其前传》,刊于《中国现代文学研究丛刊》2020年第5期)

第二辑

历史的红利和盆栽的人生

一

"大树小虫"作为小说的名字,寓意简洁、透彻。"大树"是众人皆知的历史进程,而"小虫"即为依附其上的芸芸众生。精明的世人总以为自己可以看清、掌握历史的情势和规律,从而提取红利用以规划、经营自身精致利己的人生,结果往往令人唏嘘。这种观念很容易让人联想起"蚍蜉撼大树,可笑不自量"这样的典故。尽管在《调张籍》中,韩愈的本义是在调侃那些对历史表现出无知、张狂的同时代诗人们,但是这并不影响后世将其引申出更丰富的历史讽喻层次和更强烈的讽喻态度,所以,小说中的那些人物面对历史时的精明和世故,未尝不是无知、张狂的历史态度的另一种面相。有趣的是,池莉大概是想让书名的寓意与源自传统的道德判断保持距离,所以选择了爱因斯坦关于"相对论"的形象解释作为题记：

> 一只盲目的甲虫在弯曲的树枝表面爬动，它没有注意到自己爬过的轨迹其实是弯曲的，而我很幸运地注意到了。[1]

"幸运"是言不由衷的谦虚，说到底是复杂的现代科学知识体系所支撑的欲穷尽世界万物的自信和野心，相形之下，"盲目"更像是事物被祛魅后变得扁平、透明的另一种说法。这段事实描述充满了现代性反讽，却因情势悬殊巨大，而溢出些许悲悯的意味，如同洞悉浩渺宇宙奥秘的上帝冷眼俯瞰蝇营狗苟的子民。必须承认，有些时候"现代"自信的傲慢和"宗教"矜持的怜悯存在着微妙的张力关系。

池莉想做一个"现代"的上帝，她的冷眼旁观贯穿了整个叙事过程，却又偶尔控制不住情感的流露，正如小说第一章引用的那句诗：

> 大地上的罪行，
> 怎么可以原谅？

---

[1] 池莉：《大树小虫》，江苏文艺出版社 2019 年版。后文中凡引自该书的引文不再一一注释。

我参与了一些。

另一些我躲在一旁围观。

池莉新作的变化便在这句诗中。饮食男女的聚散离合，平民生活的鸡零狗碎，俗世的人情冷暖，池莉曾津津乐道于这些场景和故事，于是，"冷也好热也好活着就好"也就成了池莉写作的一个标签。然而《大树小虫》作为一部四十万字的长篇小说，其结构、线索的复杂性，体量的庞大，时空的深广度都远远超过此前池莉的一切作品。虽说家长里短、俗世纷争、命运沉浮这样的家族故事对池莉来说，依然得心应手，但是池莉很显然不愿让人间烟火的伦理道德成为这些故事的底色，她更感兴趣的是这样的故事如何被百年中国现代历史的进程所塑造。最终，这个波及两个家族三代人长达百年的故事在池莉冷峻的俯视下徐徐展开，大部分时候，她不动声色地描述，如同科学家在观察实验对象、人类学家在寻找典型样本、历史学家在分析趋势。所以，她避开带有传统道德训诫意味的典故，而刻意选择一个现代性叙述作为题记，确实是用心良苦。

二

为了讲好这个家族故事,同时在形式上呼应题目、题记所引导的形象和意义,池莉极具匠心地采用了"树形"叙事结构。十二个主要人物,除了两对夫妻分别对应两个章节外,每个人的故事都独立成章。每个独立的章节都是一部个人成长史,部分细节又在别人的成长史中得以补充、丰富。于是,两个家族三代人的个人成长史汇聚在一起,便勾勒出百年中国历史进程的主干和轮廓。或者说,这样的叙事结构呈现了可视性效果:以宏阔的历史进程作为背景,每个人的成长故事都是在历史大树上刻下的或鲜明或隐秘的纹路和肌理,它们相互交织、盘根错节。

这样的形式及其叙事效果,让我想起卡尔维诺的一个观念,他曾谈及"树形家谱"结构在历史小说和家族故事中的作用:"有了这个基本结构,只要把姓名、日期、地点填进去,就等于有了一部小说,虽然还未付诸文字,但已经是一本成形的'概念'小说了。"[1] 事实上,这句话后面还有一段放在括号里作为补充的话:"(唯一美中不足的是,这些在传统小说里

---

1 [意]卡尔维诺:《家谱树林》,《文字世界和非文字世界》,译林出版社 2018 年版,第 248 页。

被称为辅助材料的细节实在太难被拼凑在一起,而且在现实中,几乎没人这么做。)"然而,池莉却这么做了,而且以极其冒险的方式实现了。

每个成长故事展开之前,池莉都煞有介事地开列了"人物简介"和"人物表情的关键表述"。前者涉及姓名、出生年月、性格和血缘关系,后者则是人生简历及其评价。这种做法类似于剧本的人物设定和剧情梗概,容易引发为影视改编而写作和故事走向程式化的嫌疑。然而在实际的故事进程中却始终充满戏剧性张力。原因在于,那些乏味却又无法省略的陈述性的信息早已被编排进提纲式的"简介"和"表情"中,以此来保证故事本身的精彩程度和叙事的流畅、连贯。可见,"简介"也好,"表情"也罢,这些概要性、提纲性的文字其实是刻意为之的叙事手段和技巧,是故事本身饱满必要的支撑和补充。所以,就阅读体验而言,这部小说也在某种程度上实现了卡尔维诺关于家族小说的基本期待:"任何家族的故事都是有血有肉、绘声绘色,丝毫不逊色皇室家族。"[1]

---

1 〔意〕卡尔维诺:《家谱树林》,《文字世界和非文字世界》,译林出版社 2018 年版,第 249 页。

三

细究起来,皇室家族的故事是否一定有血有肉、绘声绘色,要另当别论。但是一个始终与历史纠缠,特别是与百年中国现代史纠缠的家族故事,终究是令人期待的。《大树小虫》中的每个主要人物的成长经历中都有大历史进程的烙印,这样的设定很容易落入个人命运在大历史中沉浮的故事套路。比如,俞爷爷(俞正德)是上海银行职员的儿子,解放前就读于教会学校,国共内战时成为地下党。俞奶奶(彭慧莲)是名门望族的后代、世家小姐,解放后嫁给了革命干部俞爷爷。对于有着历史常识的人来说,这样的身份设定在解放后的历史进程中所可能引发的故事走向,无疑是熟悉的。在人与历史缠斗这样的叙事母题上,人的主体性的高扬或委顿,已是老生常谈,历史对人的塑造和人对历史的反抗也总是被理解为一种对立／冲突关系。我们习惯了在紧张状态中去谈论人与历史的关系,而忽略了我们的日常其实来自人与历史的和解,而这种和解无疑是对人与历史关系的自由主义想象的巨大反讽:对历史顺势而为的温顺配合混淆了历史对人的塑造与历史对人的压迫之间的区别,并让后者像是人为制造的幻觉,窘迫不堪。同样,对历史的算计也消解了人对历史反抗的正义性。

革命干部俞正德要把"多听、少说、装马虎、常点头、善微笑——这一做人法宝"传给下一代，对其遭遇及其犬儒的生存法则，我们固然会报以同情和理解。但是，这种人生信条的生成却是以暗中消解了其参与的历史（革命）的合法性为代价的。之所以说是"暗中消解"，是因为它淡化乃至隐瞒了一些事实，即历史（革命）后来以制度和特权的形式向部分幸存者提供了较为丰厚的补偿。否则，很难理解离休干部俞正德何以会以几近滑稽的姿态表现"每逢生病颂党恩"的虔诚态度。这种情态表面上看是颂扬信仰的时刻，实则是世俗生活获得极大满足的幸福时光——"有了快感你就喊"——恰好是池莉的一部世态小说的名字。在信仰与世俗理念之间的张力关系消失的荒诞时刻，革命的功过、历史的罪与罚、人性的复杂等这些严肃的话题都会显现出不合时宜的"浅薄"。历史与人的关系只有在这样日常的场景中才会显现其真实的面相。此刻，人已经撕下"历史的奴仆"的假面，精神饱满、表情丰富地打量着"愚钝"的历史，嚣张地思索着如何做到收益最大化，以规划自己及其子孙的人生。所以，当俞正德的血脉关系借助历史的红利的滋养，演化出革命干部（自己）、高干和高知（儿子）、名媛（孙女）这样光鲜的社会形象和家族谱系时，我们看到的是历史的驯服与沉默。事实上，两个家族首次联手时，他们便已经豪迈地喊出了一句口号：

世界上还有什么不能打造的吗？没有。

这句口号充满了人面向"历史"的自信，此刻的"历史"像是被逼进墙角任人摆布的弱势对象。所以，拥有历史自信的人们一定会在规划人生的愿景中表现出高瞻远瞩的道路自信。于是便有了两个家族联手打造晚辈幸福人生的故事。第三代人的生活轨迹精致而又精确，从出生、上学、就业、婚姻、生子，每一步都是计算和经营的结果。人造的风调雨顺和精细的修剪、栽培造就了盆栽的人生，偶尔有惊无险的坎坷和波折，都会成为人生赢家回首往事的谈资。打造这样的人生样本需要成本，而成本则来自长辈们从历史那里提取的红利，这红利便是权力和财富。而盆栽的人生相对于其他形式的阶层流动，也更容易储蓄与历史交换的本金，从而开启新一轮的红利提取，循环往复，代际相传。不得不承认，人与历史的理想关系在跌入凡间时，就会变得面目全非。只是这种景象在《大树小虫》的精细描绘中，竟真实得有些令人恐惧。因为，如果我们小看了虫豸的能耐，那么大树也可能成为枯木。毕竟在这世间确实布满了以大树为食的虫豸，比较常见的就有，蛱蝶、夜蛾幼虫等以树叶为食，天牛、木蠹蛾等则啃食树干，大家更为熟悉的蝉和金龟子的幼虫则吸食树根汁液。其中，木蠹蛾的习性很容易和我们正在讨论的话题产生意义联想。它们产卵于树皮缝隙，孵化出的幼虫会往树干中心部分（树心）逐步蛀食，直至大树的内部千疮百孔，衰竭而亡。

四

在故事的开头，我们曾怀抱理想的愿景，比如人与历史的良性互动，希望这样的故事能够以冷峻、反讽和悲悯的光芒穿透现实的龌龊和阴暗。然而故事的发展扑灭我们的单纯和高蹈，最终它以黑暗、绝望的底色将"大树小虫"的故事装扮成了历史的墓碑。

小说的最后：

> 2015年最后一天，俞爷爷在医院病逝。
>
> 转眼就是2016年元旦了，想想都怕，又是任重道远的一年。谁知道将会发生什么？

爱因斯坦的相对论在1915年发表，小说里的故事发生在2015年。整整一百年过去了，"时空弯曲"

依然是有待证伪的理论，如同"虚构"一直是可以实证的现实。即将发生的就是已然发生的继续：虫豸死亡，虫豸繁衍，虫豸的历史生生不息……

（原名《〈大树小虫〉：历史的红利和盆栽的人生》，刊于《文艺报》2019年7月3日。收入集子时，有所改动）

革命时期的爱情

两人打开窗户朝外一看，外面冷清，只有满街白兰花开着，周围邻居全都不知到哪里去了。这女人就来了兴，脱了裤子，趴在窗户上唱昆曲：与你把领口松衣带解，袖梢儿揾着牙儿苦也，则待你忍耐温存一晌眠……

小宝的爸高高兴兴地贴过来，和着她的音调，搂着她的腰温存地动作。正做得有趣，城里到处响起来，这女人迟钝地喃喃："娘呀，又放炮仗了。"话音刚完，一粒流弹飞过来，正中她的前额，她尖叫一声，说了莫名其妙的一个字：绳。就死了。于是这对"穷开心"的夫妻就只剩下一个了。她死了真是万分可惜的，在这个禁锢而冷酷的年代里，她的肉欲显得真实而柔软。全社会都是苦大仇深的紧张样子，只有她是轻松快乐的，没人时，嘴里轻声哼着情歌，脸上笑意融融。

吴郭城里的武斗，就是这样开始的。

情欲充盈的时刻，革命从天而降，这是叶弥2014年发表的长篇小说《风流图卷》（《收获》2014年第3期）里的一个场景。欢愉滋生得如此自然，如同"满街的白兰花开着"，暴力虽迅疾粗暴，但是也有山雨欲来的提醒。于是，这个暴力和欲望并置的场景便有了多重意味。革命与暴力绞杀了情欲，似乎是一个顺理成章的看法。在大多数类似的场景中，读者会习惯性地将爱情、身体、欢乐与革命、暴力、禁欲对立起来，认为两者在同一语境下水火不容。前者的存在是为了批判、控诉后者，进而达到对作为总体的某段历史及其意义的消解和否定。后者亦常常被简化为非人化、非意志化的机械性力量，它要么被别人操控要么操控别人，从而有目的地或者盲目地摧毁、拆解后者。"革命"与"机器"这两个词汇的组合成"革命机器"这个常用词，大约就是这种思维的产物。"革命绞肉机"无非是更为极端的说法。

很显然，叶弥不愿止步于此。据说已经发表的《风流图卷》其实只是半部，另外的半部还在写作中。然而这半部已经显示了叶弥在处理类似主题时的与众不同。叶弥从1958年和1968年这两个敏感的历史节点开始讲述这些故事。前者往往与反右、大跃进、大饥荒等重大历史事件产生联系，后者则涉及"文革"爆发、武斗席卷全国、军队接管城市等"文化大革命"的不同阶段。重大的历史时刻接踵而至，革命的热情和实践亦在逐步升级。然而，集体性创伤在冷静铺展的同时，情爱故事却依然摇曳生辉，权力、性、暴力、伦理之间盘根错节地缠绕在一起。于是故事里弥漫着奇妙而暧昧的氛围：革命机器发出的巨大轰鸣声中不时传出情欲的低沉呐喊声。与其说这里有刻意传达出的关于反抗的意义和隐喻，倒不如说在某些时刻，革命更像是催化剂，反倒激发出欲望、伦理，表现出更丰富的层次和意义形态。

叶弥所试图描述的故事和观念大约就是：或许历史的表情本就没那么僵化，情欲和革命本都是构成历史的"自然"因素，皆在大历史的纹理、肌质中生长、蔓延。为了争夺历史的阳光和水分而相互抵抗、消解，其实只是其中的一种面相。刻意去寻找扭曲或毁灭故事的眼睛，大约是会忽略历史的其他表情的。在历史的暗夜中，它们未必就一定是相互仇视，可能是互不理睬，也可能是相互启发甚至是相互掩护。说到底，历史的真相不止一种，隐藏的手段亦多样，革命时期的情欲到底是禁忌和反抗策略，还是欢愉和享受，又如何分得清楚呢？叶弥如此对待情欲和历史，难免会让人联想到王小波。很显然，后者更乐于在两者之间设置一个怒目金刚的视角，采取一种更加直接的短兵相接的叙述策略。只是，在一个不谈革命、懒得革命的泛娱乐时代里，王小波被人重新提起时，只剩下了空空荡荡的性，至于与性相关的历史的那张单一甚至有些僵硬的表情则被毫无耐心地忽略了。叶弥的意图和实践或许还有值得商榷之处，但是她至少做到了一点：革命与情欲相遇的时刻里，他们的表情都是丰富的、意味深长的。这倒是印证了哈罗德·布鲁姆的一个观点："我们读她，是为了人物，为了故事，为了形而上学的省思和情欲的省思，以及为了某种带反讽的处世哲学。"

事实上，叶弥并非突发奇想，刻意去展示革命中的情色表演。在叶弥的观念里，革命年代里的故事不是只有悲情和血泪，革命本身也并非时时刻刻都青面獠牙。那些有柔韧性的故事本身的光彩足以照亮暗夜里的某段路程，在这些时刻革命会显现其不易觉察的懈怠、脆弱、疲倦，革命虚弱的瞬间甚至会让人觉得竟有了温度和伦理。《美哉少年》（《钟山》2002年第6期）便是这样的故事，这是叶弥很多年前发表的一部长篇小说，它很少被人提起，但是不妨把它视为《风流图卷》的前传来读。以下的文字都来自于小说的第一章：

李梦安和妻子朱雪琴是一对特别沉得住气的夫妻。儿子不回来,两人该做什么就做什么,好像什么都没发生。李梦安拿出他的《毛泽东选集》躺倒床上去看,他在书里夹了一本薄薄的《黄培英毛线编织法》,一九三八年出版,封面上套印着当时的电影明星周璇穿着毛线衣的照片,眼睛向下斜睨,作望穿秋水状。照片下一行小字:周璇小姐最爱用AA绒线。李梦安喜欢从第一页看起,因为以下的每页都配有一张美女照,烫着差不多的发型,肩上用着垫肩,笑容也是大致相同的。

朱雪琴今天的目标是照着菜谱做一道药膳"西瓜鸡",她拿起她那本《毛泽东选集》进了厨房,打开,念道:

……

原来她在选集里夹了一本手抄的菜谱。

……

没听见回答,她只好自己回答自己:"没有西瓜么?拿南瓜代替"。

……

她说:"李梦安,今天呢,我想做一个西瓜鸡。你说我明天做什么?"

李梦安头也不抬地说:"明天做什么?明天还是做我的女人。"

  ……

  朱雪琴拿着勺子不经意地敲着李梦安的腿，勺子和腿共同制造出来的声音让她感到心里很安稳，那声音是结结实实的。

  不厌其烦地引用和摘录这些片段，只是为了在有限的篇幅里尽可能呈现叶弥描述经验的能力和对待经验的态度。这个革命时期的日常场景，包含了诸多庞杂而又极富意味的信息，它们可能为理论的介入提供了较好的例证，但是如何掌握阐释的限度也是需要考虑的。因为这些经验的魅力恰恰来自于各种意味微妙地融合、平衡、牵制而形成的张力，而非某种单调的倾向和形态。

  首先，毛选盖住了画册和菜谱，意味着革命对审美、日常秩序的否定和压制。坦率地说，这样的理解是政治非常正确的陈词滥调。事实上，把这样的细节仅仅理解为对故事发生语境的提醒，也未尝不可。反之，也可以把选择毛选作为封皮隐藏画册和菜谱理解为主动行为，这便意味着群众通过阳奉阴违的方式消解了革命的意义、抵制了革命的改造，从而最大程度的保全了日常。这似乎为巴迪欧所说的"群众沉默的威力"提供了绝佳的案例："这是特殊惰性的威力"，是"吸收和抵消的威力，这种威力从此以后远远高于施行于群众之上的威力"。巴迪欧对"在沉默的大多数"所造成的"阴影"效果有过经典描述："退缩在私人生活中完全可以成为对政治事务的直接挑战，这是针对政治操纵的积极抵抗形式。角色颠倒过来：正是生活的平庸，正是日常的生活，即人们曾经谴责的小市民的东西，那些卑贱的非政治（包括性欲），他们成了重大时刻，而历史和政治事务则在别处展现他们那抽象性的意义。"不可否认，这样的理解存在一定的合理性。但是，我并不认为叶弥描述这个场景，只是为了处心积虑制造一个精妙的隐喻效果。巴迪欧理论发生的原始语境与中国革命具体情况的差别，是需要稍加注意的。百年来历次的革命动员中，基本的共同体意识几乎从未在群众中建立起来，比起群众的公共关怀和政治介入，恐怕更多的还是鲁迅所言的"做戏的虚无党"，在这里很难区分所谓的积极和消极的意义抵抗。而在革命的间隙或者革命出现倦态时，"敷衍革命"的背后恐怕还是朴素、顽强而又极具包容性的中国特色的生存意识。继续以前述引文为例，看画报可能就是精神资源匮乏的自然反应和伦理主体低迷消沉的暗示，用南瓜代替西瓜自然是物质匮乏的结果，除了心平气和地接受，好像也没有特别的深意；当妻子用勺子轻轻敲打丈夫的腿时，"食"与"色"的碰撞发出了"结结实实"、让内心"安稳"的声音，自然而又葆有意味和力量的精妙隐喻在这里诞生了，而此时"革命"真的在别处；这个时候再去回顾夫妻那场关于明天的对话，便会发现，淡淡的情欲开始升起，它同前述的其他细节一样都在为隐喻的诞生做铺垫，然而暂时的满足背后却是关于未来的惶恐，因为"革命"其实并没走远，于是这个场景又多了一重意味。叶弥是洞悉这一切的，所以她才要尽可能地而又极简地将其呈现出来，她最大的努力也是不让任何一种意味成为主导氛围的因素，而破坏了一幅信息凝练而意蕴驳杂的画面。正是在这一点上，叶弥可能就是本雅明所怀念的那个"讲故事的人"："故事不耗散自己，故事保持并凝聚活力，时过境迁仍能发挥其潜力。"说到底，这其实是面对毛茸茸的历史图景和盘根错节的故事纹路，而采用的一种不引导、不归纳、不扭曲的"虚构"态度，借用莱昂内尔·特里林的说法，这态度非常"诚与真"。

需要补充一点。前述对《美哉少年》一些场景和细节的分析，只是为理解这部成长小说提供一个基本的语境。确切地说，这是一个发生于革命时期而又与革命保持距离的成长故事，它既区别于在革命意识形态引导下和革命实践中成长为新人的故事，亦区别于经历过历史创伤、人生挫折而重新审视世界的启蒙故事。李梦安、朱雪琴的儿子李不安看见过革命、经历过暴力,却无所谓的创伤。事实上,李不安的出走、流浪与回归及其在这个过程中所见的人世百态,皆与革命没有直接关系,却又与革命有着千丝万缕的联系。革命像是一个忽远忽近的背景和或隐或现的因素在少年的成长历程中影影绰绰地沉浮。整体上看去,这是一个在物质、精神皆很贫乏的年代里,一个少年怀着朴素之心顽强地进行自我教育、自我成长的故事。如果非要考虑革命语境,那也只能说,因为故事发生于革命时期,所以它所呈现的形态才更丰富、更迷人。

(原名《叶弥长篇小说〈美哉少年〉:革命时期的"成长如蜕"》,刊于《文艺报》2016 年 10 月 26 日)

红旗下的蛋

一

《朝霞》(人民文学出版社，2016)的结尾，歌声响起：

> 我们新中国的儿童
> 我们新少年的先锋
> 团结起来继承着我们的父兄
> 不怕艰难不怕担子重……

这是1978年之前的《中国少年先锋队队歌》。小说的主人公阿诺说他梦见了马思聪。马思聪正是这首歌的作曲者，他在"文革"爆发后的第二年（1967年）途经香港远走美国。彼时的少年阿诺和他的小伙伴们正开始步入"早晨八九点钟的太阳"的好年华。

"早晨八九点钟的太阳"一语出自毛泽东。他在莫斯科大学的礼堂里，对数千名留苏学生说："世界是你们的，也是我们的，但是归根结底是你们的。你们青年人朝气蓬勃，正在兴旺时期，好像早晨八九点钟的太阳。希望寄托在你们身上。"毛泽东说这番话的时候是1957年，彼时的吴亮大概只有两三岁。伴随着"八九点钟的太阳"的本该是红彤彤的"朝霞"所隐喻的光明和希望。可是几年之后，等吴亮到了少年阿诺"八九点钟的太阳"的年纪时，他发现，他和阿诺们只能在上海这座城市里"如同游魂到处闲逛"，"浑浑噩噩地，抬头望太阳都是灰乎乎的"，只能"没有目标地乱走"。

1974年，"革命"日薄西山之时，也是吴亮和阿诺们的少年时光接近尾声的时候，上海这座城市又诞生了一本叫做《朝霞》的文学杂志，这本杂志受控于当时的上海市委写作组。"朝霞"的隐喻愈发显得诡异。到了1976年，吴亮和阿诺们似乎开始重新燃起希望："朝霞满天，一个新世界将在悲剧之泪中诞生。"按照吴亮的说法，这种表达是受到了尼采的启发。

后来，那个叫崔健的歌者如此形容这代人：

"看那八九点钟的太阳

像红旗下的蛋……

现实像个石头　精神像个蛋

石头虽然坚硬　可蛋才是生命……

若问我们是什么　红旗下的蛋"

很多年过去之后，吴亮终于可以坐下来聊聊他和他这代人的"朝霞"时光了。他说："写作欲望被一种难以忘怀的童年经验唤起。"于是，便有了这部长篇小说《朝霞》。

二

词组、短句、没有标点没有段落泥沙俱下的长句；情节的片段、跳跃的叙述，思想的碎片、洋洋洒洒的长篇大论，不同文类间的挪用、嫁接、拼贴，人称、视角的随意更换，普通话、沪语混杂，写还是不写、写什么、如何写、为什么写等关于写作本身的"元叙述"，这些因素在文本中相互交织，甚至是相互消解。于是，小说阅读的经验、小说理论的规训在《朝霞》面前统统失效。对此，一向自信雄辩的吴亮心知肚明，他用其一贯气势磅礴的语气，斩钉截铁地回应："不均衡的写作就是最潮流的写作，刻意的不合常规，引人瞩目的风格先要招致讨厌，不习惯，打破惯例，绝不讲究古典式均衡也不在乎阅读断断续续……"

三

对待"不均衡的写作"的最好办法，便是通过"不均衡"的阅读和评判来"揭露"吴亮的野心和匠心。

把《朝霞》描述成一个有头有尾的故事便是：阿诺与他的朋友们在"文革"十年间的经历。其间，他们从小学升入中学。不久以后，有的上山，有的下乡，有的留在城市务工，有的赋闲在家。这群人时而相聚，时而离散。这种描述似乎符合我们关于"文革"的想象和阅读期待。只是吴亮要"故意与一部分读者偏执地关心人物情节的阅读习惯过不去"。所以，在直接涉及这群人的叙事片段中，没有革命的激荡，也没有离散的悲情。在革命的风暴眼上海这座城市中，这群人总是能找到各种机会相聚，他们喝酒、聊天、"轧朋友"、交流读书心得。简而言之，"文革"故事的外衣下尽是心不在焉庸庸碌碌的日常。由此，这个看似正统的"文革"故事最终被细节和纹理消解。当革命的城市中游荡着一群不革命的人的时候，文本的裂缝就此张开，吴亮的野心和匠心也开始渐渐浮现。

吴亮说："写出一种在那个时代似乎不可能的例外生活，那是错觉。"这是他欲盖弥彰的误导之辞。因为吴亮始终在掩盖真相：他只有把阿诺们变成城市里的失魂落魄的游荡者，风暴中心的冷眼旁观者，他方能从容地、缜密地审视自己与那段历史、那场革命的复杂关系，包括他的自我审视和自我期待。所以吴亮最后承认："在事后的阿诺自己看来，无非是通过某种意外的经历，把阿诺放在某个可以自我观察的位置，进行新的定义，并且凭借这个定义，将自己塑造为一种更符合他所意愿的形象。""意外的经历"其实是一种隐喻，是吴亮刻意保持的思考姿态："叙述者虽置身在外，好像一切与他无关似的，深思熟虑，但愿他不是个假装的局外人，确立一个他觉得可以采取的视角，保持冷观的姿态，以乏味的语调吸引倾听，希望听者的注意力不要过于旁逸分神……叙述者，他姿态的力度将决定叙述的能量可以无穷尽地保持下去，这个离题的插叙。"

无处不在的"离题的插叙"是《朝霞》中最具魅力的地方，而制造"离题的插叙"的最重要的媒介便是阿诺们的日常言行。因为，阿诺们的日常细节和庸常事物，一端联系着具体发生过的历史和历史进程中的具体经验，另一端又联系着吴亮的思考。所以，也就不难理解，何以关于阿诺们日常细节、庸常事物的描述后面，总是跟随着宏大而又具体的思想、哲学命题的讨论。但是也只有当阿诺们居于事件中心而又心不在焉时，吴亮才能以公正、客观的批判者、思想者的面貌出现。因为，此时的吴亮认为他已经通过阿诺们的眼睛洞悉了真相、掌握了细节，所以，他才能理直气壮地将这些转变为滔滔不绝的思辨。不难发现，读书和讨论是阿诺们很重要的日常行为，这个行为所涉及的一切话题，如宗教、科学、领袖、革命、哲学、政治，都是在为吴亮提炼命题、探寻意义提供切入口。特别是当阿诺们因为某个话题而产生分歧的时候，吴亮的思辨会变得异常活跃、激烈。这样的细节，可被视为吴亮自我质疑、自我辩论思考行为的隐喻。吴亮故意为自己的思考设置障碍和边界，在很大程度上是因为他需要缠绕、复杂的思辨过程将意义寻求推向更高的层面。

四

在《朝霞》的开头，吴亮说："我们每个人的阅读史，就是我们每个人的内在传统，独一无二的传统，不可替代的传统，写作就是把自己的传统想办法传递出来，让它成为一个物质存在。"可见，吴亮是想通过《朝霞》的写作完成一次思想上的自我梳理和总结。然而，这只是问题的一个方面。在这句话的前面还有一句："阅读通过文字把各种各样的故事传递给我们，经年累月，我们忘记了大部分故事却记住了语言文字。"正是因为吴亮意识到"故事"的不可靠，他才虚写具体的经验和事件，把文字及其携带的意义推入近景并凸显出来。尤其当吴亮清醒地意识到，他的精神自传起源于"文革"这段荒芜的岁月时，他就会更加倾心于用他几十年来的思考来将这段岁月中的"苍白对白，庸庸碌碌，纷繁、凌乱、无秩序、琐碎、普通，大段不值得回味的段落，经不起的分析"转化为意义、秩序和价值，让断裂的历史重新与当下建立关联："你可以抚摸灵柩，你看到了大限在此，那边无限。"

（原名《不均衡的写作》，刊于《文艺报》2016年8月12日）

"你自高高云端，他们在罂粟之田……"

《羞耻帖》（四川人民出版社，2017）里的故事发生在"土镇"。在没有更多的细节暗示其原型的情况下，我们不妨把"土镇"理解为关于中国大多数乡镇的既抽象又形象的模型，以血缘、氏族、联姻所聚合起的熟人社会及其乡土思维、伦理关系，在现代政党、国家意志所主导的现代化进程中所呈现的顺势、抵抗或沉沦与异化，这一切夸张、魔幻却又充满真实的戏剧感。从这个意义上讲，未尝不能将"土镇"理解为中国故事的一个侧面。

《羞耻帖》记录了土镇在二十四小时之内发生的事情。所涉人事不断被往前追溯，于是古与今、历史与现实、革命与丑行、乡村与城市、爱与恨、欲望和伦理、英雄和小丑、官与民、真相与幻觉、生与死、巫术与权术等诸多对立的叙事主题在故事里密集交织，相互点燃，于是，这一切蔓延、扩张为错综复杂、容量庞大的巨型叙事。有时，叙事的无限膨胀，可能是因为它谈论的问题的无解以及由此造成的往复循环。因此，外界强力的干涉大约是中断叙事较为有效的办法之一。所以，一场爆炸让土镇的一切灰飞烟灭，包括故事涉及的那九十八个人。而这一切被五行官之一的"土正"记录并讲述出来。因为有了神的俯身观察和悲悯描述，所以便有了"你自高高云端，他们在罂粟之田……"。相应的是，除了最后一章，全书按照十二时辰制的古代计时法分为十二章，即用十二地支的名字依次命名了每一章。第十三章也是最后一章，与第一章同名，即"子时贴"。无疑，这是新的时间开始了，但未尝没有意味着另一场轮回开始。

从结尾谈起

在最后一章中，在大爆炸中诞生的"我"交代了大爆炸的原因和真相，后又陪一个叫布莱恩·豆的人重返重建之后的土镇。小说的最后一段是：

> "世间万物，我只敬佩人类。世间万物，我只藐视人类。世间万物，我只疼爱人类。世间万物，我只憎恶人类……"布莱恩·豆看着我，他比实际年龄苍老多了，在接近土镇的过程中，他

似乎正加速衰朽，难以想象他之前都经历了什么，此刻又在经历什么……

"你知道为什么吗？"他问。

对话里有神性和凡俗肉身难以分清的暧昧，提问里有是否知晓真相的悬疑，所以便出现了需要解释的吊诡之处。"土正"最后一次向上天呈交符牒时，承认自己因心生悲悯而将一个叫豆登的人移出生死簿，并"愿以区区，填充亡灵名册"，他恳请上天将自己打入五道轮回，"为虫为兽俱无怨言，只求能为人一回。足矣！"按照众所周知的神话逻辑，大爆炸的时刻既是毁灭的时刻，亦是新生的时刻，所以，最后一章似乎在提示，"我"便是投胎人间的土正。然而布莱恩·豆的出现似乎动摇了这个结论。那么，布莱恩·豆是谁？是逃出生死簿、突然从土镇消失的豆登，还是他的后代？事实上，这个问题不重要。不管土正化身为肉胎的那个人是大爆炸中诞生的"我"，还是布莱恩·豆，其作用都在于挑明，神的讲述终于可以在人间传播，毕竟土镇的人和事都在大爆炸中灰飞烟灭。所以，作者最后一章的设置其实是为了解决文本内部叙述逻辑的自洽性和强调叙事的真实性。至于这一章是否属于狗尾续貂或画蛇添足，变得亦不重要。至少可以说，从作者的本意来说，追求结构、逻辑的

"你自高高云端，他们在罂粟之田……"

自洽以及叙事的完整，都体现了安昌河的野心和匠心。

神在说话

谈论《羞耻帖》绕不开叙述视角这个问题。这本书的叙述者为"土正"，为五行官之一，见《左传》："木正曰句芒，火正曰祝融，金正曰蓐收，水正曰玄冥，土正曰后土。"事实上，我们无需在复杂的中国神话体系和宗教文化中，为"土正"或"后土"的渊源、形象、权责寻求明确的定义，只需要知道这种神的出现与古人的土地崇拜相关，所谓权责无非在掌阴阳、育万物等范畴内。具体到这部小说，我们不妨在通俗的意义上将其理解为掌管土镇的土地爷，如小说开篇提到的那样：

> 土之职有三：其一：令天降甘霖，令地生万物，以不负人为表埠；其二，察此地人兽鸟虫之变化言行，录备黄卷，迫时奏报；其三，帮办各路神祇以职行事，厘整亡魂生前档案以备终决审判。

所以，土正"手执横单，俯瞰土镇"固然可以被浅白理解为民间通常所说的"人在做，天在看"。然而，这并非仅仅只是一个神灵俯身静观的姿态，或作者为了叙述方便而刻意设置的全知全能的叙述视角。安昌河的野心显然不在技术层面。所谓神灵要审判人间罪恶，无非是因为安昌河试图通过对土镇的描述来实现对当下中国全景式的历史批判。然而他并不满足现状的描述和揭露，而是试图在历史重述中寻找溃败的根源和重建的希望。所以，神灵的视角显然能够使他轻易地跨越时空阻隔去构建一个庞大的"中国故事"。

坦率地说，在中国的文化语境中，我们或许能够习惯关于阴曹地府的种种惨烈的想象，而说到神灵的注视和审判还是多少缺乏一些敬畏、庄严的意味。特别是当作者设置"土正"这个极具"中国特色"而又沾染了浓重的人间烟火气的神灵作为叙述者时，多少显得有些冒险。若考虑到，作者构建叙事所调动的价值观、想象力和语言都在刻意凸显其中的中国作风和中国气派，且他们在文本内部都能够较为妥帖地融合在一起，那么这种行为倒不失为一种值得肯定和鼓励的尝试。很显然，安昌河想要的是一个从形式到内容都极其"典型"的"中国故事"。

值得一提的是，土正的"腔调"，即土正叙述时的语言和文体。土正在每个时辰内要向上天呈报两次符牒（体现在章节设计中，为每章两节），叙述亡魂的生平并加以简洁的评价,用的是文言文。而当土正开始讲述现实中的土镇故事时(体现在章节设计中,每章六节),则用了白话文。简而言之,神在说话,神有两套话语系统。

如何理解?"符牒"在文本所设定的交流情境中,无疑带有权威性质的表述,言辞雅正,行文庄严,事主的生平被删繁就简,并对应于言简意赅的价值判断,这一切像极了官修正史模样。而土镇的故事,线索错综复杂,时空不停转换,情节跌宕,细节饱满,并不时有溢出主线之外的想象和叙事枝蔓,一幅好看的传奇故事的模样,未尝不是藏污纳垢的野史样子。然而实际呈现的叙事效果,并非是惯性思维中正史与野史的相互对立、质疑,恰恰相反,后者在以自身的丰富性和形象性去论证前者的神圣的判断。或者说,世俗故事按照神圣审判的价值判断和叙事逻辑演绎、铺展开来。前述中,我曾提及作者为了叙述逻辑的自洽和叙事内容的说服力而设计了第十三章,并暗示是两个凡人("我"或"布莱恩·豆")中的某一个是这个故事主体内容(即白话文部分)的叙述者。但是,即便真的如此,也是在转述"神的讲述"。所以,这一点并不会影响我刚才的分析和判断。简而言之,神灵的叙述调动了两套话语系统,却共享了一套价值体系和叙述逻辑。神在说话时,有两张面孔。当然这一切来自安昌河处心积虑的设计、掌控，因为他想要的"中国故事"不仅要有高悬的神性光芒，还要有厚重的史诗风格。

"凡人歌"和"中国故事"

如前所述，如果说"符牒"规定了这个故事的形式问题，即价值判断和叙事逻辑；那么，白话文部分则充实着这个故事的内容。在具体的章节设定中，每章八节，除了两节"符牒"，其余六节围绕着王书、边菊、陶一民这三个人展开叙述。具体说来，三个名字成为六个小节的标题，轮流出现，每人两次。换而言之，三人的故事相互交织，最终汇聚为一个体量巨大的"中国故事"。

同所有执迷于当下中国现状描述的小说一样，《羞耻帖》亦出现了许多耳熟能详的"中国经验"。土镇建立化工厂，在带来巨大的经济效益的同时，亦引发了严重的环境污染。当污染问题无法抑制时，土镇的上级政府爱城市决定在环绕土镇的爱河上修建大坝，这个举动将导致整个土镇被淹没，由此所有的罪证将被掩盖起来。围绕着这个核心事件衍生出诸多社会热点话题。如，官商勾结，利益群体和特权阶层，强拆强迁，执法部门不作为与群体性事件，监控和维稳……我们随时从现实和各种媒介中找到材料以对应于其中的描述。其中最能引起共鸣的片段大概便是关于化工厂的会所的描述：

> 红船是赵舵耗资数百万打造的大船，三层楼高，有会议厅，有游泳池，有歌舞厅，有宴会厅，有总统套房……其实就是一个可移动的豪华宾馆……
>
> ……每当黄昏，落日余晖铺满河道。随着歌舞声起，酒宴就开始了，宴请的都是爱城以及省城来的官员。

在这段描述中，厦门远华案中的"红楼"形象扑面而来。

以上的举例旨在重申一个基本观点。如果，我们试图在文学范畴内讨论中国经验、中国故事描述和建构，那就需要正视一个根本问题：文学作为一种话语类型，它有着自身的边界、语境和话语方式。文学的文体尊严和写作的基本伦理都体现在对这个根本问题的维护上。

首先，必须承认文学作为一种话语与其他类型的话语共享基本的历史语境。阶层、权力、资本、制度等层面，它们是当下中国结构性、体制性矛盾最重要的表征。它们并非遥不可及的抽象概念，而是切切实实地构成了我们当下生存最基本的语境，渗透在日常生活的细节中，与我们的生存焦虑和不安全感、我们的言行、价值形态变化有着直接而又千丝万缕的联系。面对同样的问题，每种话语首先考量的便是如何在自身的视野中将问题特殊化，主要表现为同一语境下不同话语类型在功能和边界上的竞争性差别，这属于话语的本能冲动和天然壁垒。文学话语亦不能例外，它的作为与不作为必须首先以自身的特殊境遇为前提。这种特殊境遇不仅表现为，文学话语在前述的话语间的竞争性关系中功能和边界的变化，亦表现为自身在不同历史语境更迭中所表现出功能、边界的变化。话语间的竞争性关系极其复杂，这里暂且不谈。只提及一个简单语境问题，即媒介充分发达、信息大量过剩的时代里，经验的揭示和描绘早就不是文学应该承担的功能。

这便涉及到第二个问题，也是更为具体的问题。有效区分作家作为公民的职责和作家乃为作家的职业道德。作家迫不及待地把新闻素材加以戏剧化处理，迅速进入公共领域，无非是试图证明在各种媒介／话语相互竞争、多元共生的时代里，文学作为一种重要的媒介／话语，依然保持了它充沛、积极的政治参与和社会关怀的品格。从这个角度来说，作家的道德追求和政治诉求确实无可厚非。但是这种描述却掩盖了一些问题的实质。首先，作家作为公民个体的社会政治参与，与以文学的形式参与历史进程和社会建构，两者之间存在关联却终归是两个层面的问题。作家若为凸显自身的政治/道德诉求，而把小说处理成类似于新闻的同质性话语，他动摇的是文学本身的合法性，从写作伦理的角度而言，这本身就是不道德的。不可否认，当下中国的经验复杂性远远超出我们日常经验范围之外，甚至很多匪夷所思的事件会倒逼作家反省自己的想象力。然而这都不足以构成模糊"现实"与"虚构"、"小说"与"新闻"之间基本界限的理由。抛开更为复杂的理论描述，如果把文学仅仅视为一种话语类型，当它与其他话语类型共同面对同一种事物时，它需要在其他话语类型相互竞争相互补充的关系中，提供另外的可能性。这可能是我们关于文学最基本的要求。比如，在制度反思的问题上，我们既需要以赛亚·柏林的思辨，也需要乔治·奥威尔的想象力。

《羞耻帖》中的部分片段引发了前述的讨论。但是需要指出的是，安昌河无疑是对上述问题有着自觉意识，所以，他能够把由社会热点式"中国经验"所引发的叙述冲动迅速转化为"虚构"的动力。换而言之，他并没有沉迷于经验的直白描述和道德感的廉价宣泄，而是穿过经验的表象去寻求某种"总体性"的根源和疆域，这片疆域浑然、晦暗、幽深，需要不断地借助一些形象来照亮、廓清、显形，而这恰恰是文学的专属领域。安昌河"发明"了王书、边菊、陶一民这三个凡人领着我们去慢慢摸索……

这些年，"中国故事"在主流媒体的谈论中已经渐渐呈现窄化和单质的意味，它在很多场合大约只与功绩、荣耀相关，正如我们在大部分的历史书写中只能看到进步和辉煌一样。而安昌河关心的是光鲜背后的血污，光芒下的阴影，那些被掩盖、被遮蔽的东西。于是，他选择了王书及其他的家族。王书的家族史在爱城的民众的眼里就是一部革命史。从文本所暗示的时期来看，祖父王文、父亲王章、王书本人分别在1949年前的革命战争时期、1960年代至1970年代的军事行动和相关救援行动、和平时期的救灾行动中都有过出色的表现。借用祖父王文的话来讲，这个被叙述出来的革命史："哪里有那么简单啊！"祖父曾坐在老家宅院的废墟上说："来吧孩子，让我告诉你什么叫过去……"安昌河所要做的正是在废墟上重建过去。于是，我们发现祖父当年参加革命的原因竟与一次乱伦有着直接关联。于是，在这场乱伦的背后，"革命前史"慢慢浮现，欺诈、剥削、谋杀、权术……于是，我们开始明白，在革命之外，还有暗黑和血污在形塑着爱城、土镇的往昔和现状。其实，很难说安昌

"你自高高云端，他们在罂粟之田……"

河是要刻意颠覆、解构某种既定的形象和价值，他可能更在意的是他关心的对象能呈现一种丰富、立体、复杂的真实性。

如果说，安昌河对暗黑历史的执迷，是试图在历史层面还原"中国故事"复杂的真相，那么边菊及其家族的故事则与欲望、生死有关。边菊的曾外祖母便是当年那场乱伦的另一位当事人，从此她和她的后人便与历史产生了复杂的关联。在这种关联中，欲望、历史以及它们的对话便有了感性、多变的具象。边菊在某些方面与其曾外祖母极其相似，年轻时美丽、放荡，是欲望的化身，而后在人生的某个阶段成为了死亡侍者，即用自制的草药帮助那些患有不治之症的人安详地离开这个世界。从这个意义上讲，她们的人生经历及其与周遭世界、人事的纠缠，实际上便成了生与死、欲望与救赎等人性主题的演绎。

陶一民首次进入我们的视野时，他还在奋笔疾书土镇维稳报告，他是警察，是现实秩序的维护者。这便意味着，他同时也是世俗社会各种人事关系的联络处，社会各种矛盾的交汇点，各种信息和真相的情报站和中转站。可以说，正是陶一民的存在，欲望、生死、历史得以在现实中汇聚、碰撞，并在各种盘根错节的关系和语境中反复演绎……

最后，当这个世界最终毁于一场爆炸时，我们才明白,当神说:"你自高高云端,他们在罂粟之田……"时,神的内心一定充满了绝望。其实在很多年前,诗人痖弦已经看得透彻,他对神的凝视和救赎从未有过期待:

> 观音在远远的山上
> 罂粟在罂粟的田里

(原名《"你自高高云端,他们在罂粟之田……"——读安昌河〈羞耻帖〉》,刊于《长篇小说选刊》2017年第5期。收入集子时,有所改动)

经验仿制、中产滥情与抛向历史的媚眼

有人说,中文系难以培养出优秀的作家。反驳这个观点并非难事,但读完长篇小说《朱雀》(作家出版社,2010)和小说集《德律风》(金城出版社,2010)之后,我知道葛亮可能会为这个观点增添新的例证。葛亮拿过这个专业的博士学位,所以我并不怀疑葛亮的文本阅读量以及相关的审美经验和审美判断能力。但是从年轻的研究者到年轻作家的身份转变,所面临的首要问题便是,建立在文本阅读基础之上的审美经验如何转化成自身的审美实践。如果把写作降格为对别人经验的复述与挪用,那么这样的写作在起点上就已经偏离了审美的创造性。葛亮要考虑的第二个问题便是,作家如何面对自身经验的范围。作家是否愿意直面现实,并非是一个道德优劣的问题。但是当作家强行书写自己不熟悉的经验并试图引发道德评价的时候,那么写作本身所承载的道德兴味便会显得浅薄，而浅薄往往和伪善相连。葛亮与我的年纪相仿、专业相同。尽管我相信浪漫主义所宣扬的天才意味着什么，但我依然难以理解，他在这样的年纪如何依凭想象与知识来叙述一个长达六十余年的故事，况且这故事的背景还是真实的历史时间，同时这段历史本身又充满了众所周知的禁忌和扑朔迷离的暧昧。叙述一个漫长的故事并不难，困难的是如何将这段历史的情绪充溢在故事的时空中。否则，不论这故事如何娇媚，这段历史依然会像不合身的衣服，让故事本身显得粗鄙和放纵。我想这是葛亮应该思考的第三个问题。

受过比较严格的专业训练的葛亮无疑是熟悉中外经典文本的。于是，经典作家作品的身影在葛亮的文本中影影绰绰地显现。葛亮的文字细密、纠缠，在细节处停留、荡漾。这些特征无疑都是葛亮在校友张爱玲那里习得的技巧。区别在于，张爱玲的停留就像缓缓流动的河流在浅湾处迂回、盘旋形成的小漩涡，从从容容地来，不急不慢地去；而葛亮的停留更像是一辆旅游大巴，每达到一个景点便一厢情愿地刹车，而不管游人是否愿意在此驻足。如果说，对文字技巧的挑剔显得吹毛求疵，那么具体经验的处理上，葛亮的写作有着更为浓重的阴影。在短篇小说《退潮》（除《朱雀》外，本文所提到的其他文本均出自《德律风》）中，葛亮叙述了中年丧夫的女子在一次外出的旅途中性爱意识的复苏与幻灭。施蛰存的《梅雨之夕》里的经验在这里非常清晰地显形。在《离岛》中,张爱玲的私语、施蛰存的魔道、仇父恋母的潜意识与少年情欲交织、人物在魑魅魍魉与现实之间恍惚等种种经验相互交错。《离岛》的文字和结构是精巧的,只是每种经验的呈现都让我联想到另外的名字与文本。这样的精巧也就显得匠气十足。《朱雀》中,毓芝抄下"子时风兼雨,五更云渡月"的诗句,由丫鬟交给了情郎芥川。是夜,两人云雨。这一刻是《西厢记》借尸还魂。通过文本阅读所积累的大量的审美经验,本应是葛亮写作时进行借鉴与转化的巨大优势。然而,当葛亮沉浸在经验的仿制与挪用的时候,就像一个画坛的新手在落笔处总是惦记着向诸位大师致敬,而时常忘记是要用颜料、色调、画布调制一副属于自己的画。审美经验的仿制与挪用如果不经个体创造性的处理,在新语境之中只会显得突兀、乖张,就像在故宫博物院里挂上一幅仿制的蒙娜丽莎。于是,优势瞬间也就转化为劣势。

葛亮是个勤奋的作家,他一直在试图拓展自己的书写范围。他常常会把好奇的目光投向陌生的经验。葛亮应该清楚,有些经验是和特定的阶层捆绑在一起,具有一定封闭性和排他性;这些经验并非匆忙一瞥就能依靠想象转化为写作资源的,否则社会学的田野调查就完全没有必要。但是葛亮依然忙不迭地将目光投向偷渡者、城市打工者，然后写下隔靴搔痒的苦难，留下几句轻嘘短叹。《阿德与史蒂夫》讲述了一个偷渡者的故事。在故事快要结束时，葛亮感叹到："很久以后，每每想到阿德，我已不再感到悲伤，只是感到迷惑，为生活的突兀。"偷渡者为身份认同所付出的血泪与艰辛，竟然在葛亮云淡风轻的感叹中化为乌有。在《德律风》中，葛亮用声讯台小姐与夜总会保安的声讯对话和各自回忆架构了整部小说。其中许多细节经不起推敲。声讯小姐告诉保安，"德律风"是"telephone"的音译，然后保安为这份意外的知识而欢欣，认为自己也能说英文了。葛亮将保安自白与对话当中的"我"置换成"俺"，并以此来标示保安的乡土身份。一个有着当年殖民地色彩的时尚名词和一个北方方言中通用的人称代词，就这样经由葛亮之手成为城市边缘群体的标签。而葛亮似乎也在这两个空洞的能指中获得了莫大的道德安慰。我并非反对作家对陌生经验与陌生群体的探索与表达，只是葛亮的这种书写有着强烈的道德补偿与时尚消费的意味。这个社会的部分中产者会在茶余饭后从网络、报纸、电视里浮光掠影地获取一些模糊的信息，然后开始无伤大雅地长吁短叹，从而获得一种道德安慰与心理平衡。葛亮没有比他们更伪善，但是也没有比他们更诚实。

葛亮并不熟悉书斋外的经验，他只是依靠间接的经验费力地想象、揣摩城市边缘群体的言行与情绪。他像咀嚼自己的小小的悲哀一样，虚构着别人的故事，编织着关于苦难的文本。或许这种书写能为葛亮带来道德上的崇高感。他可能会安慰自己，毕竟他曾经抬起头越过自己的生活圈子向遥远的人群瞥了几眼，神情似乎还有点悲悯。只是在我看来，这种崇高与悲悯是浅薄与虚幻的同义词。同时，当葛亮的文本在资本市场上流通、消费时，他的道德感也就传递给了那些与他相似的群体。当道德被消费时，这些人重新获得了内心的安稳与平和。然而，苦难依然在那里。

其实，葛亮书写自己熟悉的经验时，也会在无意间暴露出一些伪善的情绪。回到自己熟悉的经验范围，葛亮的叙述就变得兴奋起来。这在他的短篇小说《私人岛屿》中表现得非常明显。《私人岛屿》讲述了一个城市白领女性婚外恋的故事。在这样的故事中，葛亮熟练地调动咖啡、美酒、电影、音乐、艺术展等代表某一阶层品味的时尚元素，游刃有余地游走于叙述空间。不可否认，这样的元素是需要的，至少与葛亮所要叙述的经验是密切关联的。但是当阿德走进叶葳的生活时，葛亮的企图便突然变得暧昧起来。阿德是个因赌马而破产的货车司机，在叶葳的情感低落期充当了性伴侣。葛亮设置了一个细节，即阿德这个不懂音乐的人居然可以根据音乐的类型与情绪来调节自己的做爱节奏，这让城市白领女性叶蕆非常享受。这个细节的呈现让葛亮的叙述呈现了另外一种效果：当葛亮在时尚元素中流连忘返时，他已经将与此相关的情节铺展变成了一种文化资本的炫耀。而陪衬的底色正是那些他曾经试图关怀的人群。坦率地说，在这里，葛亮再次放大了他的中产阶级的道德伪善。

我难以理解葛亮为何非要在年纪轻轻时如此急迫地通过一部长篇来进入历史。他将《朱雀》的故事放置在长达六十余年的历史时空中进行叙述。抛却禁忌与谜团，从抗战前夕到千禧年前后的这段历史依然是千头万绪、错综复杂。所以仅仅依靠阅读与知识所建构起的历史想象空间能否包容他的故事，这是葛亮必须面对的问题。在涉及抗战、南京大屠杀、国共内战、反右、四清运动、"文革"、毛泽东逝世等重大历史事件时，葛亮使用了一些真实史料的记载来强化历史情境的真实性。比如说国民党军官鲁耀相在南京屠城时的逃难细节，"文革"中批斗江苏省省委书记江海清的情景，南京市两个最大的造反派"八二七"、"一一八"武斗的场面等，这些真实的历史细节都在《朱雀》中得到体现。葛亮显然是在为自己的故事营造一个真实的历史空间。然而在涉及虚构人物的叙述中，葛亮并未在历史真实的框架中展现可能的想象力。

比如，大学生传看《牛虻》、被革命异化的孩子、被批斗的知识分子的铮铮铁骨与唯唯诺诺、女大学生与工人阶级的结合、脸谱化的红卫兵形象等等，这些反右、"文革"等历史事件中人物的言行是1980年代的小说文本不断重复的经验。葛亮在《朱雀》中像处理史料一般处理了这些经验，于是他的虚构与想象始终无法靠近那个依靠史料和别人的经验所搭建起的历史空间。叙述到1990年代葛亮才重新活跃起来。不难理解，1990年代以后的时段才是葛亮的人生经验可以把握的范畴；同时，1990年代以后的中国再也没有发生那种大面积影响国人命运的重大历史事件。摆脱了历史羁绊的葛亮自然可以天马行空地书写，至少他的人物再也无需一边表演，一边偷偷地试探历史的反应。于是，重新获得叙事快感的葛亮一不小心就把1990年代叙述成了一个相对独立的故事。否则，葛亮是无法将《朱雀》的第四章和第七章重新编排成一个短篇《罗曼司》收录在文集《德律风》中的。这个部分其实是《朱雀》所叙述的1990年代故事中不可剥离的关键情节。这个片段可以不往前追溯历史缘由，却决定着此后的情节走向。这一点至少暴露了葛亮历史情结的虚妄。这个片段游移在《朱雀》的文本之外，足以说明葛亮的叙述企图其实与历史并没有多少关联。换而言之，葛亮是想一如既往地叙述一个温婉、凄迷的城市爱情故事，可是又怕这故事狭小、媚俗。于是他想为这个故事披上一个绵长、端庄的历史外衣。为此，葛亮费劲地把这个1990年代故事的原因追溯到1930年代中期。可惜这个媚眼抛得过于做作，历史终究不为所动。记得葛亮在《罗曼司》与《朱雀》中写到："再不好事的人也会遐想，男女之间，有什么可以超越伦常和民族大义？那么，只有性。人们在无尽的遐想中扼腕与愤慨，同时灰暗地笑。性，跨国情，婚外恋，外加暴力。一部成功三流小说的所有元素，在一个月里，凝聚于高尚美貌的女博士身上"。事实上，这不正是葛亮在《朱雀》中所青睐的故事和他所能达到的精神境界吗？

（原名《经验仿制、中产滥情与抛向历史的媚眼——谈谈〈朱雀〉和〈德律风〉》，刊于《文学报·新批评》第5期（2011年8月4日）。收入集子时，有所改动）

历史遗迹、写作"中段"与自我辩护

一

坦率地说,我并不认为对《这边风景》的整体艺术水准做出稍显苛刻的评价,便是消解王蒙之于当代文学史的重大意义和重要贡献。在我看来,这意义和贡献中相当重要的部分在于:除了因言获罪中止写作的那段时期,王蒙的创作贯穿于从1950年代至今的每个文学史时段,与其说王蒙在每个文学史时段都留下了经典文本,倒不如说在每个时段王蒙均有作品及其相关言论引发了巨大的争议,而正是这种争议构成了激活当代文坛的批评和创作的一种动力。比如,1980年代初的"东方意识流",1980年代中期的长篇小说《活动变人形》,1980年代末的短篇小说《坚硬的稀粥》,1990年代初在人文精神大讨论中的相关言论,新世纪以来的"自传"系列等。这些争议均没有局限于具体作品的价值判断范畴，而是涉及历史现场重要思潮、现象的描述和判断。因此，王蒙的创作在一定程度上可以被称为"王蒙现象"。因为，对其作品的评论总是难以绕开当代文坛的重大问题，或者说他的创作总是与当代文坛的种种症候存在着密切的关联。从这个角度来看，"王蒙现象"确实构成了当代文学史中的意味深长的"风景"。《这边风景》正是在这个意义脉络中呈现了它的复杂性和可阐释性。

二

长篇小说《这边风景》写作于 1974 年至 1978 年间，时隔三十余年后首次公开发表于 2013 年的《中国作家》并出版单行本，两年之后获第九届茅盾文学奖。这个看似简单明了的陈述涉及到几个值得讨论的问题。

我认为，直面《这边风景》在艺术形态方面的时代印迹和历史局限，以及它与当下中国文学整体水平之间的落差，是谈论所有问题的起点。虽说，经典的基本含义之一是指文本在时势变迁之后依然能够提供新的阐释空间，但是，这并不意味着我们可以颠倒这个过程去刻意制造新的经典，也就是说，发现、出版一个经典作家很久以前的散佚之作，与把这些散佚之作追认为经典，是两个层面的事情，要建立两者之间的逻辑联系需要翻越重重障碍。其中最重要的一点便是历史情境更迭中审美／意识形态的变迁。

从王蒙重新公开发表作品的1970年代末到其获茅盾文学奖的2015年，其间相隔近四十年。四十年之于一个常态的现代社会，或许会显得平淡无奇，但对于当代中国则显得变幻莫测。从1949年至今的历史进程中任意截取四十年，我们都能清晰地辨认出那种迅速波及整个社会的或动荡或曲折的历史时刻。因此，兼具"感时忧国"的旧传统和"政治标准第一"的新规训的当代文学不可避免地深陷其中，并在审美／意识形态层面与之形成较为明显的呼应或对应关系。

在这四十年间，当代中国文学的文学观念、创作方法、文学潮流在迅速更迭，与之相伴的是峻急的社会历史进程。这在1970年代末到1990年代初这段历史中表现得尤为明显，这个时段亦是王蒙创作力最为充沛的时期。具体到《这边风景》的创作时间跨度，这四年恰好处于当代中国从"革命中国"向"开放中国"转变的历史转折期。

1974年的王蒙尚是戴罪之身（不仅是"摘帽右派"，而且被开除了党籍），此时的中国亦前途未明、阴晴不定。多年之后，我们固然可以说彼时的中国依稀可见变革的曙光，但身处历史情境中的民众却是另外一番感受：尽管危机重重，但是"继续革命""不断革命"的国家机器依然轰鸣，政治宣传和思想控制依然是悬在日常生活上空的"达摩克利斯之剑"。仅从当时的文艺界的氛围来看，此时"批林批孔"运动还在"如火如荼"地开展。王蒙完成作品时已是1978年，在国家自上而下的政策调整中，历史进程已经发生改变，具体到文艺界则是大量带有新的审美／意识形态的作品成为舆论的焦点。所以，《这边风景》虽经过了王蒙的修改，但是现有的文本形态依然表明，王蒙是在接受原有的政治规训的前提下开始创作的，而这一切在新的历史语境中显得不合时宜。于是，在两种历史语境的更迭中，《这边风景》不可避免地成为夹缝中的"历史遗迹"。其中的原因并不复杂，坦率地说，从根本上来讲，《这边风景》是一部论证"四清运动"的政治正确性和歌颂其历史成就的小说。但是不管是历史事实还是此后的历史叙述，"四清运动"都构成了"文化大革命"的预演。事实上，小说也是写到1965年便匆匆结尾了。虽说以官方决议的形式为"文革"定性要等到1981年，但"四清运动"与"文革"在"阶级斗争扩大化"层面上所建立的历史关联却是从民间到高层的一种共识。所以，在这种情形下，王蒙将完成的小说"遗忘"是审时度势后的一种选择。他自己也并不回避这个问题，只是解释得有些敷衍而已："三八岁时凡心忽动，在芳的一再鼓动下动笔开始了书稿，在写出来的当时就已经过时，已经宣布了病危。作者也确认了他先天的绝症，草草将它埋藏。然后在房屋的顶柜里，像在棺木里，他的遗体安安静静地沉睡了四十年。"[1]

三

我将《这边风景》称之为"历史遗迹"，不仅是指小说所涉及的政治内容和历史背景，如反苏联修正主义、社会主义教育运动以及此前的大跃进等，均被设置了讨论的边界和价值判断前提，以至于这些问题成为只可远观而无法进入内部探究的历史景点；而且还指这部小说完全是用特定历史年代里才会有的文学观念、创作方法乃至具体的结构、语言、人物所建构出的一个文本。这样的小说之于当下的读者，很难产生基于经验和情感层面的交流。对它的阅读更像是，为了了解特定历史时段的文学史基本面貌而不得不去阅读的作品，这是获取知识的需要而非审美需求。

---

[1] 王蒙：《这边风景》，花城出版社2013年版。后文中凡引自该书引文不再一一注释。

《这边风景》只能在特定的历史情境中产生，这也就重新确认一个事实，即"历史遗迹"本身也包含了部分的"历史真实"。《这边风景》令人怀旧地想起十七年时期现实题材的现实主义长篇小说。这里的"现实"并非是历史情境中的日常，而是指新政策指引下的新生活，即具有历史进步性的生活方式和精神面貌。所以，此类小说通常以国家政策的颁布、执行和成效作为结构、组织叙事内容的主要框架。《这边风景》的基本结构和内容同样如此：从 1962 年到 1965 年，也就是反对苏联修正主义、社会主义教育运动期间，维族党员伊力哈穆带领伊犁地区跃进公社爱国大队特别是第七生产队的社员们，对外与"美帝"、"苏修"斗争，对内与富反坏右、地方民族主义、民族分裂主义斗争。特别是以社会主义教育运动在农村推行四清运动为背景的故事，是完全依照中央下发的关于四清运动的纲领性、阶段性文件，如前期的纲领性文件"前十条"[1]、中期的带有经验总结、推广性质的文件"后十条"[2]、后期的调整、强化运动目标的文

---

[1] 参见《关于印发〈中共中央关于农村工作中若干问题的决定（草案）〉（一九六三年五月二十日）》，《建国以来重要文献选编》（第 16 册），中央文献出版社 1997 年版。

[2] 参见《中共中央关于印发和宣传农村社会主义教育运动问题的两个文件的通知（一九六三年十一月十四日）》，《建国以来重要文献选编》（第 17 册），中央文献出版社 1997 年版。

件"二十三条"[1]，来设计情节的起承转合。简单说来，虚构的动力来自作者对意识形态动向的领会能力，叙事内容里问题的提出和矛盾的解决都依赖于文件、政策的传达和解读。这样的例子在文中随处可见，比如："他学习党的八届十中全会公报。是的，在社会主义社会还存在阶级、阶级矛盾和阶级斗争；存在着两条路的斗争；存在着资本主义复辟的可能性。"又比如："这是每天最严肃，最激动，最幸福的时刻……他每每从革命导师中，找到了自己的、千万共产党员和贫下中农的愿望和道路；从本村五花八门的、具体的工作和社会现象中，领悟到了毛主席的书和中央文件所讲的博大精深的道理。"

《这边风景》里的一些细节描写亦是政治规训形塑的结果。通过人物外貌来彰显人物的道德品行、阶级立场、政治素养，并以此作为标示人际关系及其性质的依据。这是此类小说常见的叙述技法。比如在正面人物出现时，便有如下描述："坐在车门旁边的尹队长——他的名字是尹中信，今年四十二岁，中高身材，方宽脸庞，短而浓的眉毛一点也不肯弯曲，嘴角

---

1 参见《中共中央关于农村社会主义教育运动中目前提出的一些问题（中共中央政治召集的全国农村工作会议讨论纪要，一九六五年一月十四日)》，《建国以来重要文献选编》（第20册），中央文献出版社1998年版。

上的线条显得刚毅而且严厉。但是他的目光是柔和的，使他的严肃中有一种和蔼而宽宏的神采。"而在反面人物出现时，则是另外一套笔法："那里站着一个驼背的、满脸褶子的老太婆，鹰钩鼻子，两腮耷拉，眼泡水肿。"所以，脸谱化不仅是一种叙述手法还是一种政治甄别。

同样涉及到政治甄别的叙述技法还有，作品中的人物身份往往与他在文本中的角色功能是紧密对应的，这个角色功能其实就是政治功能。1949年后，国家通过身份鉴别对全民进行了分类，并将其政策化、制度化。由此，每种身份类别都获得了一种既定的政治评价。这种情况同样深深地影响到小说的叙述技法，特别是在那些涉及到路线斗争的小说中。在《这边风景》中同样如此。在写到工作组的一个负责人给社员的最初印象时，出现这样一句话："对于章洋这样的从乌鲁木齐来的戴眼镜的干部，他们有一种敬意，也有一种隔膜。""乌鲁木齐"之于生产队是城市与乡村的对立，"戴眼镜"之于"他们"则是知识分子与农民的对立，"敬意"与"隔膜"则是价值观的差别。这些细节的组合暗示了一个城市知识分子／小资产阶级即将到来的命运。果不其然，在随后的情节铺展中，章洋成为路线错误的代表人物。这一点是完全符合1949年之后很长一段时间里国家对知识分子的基本政治判断。

还有一个不得不提却又无法深入探讨的问题，即小说中的少数民族问题。《这边风景》从创作动机和政策依据上来讲，是少数民族在党的领导下如何同各种敌对势力、错误倾向斗争并最终取得胜利的故事。这样的小说自然免不了对少数民族风俗、风情、风景的描写和对少数民族品格的歌颂。但是几乎所有的小说都无视了少数民族深层文化心理所可能展现的复杂性。这不仅是个虚构问题，而且是个现实问题。这不是王蒙个人和他生活过的时代的局限性的问题，也是一个从当年延续到现在还有待继续讨论的问题。

四

我之所以喋喋不休地谈论《这边风景》的时代局限性及那个时代普遍存在的写作症候，是因为"历史遗迹"的出土意味着作家王蒙被遮蔽的一段写作历史浮出水面。仔细辨析这段历史是为了还原王蒙更为复杂、丰富、完整的作家形象。王蒙自称这段写作历史及其成品是他的"中段"[1]。这个"中段"的出现，对

---

1 参见刘颋、行超：《王蒙：〈这边风景〉就是我的"中段"》，《文艺报》2013 年 05 月 17 日。

182　文学青年编年史

纠正当代文学史中的断裂性叙述亦具有典型意义。

从1950年代的"历史的受害者"的作家形象到1980年代的兼具"制度的反思者"和"艺术的先行者"的思辨型作家形象，是当代文学史谈论王蒙的常见思路。在没有更多的史料和证据的前提下，从"历史受害者"到"历史反思者"未尝不是一个顺理成章的历史叙述逻辑，这个叙述逻辑同样可以用来描述许多和王蒙有类似遭遇的作家。然而当王蒙说："这是'"文革"'后期的作品，并无大智大勇出息的小说（不是大说）人，在拼命靠拢'"文革"'思维以求'政治正确'的同时，怨怼的锋芒依然指向极左！其用心良苦矣。"这句自白中自我辩护暂且不论。重要的是，一个在政治重压之下转而积极主动接受政治规训的作家形象已经出现了，而这个形象恰恰横亘在"历史的受害者"与"历史的反思者"这两种形象之间。所以，《这边风景》的出现，不仅修正了王蒙的文学史形象，而且为1980年代文学的历史起源（或者说新时期文学的"史前史"）的复杂性提供了新的证据。事实上已有很多研究表明，类似的情况还有很多。但是，史料的散佚、研究者的历史观、作家的刻意隐藏与回避等因素，都在影响着我们对类似问题的探究。只不过这次是王蒙主动将其"中段"呈现出来。于是，"历史的真相"与"历史的同情"再次暧昧地汇聚在王蒙的历史评价上,这也是"王蒙现象"的复杂性的一种表现。

五

当我们把《这边风景》重新安置在王蒙的作品序列里的时候,便会发现:从情绪的感染力和经验的可信度上来讲,它不如《青春之歌》《组织部来了个年轻人》;从艺术观念和创作手法上来讲,它更是大大地逊色于王蒙在1980年代以后的创作。所以,这个"中段"更像是两座山峰之间的低谷。事实上,前述的几处引文中已经表明王蒙自己很清楚这部作品的实际水准。于是便有了发表、出版前的修改,其中最重要的修改便是在每个章节的后面添加上"小说人语",对每一个章节的内容进行评价、解释、补充。这个修改被出版社冠以"79岁的王蒙对39岁王蒙的点评"这样的口号来进行新书宣传,王蒙在接受媒体采访时也在强调:这是"79岁王蒙与39岁王蒙的对话"[1]。事实上,在我们仔细辨析之后,便会发现,"小说人语"的具体内容指向了如下几个方面。

---

[1] 参见《"79岁王蒙与39岁王蒙的对话"》,《海口日报》2013年4月19日。

最重要的是交代自己的写作动机："这篇小说很注意它的时间与空间下的'政治正确性',他注意歌颂毛主席与宣扬千万不要忘记阶级斗争,它符合在'"文革"'中吹上天的'文艺新纪元'种种律条。但写来写去它批判的是极左,是反农村干部贪腐阶级斗争化的态势。"

其次是强调历史的局限："其实这些都属于定义、命名、编码,小说人没有可能另行编码,只能全面适应接受当时的符码与驱动系统,寻找这种系统中的靠近真实的生活与人、当然也必会有的靠拢小说学的可能。"

再者是解释某些政策的合理性："有好就有坏,有是就有非,有是非好坏的区分就有斗争,斗争可能被夸大或缩小,斗争可能没有戴上最适合的帽子,斗争可能被迷恋也可能被厌恶和躲避,至少斗争提供了人生的某一面线索。"

还有就是维护自己的政治信仰："我们有一个梦:他的名字叫人民。小说人知道现在已时过境迁,例如改造主观世界,与工农兵相结合的说法已经不再行时,也许你聪明的还感到了轻蔑——所谓关于'洗脑'的嘲笑和反叛。不,它不是来自愚忠,而是来自天良、人情味与革命的旋风。"

这些内容想要实现的效果便是:唤起读者必要的

历史同情，进而理解《这边风景》在当下存在的合理性。诚如王蒙自己感叹的那样："你永远的小说人的四十个春秋以前的早年写作。你永远的迎春舞曲，那历史的脉搏与生命的旋律。那时代的讴歌与圣洁的美梦。"于是，所谓"点评"与"对话"实际上变成了王蒙关于自身、关于作品的"自我辩护"。

《这边风景》后来获得了第九届茅盾文学奖，"王蒙现象"再次引发了争议。我觉得有几个因素是值得讨论的。首先，一个作家过往的文学成就很难不对评奖产生影响。这是任何性质、类型的文学评奖都会面临的问题。其次，获奖虽是一种肯定，但是作品能否成为经典，还需继续参与到过往、现在和未来的文学生态的竞争中。所以，在我看来，《这边风景》作为"王蒙现象"的新表现，它为当代批评和文学史研究提出的新问题才是我们应该关注的。

（原名《历史遗迹、写作"中段"与自我辩护——王蒙〈这边风景〉读札》，刊于《名作欣赏》2016年第1期）

第三辑

文学史幽暗处的高晓声

一

1980年代至今不过四十年左右的时间,但是有些作家被重新提起时却让人有恍如隔世的感觉,比如高晓声[1]。这种年代久远的模糊感并非来自时间长度,

---

[1] 考虑到高晓声研究在1990年以后便归于沉寂,故在这里有必要介绍一下高晓声研究资料汇编的基本情况。目前高晓声研究资料汇编,比较重要的共有三种:1、江苏省作家协会选编:《高晓声文集》,作家出版社2001年版。这套书共分四卷,分别为《长篇小说卷》《中篇小说卷》《短篇小说卷》《散文随笔卷》。这套书是目前关于高晓声创作最全面的汇编。缺憾的是依然遗漏了部分篇章,缺少作品原始发表的信息,编校方面也存在错讹。另外,因为种种不可考的原因,这套书在印刷完毕后便运回江苏省作家协会的仓库,所以,馆藏和发行等情况不明。2、高晓声研究会编:《高晓声研究书系》,江苏文艺出版社2014年版。分为《生平卷》《评论卷》两卷。其中《生平卷》值得一读,收录了大量关于高晓声的回忆文章。3、王彬彬编:《高晓声研究资料》,人民文学出版社2016年版。该书由王彬彬独自编撰而成,体现了独到的学者眼光和严谨的治学态度。其中《高晓声创作论》《高晓声研究资料目录》《高晓声创作年表》这三部分非常有价值。另,王彬彬近年一系列关于高晓声研究文章,引发了学术界关于高晓声的再次关注,他的相关研究已结集为《高晓声评传》(江苏文艺出版社,2019年版)、《八论高晓声》(上海人民出版社,2019年版)。

而是因为历史的速度。这种速度在四十年间，造就了诸多文学史上虚虚实实的高峰、断崖和浪潮，于是，要穿越历史的重重迷障和泡沫方能重返像高晓声这样的作家曾经闪耀的时刻。因为，作为文学史"知识"的高晓声与作为文学史"意义"的高晓声在四十年之后的语境中并非是不言自明。

提到高晓声，自然会想起"陈奂生系列"，这是文学史叙述和文学史教育的常识性思维训练的结果：通过"代表作"来完成关于作家的基本认知和想象。然而过于信赖常识，便会遗忘常识被建构的过程："代表作"是作为整体的作品被各种话语参与挑选、删削、重组的结果，因此作家的文学史形象亦展现了其可塑性的本质。当被挑选的文本和被修正的形象以历史的名义来传播时，"片面"的知识便成了制造历史总体性幻觉的手段。

"陈奂生系列"无疑使得高晓声更像是一个与时代进程保持密切互动且代表着历史良知和时代洞察力的作家，他的文学史地位也因此在"国民性／农民"这样的启蒙话语叙述脉络中得到确认。这样的描述固然保留了部分的历史真实。然而却不得不承认，这些作品在当下语境中被重新提起时，我们很难从审美形态和价值诉求等层面讨论其参与当下的思想文化建构的可能性，更遑论从文体意识、语言风格、修辞技巧等层面去谈论其对当下创作的借鉴。因为"代表作"的产生涉及当代文学产生和当代文学史叙述等层面的问题，而这些问题又涉及在具体语境中诸多话语的张力关系。所以，在历史情境更迭之后，其作为精神资源的有效性便成了疑问。因此，重新讨论相关问题，需要树立一个基本前提，"代表作"作为"片面的知识"，是历史的复杂性被提纯的结果，在这个过程中，不仅"代表作"本身的复杂语义关系可能被规训，而且那些具有前瞻性的精神资源也可能被删除。高晓声本人就提出过类似的抗议。在"陈奂生系列"开始为高晓声带来巨大声誉的时候，忘年交叶兆言曾在日记中记下了他们的一段对话：

"我后悔一件事，《钱包》《山中》《鱼钓》这三篇没有一篇能得奖。"

"是啊，《陈奂生》影响太大了，"我说，"我看见学校的同学在写评选单时候都写了它。"

"哎，可惜。"他叹气。

……

"《山中》是我最花气力的一篇小说，一个字，一段，都不是随便写出来的。"

我告诉他，《山中》以及同类题材三篇反映不好，有人看不懂。

> 他只是抽烟,临了,拧灭:"一句话,我搞艺术,不是搞群众运动。"[1]

前述已经提及,文学史最主要的书写方式便是以"代表作"作为中心来构筑作家的历史形象及其意义。但是当作者本人对此提出质疑时,我们不能想当然地把这样的行为视为作家的敝帚自珍,未尝不可以此作为参照来检视、反思"代表作"的合理性。在高晓声去世后,叶兆言亦为其辩护:

> 当高晓声被评论界封为农民代言人的时候,身为农民作家的他想得更多的其实是艺术问题。小说艺术有它的自身特点,有它的发展规律,高晓声的绝顶聪明,在于完全明白群众运动会给作家带来好处,而且理所当然地享受了这种好处。但是,小说艺术不等于群众运动。在当时,高晓声是不多的几位真正强调艺术的作家之一,他的种种探索,一开始处于被忽视的地位,即使在今天提起的人也不多。[2]

---

[1] 叶兆言:《郴江幸自绕郴山》,《作家》2003年第2期。
[2] 叶兆言:《郴江幸自绕郴山》,《作家》2003年第2期。

虽说叶兆言的判断未必能够获得共识，但至少能够说明，"代表作"作为可以信赖的文学史知识传播机制多少变得面目可疑起来。因此，有必要将"代表作"重新问题化，借此重新检讨当代文学生产及当代文学史叙述。

二

1991年12月，上海文艺出版社出版了《陈奂生上城出国记》，这部以"长篇小说"为名的作品，实际上是由高晓声在十二年间以"陈奂生"为主人公创作的七篇中短篇小说连缀而成，分别为：《"漏斗户"主》（《钟山》1979年第2期）、《陈奂生上城》（《人民文学》1980年第2期）、《陈奂生转业》（《雨花》1981年第3期）、《陈奂生包产》（《人民文学》，1982年第3期）、《陈奂生战术》（《钟山》，1991年第1期）、《种田大户》（《钟山》1991年第3期）、《陈奂生出国》（《小说界》1991年第4期）。这便是文学史念念不忘的"陈奂生系列"，当然在这个系列之外，还有《李顺大造屋》（《雨花》1979年第7期），他们共同构成了高晓声的代表作。那些对1978年以来的社会历史进程稍有了解的读者，很容易从这些标题的"关键词"中辨析出，其写作对具体的国家进程的呼应：农村粮食分配方案调整，联产承包责任制的实行，农村副业的复兴和乡镇企业的兴起等，甚至还有"苏南模式"的雏形。

> 人物的道路与当代各个时期政治事件、政策的关联，是作品的基本结构方式。……高晓声在一个时期，醉心于在作品中留下80年代以来农村变革的每一痕迹，而让人物（陈奂生等）不断变换活动场景，上城、包产、转业、出国，而创作的思想艺术基点则留在原地。[1]

这段引文涉及了两个问题。首先，洪子诚指出了高晓声的创作与社会进程的"同构关系"，这其实也是与高晓声同时代的诸多作家共同面临的问题，在某种程度上也是对1949年以来的文学史中诸多被冠之以"代表作"的作品的基本文本形态和审美特征的总结。这并不是一个很难理解的问题。当代中国政治一直在文学的教化、规训功能上寄予着期望，同样，当代文学生产及其历史叙述亦偏爱挖掘文学的文化政治功能。这是两种类型的话语在同一个中介物上有所区别的两种诉求，所以两者的交集就是把历史关怀、现

---

[1] 洪子诚：《中国当代文学史》，北京大学出版社1999年版，第265页。

实干预等功能发挥得较为出色的作品。以至于在很多时候，"审美"成了一个退而求其次的需求。同时，"感时忧国"的旧传统和"社会主义现实主义"的新传统对审美现代性所蕴含更为复杂、深刻的文化反抗的张力关系也并不感兴趣。即便是在政治氛围相对宽松的时候，关于"文学自由""文学自律"的提倡和讨论也无非是二元格局中非此即彼的选择问题：在宣称面对政治，文学有不参与、不表态的自由的同时，念兹在兹的却是，文学可以按照自身的意愿选择服务政治、社会和历史进程的方式和姿态的自由。至少，对于1980年代中期之前的当代文学史而言，这确实是个显著的问题。

当代文学史中"代表作"正是在上述过程中被生产、筛选出来，它们可以不是那些最能代表作者本人审美追求、作品形态和实际成就的作品，也可以不是在特定的时代氛围中引发社会关注的作品，例如那些争议作品或者被批判的作品，但它们一定会是那种与意识形态达成某种平衡和默契的前提下，同时适当兼顾审美和时代氛围的作品。这些作品的出现自然少不了作家主动选择或被动配合。所以说，"同构关系"是意识形态对当代文学生产提出具体要求，亦成为当代文学史筛选"代表作"的基本前提。

其次，洪子诚认为高晓声的创作"留在原地"，那么"何谓原地"？同时，在通常的文学史教育中，高晓声及其同时代的作家常常被视为"新时期"文学肇始阶段的代表人物，那么"何谓新"？当代文学史叙述在这样的具体问题上亦语焉不详。在我看来，重新强调对文学话语变化的敏感和细察，可以破除对政治词汇的敬畏和盲从，便可以理解"何谓原地""何谓新"这样的问题。

举个例子。《解约》（《文艺月报》1954年第2期）发表于1954年，为初入文坛的高晓声带来了声誉，可被视为其早期代表作。《拣珍珠》（《北京文艺》1979年第9期）发表于1979年，这一年也是高晓声复出的第一年，但此时的高晓声已经名满天下。从发表时间看，小说出现于"陈奂生系列"形成的缝隙中，前有《李顺大造屋》《"漏斗户"主》，后有《陈奂生上城》。因为这两部小说都直面新社会青年婚恋观，属于"社会主义新人"塑造这样的常见话题，所以把它们进行对比，大约不会显得突兀。但是，如果没有前述这些信息的提醒，我们很容易将这两部作品视为高晓声在同一时期写下的主题类似、风格雷同的两部作品。因为，除了具体的情节差异，两篇小说在叙述语言、心理描写、性格刻画、观念呈现、作品基调等层面几乎没有差别。那么，何以近三十年的历史大震荡、个人身心的巨大创伤在写作中没有留下丝毫的痕迹？完全归结为"规训"，未免显得草率。

高晓声在《拣珍珠》发表后的第二年（1980年）提到了《解约》等在其被划为右派前的那些作品：

> 这些作品，基本上是继承了现实主义的传统。但它反映的是社会主义生活，基调是明朗的，方向是明确的。这些作品也反映了我当时思想比较单纯，对党对社会主义完全是一片赤诚之心。[1]

对于当代文学史的治学者来说，我们习惯用"历史的同情"来面对这样的"抒情"：或者将其理解为重新获得写作权力后为自己的历史言行进行自辩和澄清，或者将其视为言不由衷的"官样文章"。然而"历史的同情"不能代替真相的追问，更非"为尊者讳耻，为贤者讳过，为亲者讳疾"的庸俗化理解，我们需要在权力、信仰、利益之间的张力关系中去辨析抒情主体的复杂性，由此，作家的历史形象方能较为丰满地呈现。事实上，"历史的同情"只是看待历史、解释历史或者说历史叙述的某种态度和立场，前提是尽可能地占有材料和内容。换而言之，尽可能掌握历史的多种面相是同情和尊重的前提，否则"历史的同情"只能是盲见和遮蔽的同义词。所以，不妨再看看高晓

---

[1] 高晓声：《曲折的路》，《四川文学》1980年第9期。

声在同一篇文章中如何谈论《拣珍珠》。

《拣珍珠》发表的1979年,是高晓声回归文坛的第一年。这一年,他共发表了11篇小说,第二年结集为《七九小说集》(江苏文艺出版社,1980年版)。在提及包括《李顺大造屋》《"漏斗户"主》《拣珍珠》等在内的这批作品时,高晓声说道:

> 1978年5月,我确认自己不久会回到文学队伍里来。啊!这么多年了,如果一个女儿嫁出去,回娘家应该带着成年的儿女来了。而我呢,难道能两手空空,光是红着脸羞愧地走进去吗?
>
> 我开始握起笔,我开始抢时间。1978年6月,我一头钻到创作里去了。……[1]

本体是"罪与罚",喻体是"出嫁""回娘家"这些意味着俗世幸福的事情。要平复多少创伤和不堪,才能成就这样一个温馨、喜悦的比喻啊。于是,《拣珍珠》便成了回娘家时可资炫耀的献礼,一如三十多年前的《解约》那般"赤诚""明朗""单纯"。只是,横亘在两部作品之间的长达三十年的历史的痕迹、纹理和沟壑被瞬间磨平了。这个时候,"历史的同情"

---

[1] 高晓声:《曲折的路》,《四川文学》1980年第9期。

的尺度需要重新被讨论，而高晓声的文学史形象也似乎黯淡了一些，当然也更复杂了一些。

我们当然可以把这个例子继续引向其他话题的讨论。但是考虑到本文所要讨论的侧重点和论述的连贯，在此我只是为了说明当代文学史在论述高晓声这样的 1980 年代中期之前的代表性作家时所出现的语境幻觉和混淆。这个例子至少能够说明，从意识形态规训到作家认知再到读者接受，文学话语的功能、表现形式、审美结构等常识性观念，从延安时期到新时期基本未变。

事实上，1980 年代初的当代中国所散发的蓬勃生机及其可能性，在很大程度上依然是自上而下国家动员的结果。在国家进程的态势上，与此前的历史阶段并无不同。然而，"新时期"的"新"是一种强大政治／历史修辞力量，它以反思历史姿态掩盖了历史的延续性，以"断裂性"重新唤起了民众参与历史进程的热情和诉求。所以，新时期初期的基本历史语境是：一方面是"新"所激发的历史／政治想象和鼓励，另一方面，文学的政治功能以某种看似具有主动性的方式被重新激活，两者在文学与新时期的政治的同构关系上达成了"共识和合作"。换而言之，在 1980 年代初期，文学空间在拓展的趋势与文学政治功能的被重新征用的事实，是这个阶段文学总体态势的两种基本面相。因为叶至诚的关系，与高晓声有着密切交往的叶兆言就曾经说过:"通常认为粉碎'四人帮'前后的小说泾渭分明,是完全不同质的文学现象,却很少注意它们的一脉相承。"并对高晓声这代作家在新时期依然保留某些文学观,如"人们依然相信通过小说,能改变民间疾苦",表现了不以为然的态度。所以,他对高晓声有着如下描述:

> 高晓声的精明之处,在于他一眼就看透了把戏。换句话说,在一开始,文学并不是什么文学,或者不仅仅是文学。文学的轰动往往是因为附加了别的东西,高晓声反复强调自己最关心农民的生存状态,关心农民的房子,关心农民能否吃饱,这种关心建立在一种信念之上,就是文学作为一种工具,可以用来做一些事情。[1]

所以,在重新谈论起高晓声这样的1980年代中期之前的代表性作家时,依然要重申一些常识性观念。学术的精进和思想的拓展,要以常识为基础,而非以牺牲常识为代价。历史的面相虽然难以穷尽,但这不意味着基本事实可以被随意篡改和消解,哪怕是以学术的名义;同样,文本虽然敞开了多重阐释的维度,

---

[1] 叶兆言:《郴江幸自绕郴山》,《作家》2003年第2期。

但是，文本发表时各种因素所交织成的语境关系才是决定意义的最基本的因素。多重阐释的目的是实现文本意义的丰富性，而非用一种单一的解释替代另一种单一的解释，且多重并不意味着无限。具体到本文所涉及的问题，有些常识也必须再次复述：首先，政治语境的相对宽松与审美复杂性的出现，这两者并不存在直接的因果关系。其次，当代文学研究需要区分特定历史阶段的意识形态本质、话语边界与具体的规训方式、策略的区别。但是需要明确的是，和善的面孔和温情的召唤，对惊魂未定、伤痕未消却长期浸淫于"感时忧国"的旧传统和"社会主义现实主义"新传统中的作家们来说，还是具有吸引力的。所以，1980年代初的文学风貌只能如此：在媒介种类单一、传播渠道有限、话语空间依然相对逼仄的情况下，意识形态的召唤与作家的"干预生活"的诉求、热情很容易达成共识与合作，"虚构"便成了公共关怀的跑马场。高晓声自然是这股声势浩大的文学潮流的积极参与者。所以，有人会将他写"当代农民、农村、农业的小说"形容为"像断代史般具有经典性，未知迄今有谁超越了他"。[1] 这番话发表于2011年。很显然，这是个从"新时期"延续至"新世纪"的当代文学史主

---

[1] 冯士彦：《高晓声八题》，《翠苑》2011年第4期。

流史观,文学社会学的,甚至可以说是非文学的。

在我看来,把前述引文视为关于高晓声的褒贬,倒不如看做一种事实描述,描述的是我在前面不断提及的意识形态与作家的"共识与合作"。我们不能肤浅而僵化地在两者之间预设强制与顺从、召唤与迎合等关系。要进入具体层面,方能理解其中的复杂性。文学史叙述是一个删减和拼贴的过程,通常说来,我们会将历史信息划分价值等级,在叙述中保留那些所谓精神的、文化的、戏剧性、宏大的信息,而舍弃那些庸常的、物质的、生存的乃至苟且的信息。在这里,我无意涉及物质与精神关系的庸俗理解,也无意走进文化研究的俗套。我想强调的是,缺乏对后者的考量将难以理解"共识与合作"的复杂性。

> 80年代初期的文学热,和现在不一样,不谈发行量,不谈钱。印象中,一些很糟糕的小说,大家都在谈论,满世界都是"伤痕",都是"问题"……公式化概念化的痕迹随处可见,文学成了发泄个人情感的公器,而且还是终南捷径,一篇小说只要得全国奖,户口问题工作问题包括爱情问题,立马都能解决。[1]

---

[1] 叶兆言:《郴江幸自绕郴山》,《作家》2003年第2期。

当代文学史的学者对这样的材料所提供的信息并不陌生，但甚少考虑将其中的某些因素在"当代文学史"范畴内问题化、理论化。"发行量"和"钱"说的自然是"市场"，在高晓声创作活跃的年代里还不构成强有力的语境因素。但这并不影响我们可以借助市场这个因素来反观1980年语境的某些特殊性。"市场"成为极其重要的历史建构因素，始于1990年代。在这个过程中，国家制度随之开始了调整和重组，并腾挪出部分空间和场域，让作家和其他身份的群体有了相对自由的职业选择和谋生空间的可能。由此反观，相比较而言，在1990年代之前，"文学"并不仅仅意味着职业选择，更多地意味着是国家事务、政治制度的构成部分。正是在这个意义上，我们不妨把"文学作为制度"理解为带有总体性的基本史实或基本语境，这是形塑当代文学史特别是1980年代中期之前的文学史面貌极其重要的因素。"文学作为制度"在具体层面释放了更为丰富的意义。

首先，高晓声们的写作在制度意义上可被理解为在履行岗位职责和执行制度要求。这意味着，他们作品的发表、出版及其传播、反馈都要接受制度的约束，同样，他们的日常生存亦得依靠制度的供养。在这一点上，他们与其他职业身份并没有本质区别。作为制度，必然会涉及奖励与惩罚，所以高晓声在回忆自己的经历时才会说:"我被踢出了文学队伍……1957年又被剥得光光离开。"[1]基于此,我们就能部分地理解他"回娘家"时的喜悦和兴奋。

其次,还可以适当地去政治化、去道德化地理解"文学作为制度"。正如市场制度下的写作同样亦需要接受相关制度规训一样,这是制度所清晰展示的"写什么、怎么写"的具体要求;"概念化""公式化"作品虽然不是制度所乐于见到的,但是也是没法避免的,它们属于制度运行的冗余之物,也可被视为保证制度顺畅运行的必要代价;所谓的"发泄个人情绪"未必就是缺点,与此前的历史进程相比,制度设计允许存在泄压、解压机制不正是历史进步的体现吗?至于,它属于审美欠缺的个体表达还是伪装成个人声音的群体情绪,则需要在具体层面去讨论。

再者,"文学作为制度"这种历史态势在高晓声创作旺盛的年代已经开始盛极而衰,并在1980年代中后期开始逐步表现出来,它受制于整个国家制度、国家体制的主动调整。但是"式微"固然含有影响力减弱的意思,但同时也意味可以以较为隐蔽的方式继续发挥影响力。

简而言之,把"文学作为制度"作为具有丰富意

---

[1] 高晓声:《三上南京》,《周末报》1982年9月5日。

义层次的总体性语境和基本史实来理解，是认识1980年代作家与意识形态的"共识与合作"的复杂性的重要前提。这不仅是当代文学生产、包括"代表作"产生的基本语境，其实同样构成了当代文学史叙述和"代表作"筛选的基本思维。

三

在前述《解约》和《拣珍珠》的对比分析中，我已经谈到，高晓声用喜悦和兴奋抹去种种血污和坎坷，以"重返十七年"的方式，贡献了一部所谓的"新时期"作品。所以，叶兆言对高晓声的评价是准确的，高晓声清楚："文学并不是什么文学，……文学轰动往往是因为附加了别的东西，……"简单说来，"别的东西"就是制度所提倡的国家事务及其政治要求，它构成了"轰动"前提，由此，"轰动"的"作品"才有可能演变为"代表作"。

《李顺大造屋》亦是高晓声复出第一年发表的作品，也正是这部作品让高晓声迅速成为新时期之初最为耀眼的作家之一。谈到这部作品时，高晓声总结道：

在写作过程中，我意识到了这篇小说在客观

上带有重新认识历史的意义。所以我不得不特别慎重地忠实于历史,不得不学用史家的严谨笔法。当生活中的各种形象向我涌来时,我进行了认真的选择。通过选择的形象,反映出了新旧社会的本质区别,显示了正确路线和错误路线执行的不同结果;同是错误路线,也分清楚是自家人拆烂污还是敌人捣蛋,产生的影响也自不同。至于反映到什么程度,我也努力想掌握住分寸。[1]

我们对这样的话语方式无疑是熟悉的。这是高晓声及其同时代的作家所共同呈现的话语症候。暂时搁置"历史的同情",从这些话语方式所使用的一些词汇中,如"忠实""慎重""选择""分清楚""分寸"等,我们能够充分感觉到,高晓声对话语尺度的拿捏和领会,而这些正是"作为制度的文学"所发出的召唤和限制。

事实上,这部作品的出炉过程本来就是那个时代最好的一批作家集体用"政治智慧"所推动的。高晓声去世后不久,陆文夫便撰文回忆了《李顺大造屋》发表前的一些事情。

---

[1] 高晓声:《〈李顺大造屋〉始末》,《雨花》1980年第7期。

《李顺大造屋》写的是一个农民想造房子，结果是折腾了二十多年还是没有造得起来。他不回避现实，真实而深刻地反映了当时农村的实况。不过，此种"给社会主义抹黑"的作品当时想发表是相当困难的。我出于两种情况的考虑，提出意见要他修改结尾。……让李顺大把房子造起来，拖一条"光明的尾巴"，发表也可能会容易些。后来方之和叶至诚看了小说，也同意我的意见。高晓声同意改了，但那尾巴也不太光明，李顺大是行了贿以后才把房子造起来的。[1]

后来这部小说便发表在叶至诚时任副主编的《雨花》上，不久便获得了"1979年全国短篇小说奖"。我们能够理解，在历史创伤中慢慢恢复的作家们对政治禁忌的敏感和畏惧。但是，方之、叶至诚、高晓声、陆文夫这些在文学史中接受后代敬仰的作家们聚首揣摩"光明的尾巴"的画面，本身就是一副充满黑色幽默的荒诞场景啊。毕竟，他们是如此了解自己内心所抵制的话语，却最终接受了召唤，迈出了走向"终南捷径"极其关键的一步。

《李顺大造屋》之后，便是"陈奂生系列"的诞

---

[1] 陆文夫：《又送高晓声》，《收获》1995年第5期。

生。其实引导大家注意到"陈奂生"将成为一个系列的,恰恰是高晓声自己。按照高晓声自己的说法,《"漏斗户"主》发表时其实并没有什么影响。

  当时在《钟山》发表了。《钟山》那时刚创刊,印数不到一万,看到这篇小说的人不多,竟不曾有什么影响。[1]

为了救活这篇小说,高晓声决定再写一篇以陈奂生为主人公的作品,这便是《陈奂生上城》。

  另外还有一个原因,是想通过《陈奂生上城》这篇小说,引起读者对《"漏斗户"主》的注意,叫做"救活"《"漏斗户"主》。这两篇小说,主人公都用陈奂生一个名字,性格也统一,所以《陈奂生上城》名正言顺成了《"漏斗户"主》的续篇。读者如果对《陈奂生上城》感到兴趣,就一定会去看《"漏斗户"主》,这样,《"漏斗户"主》就被救活了。[2]

---

[1] 高晓声:《谈谈有关陈奂生的几篇小说》,《文艺理论研究》1982年第3期。
[2] 高晓声:《谈谈有关陈奂生的几篇小说》,《文艺理论研究》1982年第3期。

如果说《李顺大造屋》论证了在正确的路线的领导下农民终于得以"安居"这样的命题，那么《陈奂生上城》这样的以"当时的农村副业生产已开始复苏"[1]作为背景的小说，将可能再次获得肯定。事态的发展果然如高晓声所料。所以，《陈奂生上城》获得成功后，高晓声在创作谈中立刻提醒大家注意《"漏斗户"主》的存在和意义。

> 我写过两篇小说，一篇叫《"漏斗户"主》，一篇叫《陈奂生上城》，主人公是同一个人物，《陈奂生上城》就是《"漏斗户"主》的续篇。是同一个性格在两种不同境况下的同一表演。[2]

这短短的几句话不仅救活了一篇被忽视的小说，而且还成功地引导了理解的方向。至此，"陈奂生系列"不仅成型，而且站稳了脚跟。在接下来的两年里，便有了《陈奂生转业》《陈奂生包产》。作者对自己被忽视的作品的珍爱，固然是事情的一种面相，然而过于密集、急切回应、预测意识形态所主导的

---

[1] 高晓声：《谈谈有关陈奂生的几篇小说》，《文艺理论研究》1982年第3期。
[2] 高晓声：《且说陈奂生》，《人民文学》1980年第6期。

社会进程及其需求,大概也是"既精明又狡黠"[1]的表现吧?

后来高晓声续写"陈奂生系列"的行为,是能够进一步佐证前述结论的。事实上,在1982年《陈奂生包产》发表以后,高晓声便宣称:"我觉得不能再麻烦陈奂生他老人家了,让他退休吧。"[2]时隔八年之后,高晓声却在一年之内接连写下了《陈奂生战术》《种田大户》《陈奂生出国》三篇小说,计十万余字,在1991年的上半年集中发表,并在年底把前面的四篇与这三篇一起集结为长篇小说《陈奂生上城出国记》。不管高晓声在《后记》如何振振有词地为陈奂生的"复出"辩护,标题中的"进城"和"出国"这两个耀眼的关键词依然显得"意味深长"。可能的解释是:在一个不属于高晓声的文学时代里,高晓声试图依凭《陈奂生上城》在当代文学史中的荣光,去照亮《陈奂生出国》,以证明自己的写作依然与国家进程紧密相连,并试图借此重返文学场域的中心。或者说,高晓声认为自己再次捕捉到了社会重大事件,即"出国热",试图以此接续其在

---

1 徐兆淮:《我所知道的高晓声——写于高晓声逝世十周年纪念》,《太湖》2009年第6期。
2 高晓声:《谈谈有关陈奂生的几篇小说》,《文艺理论研究》1982年第3期。

1980年代的历史荣耀，从而将自己的文学史地位和影响继续巩固下去。事实证明，这是一次极其失败的策划。不管我们如何为高晓声辩护，都没法否认，《陈奂生出国》只是把1980年代初的陈奂生的舞台从"上城"置换成"出国"，让其在高晓声一厢情愿的"异域想象"中重新演绎了一遍当年的善良、狡黠和局限。当叶兆言评价他："他身上充分集中了苏南人的精明，正是利用这种精明，他轻易敲开了文坛紧闭的大门。"[1]亦是对高晓声形象另一面的中肯评价。

至此，本文很显然已经挑明了问题，高晓声是懂得并走过"终南捷径"的人，但是依然要略作说明。首先，讨论"终南捷径"并不是要刻意抹黑或解构高晓声的文学史形象。"终南捷径"说到底是有章可循的制度要求和立场明确、边界清晰的意识形态召唤，这是环绕着高晓声及其同时代作家具体的写作环境，也是他们如影随形的压力。所以，这样的问题其实是高晓声这代作家共同面临的历史困境和精神症候。简单说来，"终南捷径"其实是"写什么、怎么写"的明确指示。因此，讨论相关问题，其实是对当代文学生产过程的重新审视，并不可避免地指向关于当代文

---

[1] 叶兆言：《郴江幸自绕郴山》，《作家》2003年第2期。

学史叙述的反思。其次,"终南捷径"并非坦途,行走其上的作家也并非总是心安理得。在艳阳天的照耀下作家们因为具体姿态和方式的差异而在身后留下了形态各异的阴影。这些阴影中隐藏着作者个体面对路径选择时的复杂心态,即前面曾提及"共识与合作"的复杂性。辨析这些阴影,是为了试图驱散笼罩在"代表作"上单一的光谱色彩,重构特定语境下作家复杂的文学史形象,进而涉及一个难以回避的问题:当代文学史中的"代表作"在多大程度上能重新介入当代思想文化的建构?

四

尽管,我倾向认为高晓声给我们的答案可能并不乐观。但我尊重高晓声的文学史贡献,以及他同时代作家的集体努力和付出的代价。谈到努力,就有必要回应本文开头的引文中提及的高晓声的不服气。这便是他写了一批自认为是"搞艺术"、在叶兆言眼中是"描写人的普遍处境"、在北岛眼中是"海明威式"的小说[1]。这些类似于民间故事的小说,除了前文提及的《钱包》(《延河》1980年第5期)、《山中》(《安徽文

---

1 叶兆言:《郴江幸自绕郴山》,《作家》2003年第2期。

学》1980年第11期）、《鱼钓》（《雨花》1980年第11期），还有《飞磨》（《钟山》1981年第4期）、《绳子》（《雨花》1982年第2期）、《尸功记》（《鸭绿江》1981年第11期）、《买卖》（《滇池》1983年第2期）、《新娘没有来》（《花城》1988年第1期）、《雪夜冻赌》（《故事会》1999年第8期）等篇章零星散布于高晓声的创作生涯。尽管高晓声一直试图努力让读者和评论界注意它们[1]，甚至在国外演讲时亦将重点放在他的写作与民间文学的关系上[2]，并把自己的第一篇的小说《收田财》也归入其中，但是依然未引起过多的关注。重读这些作品，我们很容易发现原因何在。首先，在1980年代初期，高晓声的这种尝试与整个社会关注焦点是错位的，当大家普遍在更具有公共性的话题上投射自身的参与热情时，这种民间故事形态的小说其实很难引发阅读兴趣；而1980年代中期一批实验性作品引发关注时，高晓声的这种讲故事式的写作又容易被视为通俗、传统、落伍，根本无法引起关注。高晓声并不甘心游离于文学潮流之外，于是便有了《巨灵大人》（《花城》1987年第1期）这样极具实验色彩的

---

1 参见高晓声：《答南宁作者问》，《生活·创作·思考》，上海文艺出版社1986年版。
2 参见高晓声：《我的小说同民间文学的关系》，《苏州大学学报》1989年第1期。

小说，然而用现实主义语法、腔调来转述的意识流，怎么看都是一次僵硬、拙劣模仿。

这便已经涉及到第二个问题了。高晓声无疑是个出色的现实主义作家，所以，他一直在用现实主义的思维、框架、语言来改写、复述这些民间故事，这跟"现代"意义上的寓言式写作完全是两套话语系统。高晓声恰恰对这种写作及其观念缺乏基本的认知。他生前的最后一篇小说《雪夜冻贼》发表在《故事会》上。戏剧性的情节转折与浓厚的道德劝诫意味所搭建起的故事形态完全符合这份在 1990 年代极其流行的通俗故事杂志所定位的风格和趣味。

再者，高晓声对自己此类作品的解读受制于现实主义思维，总是习惯性地将文本的意义拉回到非常具体的现实关系中。比如，他把《山中》与部分人对党的道路缺乏信心关联[1]；把《钱包》解释为："这个故事多层次含义塑造了和创造了一个无路可走、被逼疯了的农民形象。"[2]；把《新娘没有来》解释为政治愿景的落空[3]……讲述语调的传奇性，故事的完整性，现实

---

1 参见高晓声：《答南宁作者问》，《生活・创作・思考》，第 62 页，上海文艺出版社 1986 年版。
2 高晓声：《我的小说同民间文学的关系》，《苏州大学学报》1989 年第 1 期。
3 参见冯士彦：《高晓声的肺腑之言》，《翠苑》2012 年第 3 期。

讽喻、道德训诫等层面的意蕴指向,这些不正是民间故事所追求的审美形态吗?这些尝试及其呈现的文本形态和意义解读,不正是因为他心底的现实主义羁绊及其对社会进程的过度执迷吗?

最后一点也很重要,不管高晓声自称他多么看中这些东西,但是他的此类写作既缺少量的积累更缺乏持续性的探索。他的同事黄毓璜说:"大约不到三年时间,他告别了这种努力和尝试。"[1]事实上,高晓声既没有告别,也谈不上坚持,此类作品零零星星地出现,无论如何都像是他偶一为之的即兴行为。简而言之,不管高晓声在内心多么遗憾,但是却不得不承认:他未得到广泛认可的根本原因就是,他的盛名以及他的"现代"文学知识及其观念的缺乏,放大了他的自信及自我认知的误区。

五

行文至此,需要再次回应本文开头提出的问题。在重读高晓声这样的1980年代中期之前的作家的代表作时,我们需要尊重自己最为直接的审美体验。

很显然,在文体意识、语言风格、修辞技巧等审

---

1 黄毓璜:《高晓声的小说世界》,《当代作家评论》2001年第6期。

美形式层面，所谓的"代表作"已经无法为当下的写作提供有效借鉴。我们固然可以对此抱有历史的同情。但是更为严峻的问题依然矗立在那里，当代文学史中的"代表作"在急速更迭的历史语境中，特别是1980年代末至今的历史进程中，意义迅速贬值。直言之，如果"代表作"无法作为有效的精神资源介入当下的思想文化建构，那么，作为"学科知识"的"代表作"只能沦落为无法生产意义的知识。所以，"代表作"的危机，其实是当代文学生产及其历史叙述的危机。

当然，我们可以借助文学社会学的相关理论为"代表作"的危机进行辩护，强调"代表作"中蕴藏着与时代精神状况相关的种种信息，如日常生活、群体心理、社会状况、重大历史事件，乃至经济运行趋势……但是把文学理解为某种程度上的社会记录、历史记忆，反倒使得"代表作"的合法性显得捉襟见肘。首先，在人文学科分工充分发达的现代社会中，若想获取一个时代的详细信息，为何不去借助其他更为专业、丰富和准确的知识门类，却转而依靠以"虚构"为名的文学？其次，倘若没有其他人文学科知识的辅助，我们又何如从作品中识别、乃至理解其中包含的时代信息？再者，1990年代以来文学逐步边缘化的过程，不正是文学卸载过多的直白、急切的文化政治功能而逐渐趋向复杂的现代性审美形态的过程吗？而边缘化不正应该是文学在当代社会形态和结构中的常态位置吗？

所以，以高晓声作为个案，对其创作历程进行重新梳理、对其作品进行重新解读，并非为了否定其意义，而是为了重新审视当代文学生产及其历史叙述，从而使得知识生产、意义阐释在当下重新承担起问题意识。对当代文学史叙述中的"代表作"筛选机制进行重新检讨，是为了把作家从由"代表作"形塑的僵化的文学史形象解放出来，将那些被"代表作"的光芒逼到幽暗处的精神资源释放出来，并让它们参与到当下社会历史文化建构的进程中，哪怕这些资源被指认为负面的历史债务，亦不失为一种积极介入当下的正确态度。这些尝试或许可以为重述当代文学史提供新的视角和实践路径。当"学科知识"在当下被重新激活意义，"片面的知识"重新变得可以信赖，文学史作为思想资源的功能和意义方能重新焕发。

（原名《文学史幽暗处的高晓声——兼谈当代文学史叙述中的"代表作"问题》，刊于《文学评论》2019年第1期，收入集子时，有所改动）

李準·1985·茅盾文学奖

1985年12月10日，第二届茅盾文学奖获奖名单公布，已近耳顺之年的老作家李準凭借五十余万字的长篇历史小说《黄河东流去》获奖，这部作品其实也是李準的长篇小说处女作。小说的内容并不复杂：1938年6月，为阻挡日军沿陇海线西犯，蒋介石接受"以水代兵"的建议，下令军队炸开河南省郑州市区北郊十七公里处的黄河南岸的渡口——花园口，造成人为的黄河决堤改道，形成大片的黄泛区。洪水淹没了河南、安徽、江苏三省共四十四个县，一千多万人受灾，死亡人数达百万。史称花园口惨案或花园口事件。由于生态被破坏，洪灾直接导致了1941-1943年间的大面积旱灾和蝗灾，这便是饿死三百余万人的"河南大饥荒"。1947年黄河决口合堤，在此前后灾民陆续返乡。《黄河东流去》便是以此为背景展开叙述，重点描写了黄河边上的小村赤杨岗里的七户人家在近十年的灾荒、战乱中的生活。

一

《黄河东流去》的部分内容分别于《十月》杂志的 1979 年第 1 期和 1982 年第 4 期选载，上下卷由北京出版社分别于 1979 年和 1985 年出版，全本在 1987 年由十月文艺出版社出版。在如此漫长的发表、出版过程中，除却获奖后短暂的评论热潮，《黄河东流去》在文坛热点纷纭的八年间，几乎是一个被遗忘的存在。多年之后，与其同时获奖的《钟鼓楼》和《沉重的翅膀》早已在文学史叙述、文学史教育和传播中被经典化，而《黄河东流去》却很少被提及。从表面上看：当时的文坛对在伤痕系文学、改革文学等思潮中涌现的作家作品偏爱有加，而对在十七年期间被打上"路线正确"政治标签的作家在新时期的创作有着普遍的不信任，此后的文学史叙述又延续了这种思路。然而这种皮相之见还不足以说明问题的复杂性。阐明《黄河东流去》与当时的传播接受语境的关系，才能理解《黄河东流去》的遭遇并对之作出合理的评价。

二

1980 年代是一个中短篇小说[1]独大的文学年代，长篇小说常沦为中短篇小说所处理的话题、素材在文体层面的补充。因为文体操作所耗费的时间、精力、才情等原因，长篇小说无法紧跟文坛／社会的热点，这只是任何时代都要面对的常识性问题。相对于其他文体（包括报告文学在内），长篇小说被冷遇在很大程度上是特定历史情境下政治／文学思潮更迭的结果。这与当时茅盾文学奖的重要性和公信力没有关系，与当时文坛对各类文体优劣的价值排序亦无关系。事实上，直到 1980 年代末，长篇小说还被当时的评论家称之为"新时期文学的'灰姑娘'"。[2]

1979 年，《十月》选载《黄河东流去》部分内容，时隔不久，《人民文学》（1979 年第 4 期）公布了《1978 年全国优秀短篇小说评选当选作品》（此后短篇小说评奖每年一次）。刘心武的《班主任》（1977 年，其他获奖篇目均发表于 1978 年）、李陀的《愿

---

[1] 文中所提及的所有中短篇小说均为当时全国优秀中短篇小说评选中的获奖作品，获奖短篇小说只标出发表年份，为了有所区别，中篇小说还标出了文体。
[2] 绿雪：《长篇小说：新时期文学的"灰姑娘"》，《文学评论》1988 年第 1 期。

你听到这支歌》、宗璞的《弦上的梦》、卢新华的《伤痕》、张洁的《从森林里来的孩子》、张承志的《骑手为什么歌唱母亲》、贾平凹的《满月儿》等都是获奖作品。这些作品基本上能够代表1980年代初期文坛基本倾向。不管是在当时文坛还是在后来的文学史叙述中也都是谈论伤痕、反思、改革等文学思潮必须追溯的源头。这些文学思潮大体与国家进程保持了一种平行的呼应关系。比如，伤痕、反思文学思潮，对应于国家意志基于新的顶层设计的需要，而不断进行国家形象的自我清理和制度的自我批判的历史进程；同时，1978年之后的中国，经历着从"革命中国"到"开放中国"的形象变迁，其内在的驱动力在于建构现代民族国家的正常发展的形象，而这个形象又要不失中国"特色"。改革文学正是在这个层面承担了某种程度的建构功能。从文学评奖的层面来说，此时的官方意志与评论界／知识界的价值倾向、作家的关怀焦点、读者的阅读偏好基本能够达成共识，因而此类评奖结果不仅能以相对公正公平的面貌示人，而且亦能反过来以结果对评论家、作家、读者产生潜移默化的规训。此后的各类评奖包括杂志报刊的评奖亦延续了这种思路。以中篇小说为例，1981年，《文艺报》公布了第一届（1977-1980）全国优秀中篇小说获奖篇目（这个奖当时的名称是"文艺报中篇小说奖

（1977-1980）"，此后的中篇小说评奖每两年评选一次）。发表于 1979 年的有：《追赶队伍的女兵们》《大墙下的红玉兰》《啊！》《天云山传奇》。发表于 1980 年的有：《蝴蝶》《人到中年》《在没有航标的河流上》《犯人李铜钟的故事》《土壤》《蒲柳人家》《淡淡的晨雾》《开拓者》《三生石》《甜甜的刺莓》《惊心动魄的一幕》。不难看出，这份中篇小说获奖名单在旨趣上与短篇小说评奖的相似性。事实上，此后几年全国中短篇小说评奖亦在根据文学／政治思潮变化不断调整自身的导向性和包容性。比如，茹志鹃的《剪辑错了的故事》（1979）、王蒙的《春之声》（1980）、《蝴蝶》（1980）、王安忆的《本次列车终点》（1981）等作品在涉及伤痕、反思等题材的同时，在叙述技巧层面进行了探索，这些作品在一定程度上构成了 1980 年代中后期重形式、叙述、技巧的文学思潮倾向的源头；陆文夫的《小贩世家》（1980）、刘绍棠的《蒲柳人家》（1980）、汪曾祺的《大淖记事》（1981）等作品淡化了政治／历史背景对世态、人情进行描绘；铁凝的《哦，香雪》（1982）、邓刚的《迷人的海》（中篇，1983）、张承志的《北方的河》（中篇，1984）则是社会转型期"时代的抒情"，前者是阴柔温婉、朦胧含蓄的小抒情，而后两者则是张扬理想主义情怀的刚性雄壮的大抒情；冯骥才的《雕花烟斗》（1979）、

《神鞭》（中篇，1984）、乌热尔图的《一个猎人的恳求》（1981）、《七叉犄角的公鹿》（1982）、邓友梅的《那五》（中篇，1982）、《烟壶》（中篇，1984）、李杭育的《沙灶遗风》（1983）、阿城的《棋王》（中篇，1984）、扎西达娃的《系在皮绳扣上的魂》（1985）、王安忆的《小鲍庄》（中篇，1985）等作品则涉及民俗、历史、文化的积淀与时代进程的关系。至于刘索拉的《你别无选择》（中篇，1985）、刘西鸿的《你不可改变我》（1986）、莫言的《红高粱》（中篇，1986）等作品获奖则体现了国家对1980年代中后期开始席卷文坛的现代派文学、先锋文学的一种有限的认可，在后来的文学史叙述中，有人将这种现象称之为85新潮，或者将1985年视为先锋小说元年，《黄河东流去》正是在这种思潮更迭的背景下获得第二届茅盾文学奖。

我之所以不厌其烦地列举1977年至1986年全国中短篇小说的获奖情况，旨在说明：在从发表到出版再到获奖的传播过程中，《黄河东流去》描述的内容、主旨始终与社会／政治思潮的更迭、文坛的关注焦点存在着一定的距离，进而使得它渐渐淡出文坛的视野。前述提及的作品不仅是后来文学史叙述、教育、传播谈及某些思潮时必会提及的作品，而且在国家荣誉之外，他们亦是当时名目众多的各类报刊、杂志年度评奖的获奖作品和出版社、文学机构的年度选本的入选篇目。这种情况亦反映了1980年代文学史的一个基本事实，即那些被视为新的文学思潮的代表作家作品一旦成为关注焦点，他们在历史现场就有被经典化的倾向，从而在此后的历史叙述中被不断提及、强化。而那些未成为热点话题的作家作品就会淹没于一波又一波的思潮更迭中。其中某些作品不被提及，其实跟文本本身的优劣程度并无直接关系。

三

我们可以结合第一、第二届茅盾文学奖的获奖作品以及长篇小说在当时的发展状况来继续讨论这个问题。1982年，《十月》再次选载《黄河东流去》的部分内容。这一年年底，第一届茅盾文学奖公布。考虑到当时的政治／文学思潮更迭，这份名单并不令人意外。莫应丰的《将军吟》、李国文的《冬天里的春天》、古华的《芙蓉镇》是伤痕系文学话题在长篇小说上的体现，就其审美品质和社会影响而言，只是同一种题材在不同文体上的表现而已。正如第二届茅盾文学奖颁给了最初发表于1981年的张洁的《沉重的翅膀》一样（《十月》，第4期、第5期连载），这是一种稍显滞后的意识形态肯定。主要的原因不在于它比同类的中短篇表现得更为优秀，而是在于它弥补了国家意志鼓励、社会舆论支持的写作倾向在文体上的空白和缺憾。事实上，在它发表之前有蒋子龙的短篇小说《乔厂长上任记》(1979)、《一个工厂秘书的日记》(1980)，在此之后又有蒋子龙的中篇小说《赤橙黄绿青蓝紫》(中篇，1981)、《燕赵悲歌》(中篇，1984)这样的作品在不断维持文坛对改革文学的关注兴趣。虽说李国文的长篇小说《花园街五号》(《十月》，1983年第4期)和柯云路的长篇小说《新星》(《当代》，1984年增刊第3期)亦引发了关于改革文学的讨论热潮，但是长篇小说在改革文学题材上的首次尝试却是《沉重的翅膀》，而且这部小说在1984年出版了修改篇幅近三分之一的修订版，张洁正是凭借修订版而获奖的。事实上，《沉重的翅膀》的获奖后有关改革文学的讨论也开始逐渐降温。

四

十七年时期长篇小说创作所遵从的审美要求和政治规约，对此时的长篇小说创作态势和茅盾文学奖的评选标准亦有着深刻的影响。《李自成》(第二卷)无疑符合执政党自延安时期以来关于农民起义的权威历史评价。魏巍的《东方》则是"三红一创、青山保林"

一脉的创作倾向在新时期的体现，即以新民主主义为指导重述中共领导下的建党建国历史。十七年时期的长篇小说代表作的历史叙述集中于1919年前后至1949年前后，即官方党史叙述中的新民主主义革命时期。由于政治运动过于频繁，建国后的重大历史事件并未在长篇小说的写作中得到充分表现，即便有所展示，也无如"青山保林，三红一创"那样引发阅读和评论热潮的作品。因而，魏巍的《东方》的获奖在很大程度上因为他在题材和文体上延续和强化了十七年长篇小说的美学追求和政治担当，这亦可被视为国家对经历过"文革"的老作家归来之作的一种补偿性的褒扬。周克芹的《许茂和他的女儿们》的获奖则有着更为明显的政治原因，小说涉及的历史背景是，1975年初四届人大之后邓小平第二次复出至当年年底再次被免职。这个背景事关中共党史上的重大事件"反击右倾翻案风"历史评价和在任国家领导人的历史功过问题。《许茂和他的女儿们》在如此短的时间里以长篇小说的形式率先对此作出反应，且又迎合了"改革"、"伤痕"这样的思潮倾向。所以，获奖也在情理之中。

五

具体到当时的长篇小说创作趋势，《黄河东流去》

也显得有些游离。在李凖获奖的当年，陈美兰撰文谈论建国以来两次长篇小说的创作高潮（《建国后长篇小说两次创作浪潮的探讨》，《武汉大学学报》1985年第2期），第一次高潮在1957年《红旗谱》、《红日》等作品出版到1961年《红岩》问世之间，前述的"三红一创，青山保林"中大部分作品产生于这个时期。第二次高潮大概在1977-1981年间，作者列举了《陈胜》《风萧萧》《九月菊》《金瓯缺》《星星草》《庚子风云》《义和拳》《神灯》《戊戌喋血记》等作品作为长篇小说代表作。同年，吴秀明从1976年10月至1985年10月全国各地出版、发表的六十余部长篇历史小说中推举出十部"出类拔萃之作"：《李自成》《曹雪芹》《戊戌喋血记》《金瓯缺》《星星草》《风萧萧》《九月菊》《庚子风云》《天国恨》《莽秀才造反记》（《新时期十篇长篇历史小说评价》，《语文导报》1985年第9、10期）。这种情况也大致符合1980年代所编的工具性和权威性兼具的《中国文学研究年鉴》对长篇小说的年度追踪观察。不难看出，在这些作品中，一部分延续了论述"农民起义"的政治正确性这种写作思路，另外一部分则把重述历史的兴趣转移到鸦片战争到五四运动爆发前这个历史时段，即中共党史中所说的旧民主主义时期。十七年时期的长篇小说这样强大的美学典范对此时的作家几乎是一种巨大的"影响的焦虑",将重述历史的兴趣转移到十七年时期几乎不会被提及的旧民主主义时期,事实上这是一种接受规训的前提下去主动填补空白的写作意识,即在新民主主义的意义范畴内重述旧民主主义革命的历史。两类历史小说在本质上依然是十七年时期历史叙述旨趣的延伸和扩展。

对比这两次长篇小说创作的趋势,《黄河东流去》都显得"不合时宜"。尽管这部小说的历史背景属于新民主主义革命时期,然而却与所谓的"革命历史题材"的旨趣相去甚远。"三红一创,青山保林"一脉的部分长篇小说之所以被视为"革命历史题材"小说的典范,不仅因为它们承担了新民主主义历史时期重大政治历史事件的历史重述功能,而且更重要的是它们强调的是在"党的领导"下的各阶层人物特别是工农兵与敌对势力的正面冲突和最终的历史正义。这也是十七年时期到1980年代,"革命历史题材"与"历史题材"在批评话语中的重要语义差别。《黄河东流去》的"非典型性"恰恰在于,它把"党的领导"和"阶级斗争"变成了并不明晰的背景。此外,《黄河东流去》虽然涉及农民问题,但它既不是向封建王朝宣战的农民起义,也不是在党的领导下农民觉醒后的"阶级斗争",更不是当时文坛更热衷的农村改革问题。

六

事实上直到1987年才有评论家注意到《黄河东流去》部分意义："这部作品的意义在于它的过渡性，这是一部承上启下的作品，是从十七年的文学观念传统向新时期文学观念革新过渡的作品。"[1]虽说，这种看法能部分地解释《黄河东流去》遭受冷遇的原因，却未能继续挖掘《黄河东流去》在当时的文学／政治思潮更迭中被遮蔽的意义。

首先，《黄河东流去》设置了一个广阔而流动的观察视角。随着灾民的迁徙与流浪，小说的书写地域涉及郑州、开封、洛阳、长沙、西安、咸阳等地，并提及成都、重庆、延安等地方的情况，这些地域既涉及抗战惨烈之地，亦涉及大后方。很显然，这种地域迁徙图背后存在着一幅抗战期间各种政治／军事力量犬牙交错的错综复杂的历史图景。但是，李凖很显然更愿意用简单明确的历史判断来整合这一切，而忽略了这种驳杂的语境会给叙事带来张力和鲜活的历史感。其次，以上述城市为中心的区域实际上构成了传统地理称谓所指的中原大地、三秦大地，

---

[1] 何恩玉:《一部过渡性的作品——〈黄河东流去〉得失管见》，《文学自由谈》1987年第6期。

这种称谓在文化层面提醒我们，他们亦是中国农耕文明的重要发源地，所以，在灾情和苦难之外，小说对这些地域所涉及的历史、民俗、日常的生存状态和精神状态的描写，实际已经涉及"中国性"或"民族性"问题。这些问题本应该成为扩展历史复杂性和丰富性的动力和资源，却在具体的叙述中变成了论证既有的历史判断的合理性的材料。其次，李準在后记中自称这部小说是"流民图"，这便意味着这不是一部通常意义上的农民题材小说，它更像是极端状况下的"农民进城"，因为这里有乡土思维与中国早期城市思维的碰撞。同时，战乱时的逃难和流亡其实是一种集中式迁徙，它在客观上造成的效果，是1949年之前各阶层在特定时空下的汇聚和冲突，无论是作者是否有意如此，它都是一个有意义的话题。然而当他们被划分进带有脸谱化倾向的各类人物群落中时，小说也就在无意间落入了一个稍显平庸的叙事套路。

李準却一边宣称"不想过多地评判肇事者的责任"，从而让叙事在广度和深度等方面敞开了多种可能性，一边却又试图用彰显政治正确的、稍显单薄的历史判断把这些可能性统领起来。从而使得这部有着大企图的小说最终成了妥协折衷之作。我们在对此抱有历史的同情的同时，应该意识到《黄河东流去》书写"中国式小说"（语见小说出版时的附录评论）的企图及其诸多可贵的尝试恰恰是当下文坛所缺失的。

（原刊《文艺报》2015年6月17日，收入集子时，有所改动）

"80年代"作家的溃败和"80后"作家的可能性

复刊前的《今天》是80年代文化记忆的标志之一。海外复刊后《今天》亦经常会策划与80年代相关的专题文章,年复一年的追忆与重述引发了一个问题,作为一段历史记忆的"80年代"到底是可以共享的历史遗产和精神资源,还是已经固化成为一部分人的可资炫耀的文化资本,抑或是两者兼而有之?2013年《今天》的秋季号使我再次面对这个问题。这一期是"顾城纪念专号",在一批纪念文章之外,还有青年批评家杨庆祥的《80后,怎么办?》一文出现在刊首。于是,一边是崛起于"80年代"的文化英雄们对往事的缅怀和追忆,一边是出生于"80年代"的文学从业人员在谈论自身所从属的年龄阶层在被"中国梦"所掩盖的艰难时世中的挣扎与困惑。无论是巧合还是有意为之的编排,这种对比都显得意味深长。在这些80年代成名的作家中,特别是与"朦胧诗"、"先锋小说"(包括"寻根"、"现代派"在内)这些创作潮流有联系的作家们,刚出现在历史现场,就在当时文学批评的狂热吹捧中踏上"经典化"的文学史之路。90年代中后期,当后来被媒体称之为"80后"的孩子们陆陆续续进入大学接受文学史教育时[1],正是80年代的那些作家们在文学史叙述中被塑造成为"文化英雄"的时候。因此,在很大程度上,先锋作家们[2]及他们的创作成为"80后"这一代关于当代文学的最初印象和最高标准。他们之中的一部分人后来走上文学批评和文学研究之路,都与当初的文学史教育和引导性阅读有关。至少我身边"80后"的文学从业人员,大抵都有过这种类似的经历。可以说,这是与"80年代"有关的两代文学从业群体最初的相遇,"80年代"的精神资源也在这个层面实现了共享与传承。然而随着时间的推移,这种关联开始显得愈发脆弱和虚幻。首先,"先锋"在80年代的政治／文化语境中意味着"反

---

1 1990年代中后期,有两本教材对80后一代的当代文学史教育产生影响:1、陈思和:《当代文学史教程》,复旦大学出版社,1999年初版。2、洪子诚:《当代文学概说》,青木书屋,1997年。后改为《中国当代文学史》,北京大学出版社,1999年初版。
2 为了描述方便,本文用"先锋"来指代1980年代的那些在形式、内容等方面引发争议,并为当初的文坛带来新的可能性的作家和作品,这些作家作品在当时的语境下有许多命名,比如"朦胧"、"后朦胧"、"第三代"、"现代派"、"新潮小说"、"先锋小说"、"探索小说"、"新小说"等。

抗"、"启蒙"、"精英"等未受到质疑的现代性话语。"80后"们遭遇"先锋"的时候,正是上述话语在90年代以后的市场经济语境中开始受到质疑、遭到污名化的时候。但是"先锋"中所包含的某些审美特质依然和当时还处于"抒情时代"[1]的"80后"的理想主义情怀和阅读趣味不谋而合。更何况,当年的"先锋"写作又何尝不是文化英雄们在"抒情时代"的行为艺术呢?其次,随着阅读、知识、阅历的增长,"80后"们开始意识到文学史教育的不可靠。如果说,当年的先锋作家们是通过激进地"叙述"变革而闯进历史现场的,那么,将他们视为"经典",甚至是可以与五四文学并举的20世纪中国文学的高峰[2],事实上也是经由某种"叙述"手段来实现的。因此"历史叙述"背后的选择性、策略性及其主导的意识形态与"先锋"经典化之间的关系,对于长大的"80后"而言不再是陌生的知识和事实。再次,具体到当下的文坛,"先锋"们如今的一举一动依然是文坛的焦点,所到之处依然是鲜花和掌声,似乎是他们的创作越来越好,依旧引领着文学的新风尚,也似乎是

---

1 参见米兰·昆德拉:《帷幕》,上海译文出版社,2012年,第99页。
2 这种说法最早出现于1980年代中期。参见方岩:《"80年代"与"新时期文学":以思维特征、主题词汇、修辞倾向为例——考察1980年代文学批评史的一种视角》,《文艺争鸣》2014年第3期。

80年代之后再无超越他们的作家出现。然而在我看来，与他们当年的叛逆的美学形象相比，如今的"先锋"们似乎在背道而驰，他们更像是话语的掌控者、游戏规则的制定者、秩序的维持者，是文学场域内部权力和资本共谋的缩影。当他们年复一年地追忆、重构自己的英雄时刻或发迹前史时，当下与往昔之间的分裂就愈发显得明显。

面对这一切，杨庆祥们[1]出路在哪里？一方面，曾经激励他们投身文学行当的"80年代"的精神资源在当下似乎已经难以为他们提供经验和可能性；另一方面，"先锋"们对当下文坛权力／秩序的认同和共谋似乎也在暗示"80年代"的精神资源只是用来凭吊和消费的历史遗迹。"怎么办？"这是80后面对自身的生存、发展困境而又无精神资源可资利用时表现出的清醒、焦虑、反思。但是，当这种表达出现一份——由当年的先锋们把持且其开放性、包容性乃至先锋性都并非如其标榜的那样的——刊物上的时候，问题变得暧昧与复杂起来。因为，杨庆祥描述、反思了造成80后困境的资本、权力、制度、精神等症候，

---

[1] 说明：1、杨庆祥是近年涌现的青年批评家群体中比较突出的一位，因而本文是把他当做符号来使用的，正如他在《80后，怎么办？》中把韩寒当做符号来谈论一样。2、本文并不涉及对他和他这个代际的批评家的褒贬。

却忽略了分析、反思与他的生存、发展关系最为密切的文学界的现状及其权力／秩序。因此，作为一名80后文学从业人员，我更愿意在杨庆祥的疏忽之处继续追问：昔日"先锋"作家们的当下创作基本面貌如何，是否为当代文学发展提供了新的可能性？他们的当下创作与"80年代"是否还存在某种关联，是拓展了"80年代"的精神资源在当下的适用性，抑或早已背离当年的时代精神？如果说，"先锋"们在当下的创作表现出一种守成、保守甚而是僵化、倒退的状态，那么，杨庆祥们该如何处理这份遗产，是批判、切割或激活，还是寄身于当下的文学生态和权力格局中不作为。

还是《今天》，他们曾如此总结"先锋小说"：

> 起始于上个世纪八十年代的汉语文学复兴，是八十年代中国知识分子整体语境构成的一部分，其某种令人激动的情形将再也无法在以后的历史上复制，尤其是先锋小说家作为一个极其有限的范围，他们稀缺的存在以及发出的独特声音，对汉语小说纯叙事的影响却是至今为止任何他们以后那些走红的年轻作家所没有超越的……对于先锋小说家而言，先锋从来不是文学的目标，他们不约而同挣脱了现实主义长期桎

梏的背后实际上处于启蒙与怀疑并置的特定时刻，即他们文体的变革取决于他们首先发现了隐藏在传统叙事结构下面的另一个世界。这不仅与八十年代大量西方现代主义文学作品引入呼应，同时也是西方哲学不失时机地在中国当代文学创作中的一种回响。[1]

这种说法可被视为理解"80年代"和"先锋小说"历史意义的基本共识，同时也是先锋作家在追述历史时不断强化的自我认知，当然也作为文学史教育中的基本常识被传授至今。这种说法还包含了一份不会引发太多争议的名单，显然也是当下的文学史教育、文学批评和文学研究的重点关注对象：

> 二十年前，自从马原那种装配式的方法论小说引发了一场小说叙事革命，莫言的小说在另外的向度拓展了现实主义无边的可能性，残雪、余华、格非、苏童、北村、孙甘露，以及他们之前的韩少功、阿城和稍后的韩东、朱文等（包括不局限在这个范围更多独特的小说家）

---

[1] 黄石：《被缩小的小说——先锋小说家2005年作品新编序》，《今天》，2005年第70期（秋季号）。

给汉语小说带来了脱胎换骨的变化,并成为那个时代最具活力的文学标志与批评话题……九十年代以降……并逐渐与八十年代一起成为一个记忆。[1]

在谈到这些人在近年的创作时,《今天》认为:

> 昔日的先锋小说家虽然已经不属一个群体文学范式(其中确实有些作家已经脱离小说),但他们多元的、不落俗套的作品对这个媚俗、趋炎附势的时代文化仍然是个独立的存在并具有醒世作用。就像他们曾经是八十年代的先锋但并不局限于八十年代,他们各自在不同的维度拓宽并丰满着自身。在知识极端化与信息平均化的年代,也许他们的小说目前作为传播媒介在公众中的边界不断缩小,并且缺乏畅销文学那种急功近利的煽情,但是他们在处理时世与文学传统之间的能力已经超越了他们自身成长的年代而不是萎缩。八十年代先锋的枯竭并不意味着那个年代小说家的枯竭,相反,他们近期的作品表

---

[1] 黄石:《被缩小的小说——先锋小说家2005年作品新编序》,《今天》,2005年第70期(秋季号)。

明了他们在重新选择一种新的策略随时进入文学真正的历史大厦。[1]

把昔日先锋的今日表现依然视为新的典范，如果不是因为真诚但多少有些偏执的阅读偏好，那便是因为陷于与纯文学想象有关的深深怀旧情绪中而不愿抬头客观地审视当下的历史情境。

2013年给了我们一个具体讨论这些话题的契机。近两年出现了一个80年代的先锋作家们集中发表长篇小说的高潮，这一点在2013表现得尤其明显。2010年和2012年，先锋作家中最不善于与国内评论界打交道的残雪女士先后发表了《吕芳诗小姐》(《芙蓉》，2010年第5期)、《新世纪爱情故事》(《花城》，2012年第6期)；2011年，格非完成了"江南三部曲"的最后一部《春尽江南》(上海文艺出版社，2011年)。2012年，停笔多年的马原发表《牛鬼蛇神》(上海文艺出版社，2011)，于是文学界在"大师归来"的惊艳或假装惊艳中着实热闹了一阵。到了2013年，这种趋势因为《收获》而变得较为明显，正如多年前这本杂志让先锋小说从零星的实验变为令人瞩目的创作

---

[1] 黄石：《被缩小的小说——先锋小说家2005年作品新编序》，《今天》，2005年第70期(秋季号)。

潮流一样，从2012年的第5期到2013年第3期，先后发表了叶兆言的《一号命令》(《收获》2012年第5期)、贾平凹的《带灯》(2012年第6期、2013年第1期两期连载)、韩少功的《日夜书》(《收获》2013年第2期)、苏童的《黄雀记》(《收获》2013年第3期)等长篇小说。而另外一个与《收获》有着密切关系的作家余华也出版了《第七天》(新星出版社，2013)，距离其上一部长篇小说《兄弟》的发表已有7年之久。

一

成名于80年代并持续引发关注的先锋作家们在当下的创作到底如何？我准备从贾平凹谈起。虽然，把贾平凹与"先锋"联系起来显得有违常识。然而在我看来，80年代引发争议的作品中，除了在意识形态主导的"奉旨疗伤"、"遵命改革"等写作潮流中涌现的那些作品，其他大部分都与形式、内容、审美等层面的"先锋性"有关。"先锋性"除了与争议性相关，在当时还被戏谑地称为"创新的狗"。尽管"创新"这个词汇在当时的语境下是从属于"四个现代化"的国家设计方案所表达的价值观范畴，但是这并不影响文学界将其作为创作、批评的价值判断标准，当然在实际的使用过程中它的含义也更为复杂、暧昧。《满月儿》、《腊月·正月》等作品在"改革文学"、"农村题材"范畴内获得了毫无疑问的政治正确性并得到了官方的嘉奖[1]，然而这只是80年代的贾平凹的一个侧面。文学史研究和文学批评显然更为青睐他的那些能被纳入"寻根"小说范畴内去解释的"商州系列"。但是，相对于韩少功、阿城、郑万隆等人对地方性知识较为自觉、复杂的现代性认知，贾平凹对乡土、风俗、人物、故事的叙述更像是出于真诚、单纯的偏爱。值得注意的是，在《天狗》、《黑氏》、《寡妇》、《美穴地》、《远山野情》、《五魁》等这些商州故事里，猥琐、野蛮、残酷、乱伦这些因素也常常参与构造着我们关于商州的文化想象。所以，这些发生在蔽塞村寨里的故事，在80年代以后逐渐兴起的多元化、现代性的大众阅读氛围中以及与此相关的现代化想象中，更像可供猎奇、赏玩的另类经验，这一点类似于通俗读物的功能。在我看来，贾平凹这种的审美偏好难免会成为其作品的基本格调，并发展为对此类经验背后的精神资源、价值观的认同。因为细节的密度，这个问题往往会被长篇小说放大。贾平凹在其上一部长篇小

---

[1] 《满月儿》发表于1978年第3期的《上海文艺》，后获1978年全国优秀短篇小说奖；《腊月·正月》发表于1984年第4期的《十月》，后获1983-1984全国优秀中篇小说奖。

说《古炉》（人民文学出版社，2011）的《后记》中谈到，他想描写的是乡村"朴素和简单"的"柴米油盐和悲欢离合"，而实际的阅读效果是：在涉及偷情、作恶、粗口、打斗、民间偏方等情节时，贾平凹显得津津有味而不自知。我并非反对小说叙述中出现上述细节，或许这些本就是乡村生活的部分真实。我反感的是，贾平凹处理类似的情节时表现出了无法节制的亢奋。简而言之，决定作家作品基本格调、品味的不是作品呈现的经验的内容，而是作者处理内容时的态度。这态度背后往往是作者对某些价值观和精神资源的认同。善人无疑是贾平凹在《古炉》中最为青睐的人物，善人认为身体疾患源自心病，所以大部分患者都是通过与善人聊天而被治愈的。这就是"说病"。这个善人以"说病"的方式谈论着世界上的一切，包括国家运行、权利斗争、人性善恶、世俗伦常。他依凭的资源则是三纲五常、五行交替、生死轮回、祸福报应、天象变化。这个神神叨叨的善人远离古炉村人的集聚地却又经常出现在古炉村人的日常生活中，从而使整个小说显得鬼气森森。所以，我坚持认为，贾平凹或许想以宗教来拯救颓败的乡村，所以他将善人视为修补、维持古炉村伦常秩序的希望。但是如果贾平凹心目中的哲学与宗教只是关于儒释道三家世俗乃至恶俗解释的大杂烩，那么贾平凹对善人的描绘只能让我想到朱光潜在《文学上的低级趣味》中的一句话:"他们的头脑和《太上感应篇》《阴骘劝世文》诸书作者是一样的有些道学冬烘气,都不免有些低级趣味在作祟。"贾平凹恰好喜欢一本类似的书,名字叫《王凤仪言行录》。事实上,在这部长篇小说中,他以历史反思的名义用"文革"武斗悄悄置换了乡村械斗,这种做法不仅掩盖了乡村的溃败源自自身资源的枯竭这一深层次原因,而且放大了其认同的价值观和精神资源在古炉村毁灭这一事实面前的无力和虚妄。贾平凹津津乐道于《王凤仪言行录》之于中国乡村伦常秩序的重建的可能性,似乎与近几年"以德治国"等前现代思想经过投机、媚俗地解读而被部分舆论鼓吹为治国良方的行径,是一脉相承的。因为《古炉》的英文名是"CHINA",这使得他关于乡村的历史叙述和精神救赎的尝试,不得不让人联想到是对中国历史与现实的隐喻。

《带灯》(《收获》,2013年第1期)是贾平凹继《古炉》之后的又一部长篇小说,贾平凹在小说的《后记》中说:"我这一生可能大部分作品都是要给农村写的,想想,或许这是我的命,土命,或许是农村选择了我,似乎听到了一种声音:那么大的地和地里长满了荒草,让贾家的儿子去耕犁吧。"这是贾平凹自诩的使命感。所以,《带灯》叙述的依然是中国的乡村,只不过这次贾平凹关心的是当下中国农村基层的政治生态。小说的主人公"带灯",原名为萤,后来自己改了名字:"萤火虫还在飞,忽高忽低,青白色的光一点一点在草丛中、树枝中明灭不已。突然想:啊它这是夜行自带了一盏小灯吗?于是,第二天,她就宣布将萤改为带灯。"她是地处中国西北某地的樱镇镇政府综合治理办公室的主任,在乡镇的行政机构中这个角色几乎能触及所有的基层行政事务。乡镇的政治生态并非只是狭隘的官场,居于中国社会结构最底层的民众和居于中国权力结构底部的乡镇干部,这两个群体的生存状态复杂地纠缠在一起。这里既有两个群体各自的内部的日常生活、人事纠葛、权益纠纷,也有两个群体之间在前述几个方面的冲突、沟通与妥协,更有乡镇干部在中国特色的权力结构内部的种种情态,毕竟他们自己也是除了中国农民以外其他各级权力机关的权力提取对象。贾平凹让带灯引领我们穿行于这些经验中,因此可以说,带灯的经历构成了整合樱镇复杂、日常、琐碎的政治生态的主导线索,成为我们解读文本的"萤火虫"。如果我们坚持小说阅读中的一个古老的原则,即小说是与人生经验相关的叙述形式,而处理经验的方式决定了作品的基调,那么带灯居于其中的困惑与思索,便成为穿透文本,折射作品基本格调、境界的"明灭不已"

的"青白色的光"。

我并不怀疑贾平凹在呈现这些经验时的真诚，然而他处理这些经验的方式还是让我隐隐不安。带灯的感悟、思索贯穿文本始终，主要的表现形式是短信，短信的接受方是元天亮。元天亮是樱镇的第一个大学生，"考学的那年，河滩里飞来了天鹅，夜夜声唳九天"，如今贵为省委副秘书长。所以，不管是在现实生活中还是在文本情境中，元天亮的身份之于如樱镇这样的中国乡村，都使得他极有可能被叙述成一个高高在上、遥远而又神秘的权力符号、象征。当带灯怀着无限的崇拜和景仰对元天亮一遍遍说着类似于"你是我在城里的神，我是你在山里的庙"这样的话时，古老、陈旧的权力关系图景便成为文本的底色。具体而言，带灯动辄两三千字的短信内容大体包括，对元天亮个人才华和魅力的仰慕，人生的感悟，工作中遇到的困难和思考等内容。然而在文学女青年式的乡镇干部与学者型的省委高干之间的一厢情愿地、单向地交流模式中，这些内容一经贾平凹式的美文抒情方式的处理，便不由自主地滑向对权力、知识、性别等不平等关系的认同和赞美中。正如带灯在给元天亮的最后一条短信里抒发的那样："是的，你是学者你是领导，而谁又说过圣贤庸行的话，所以我总觉得我和你在厮跟着，成了你的秘书、书童，或是你窗台上养着的一盆花草，或是卧在门前桌后的小狗小猫……我是你的肋骨，我去晒太阳多了你也不缺钙了……我看见你坐在金字塔顶，你更加闪亮，你几时能回樱镇呢？"这正好对应了带灯的第一条短信："但你是有出息的男人，有灵性的男人，是我的爱戴我的梦想。我是那么渺小甚至不如小猫小狗可以碰到你的脚。我是怕你的也恨我自己。当知道你要离开镇街走时，我也像更多人一样忧伤。"

所以说，"带灯"终究没能照亮中国乡村摆脱目前政治生态困境的可能性，反倒是让人觉得她把希望寄托于乡土、血缘、宗族势力在权力结构高层的运作。我无意把带灯的所思所想与贾平凹的精神境界等同起来，然而带灯的形象确实源于贾平凹在现实生活中遇到的一位颇具文学才华的乡镇女干部。这个干部也如带灯那样常给贾平凹发去长长的短信，诉说着关于乡村的一切。于是在文本中，贾平凹一边用贾氏美文为带灯代言，诉说着乡村的经验及其感怀，一边又设置了元天亮这个出生于乡野而今高高在上却又能耐心聆听民间疾苦的学者型官员形象，从而占据了道德的制高点。我并没有暗示贾平凹把自己转化成了元天亮这样的文学形象，但是从现实到虚构，贾平凹确实试图在文本内完成一次关于乡村经验的自问自答的写作策略。只是当元天亮在文本中沉默不语时，贾平凹自身资源的局促也就流露出来。因为，贾平凹连同他创造的元天亮都无法有效地应对带灯的困惑，姿态高尚却无能为力。所以他只能任由带灯在乡村诗意的空洞抒情中一泻千里。那么，唯一的后果便是，文本实际呈现的价值形态、阅读体验终于和贾平凹的美好初衷分道扬镳、阴阳相隔，隔在两者之间的是散落于文本间无法整合的乡村经验的碎片。

二

批评界对像贾平凹这样的成名于 80 年代的作家晚近作品的反应已经成为批评界自身的症候，所以我才会在贾平凹的问题上喋喋不休。80 年代中期开始，先锋作家与新潮批评家在意识形态层面达成了一种共谋关系，吴亮也曾在《当代小说和圈子批评家》(《小说评论》，1986 年第 1 期) 一文中希望这种共谋能够形成创作与阐释的良性互动。尽管这种共谋多少掩盖了不得已而为之的犬儒心态，但是这并不影响他们在当时的历史情境中所呈现的历史进步性。1990 年代以来，一方面是类似于"纯文学"、"严肃文学"这样的意识形态已经逐渐僵化并丧失现实指涉能力，一方面却是吴亮所希望的"圈子批评"走向历史的反动。1990 年代初的"人文精神大讨论"固然是对历史语境更迭的客观描述，然而这失落的哀叹中却也包含着他们欲重返或接近权力中心的渴望。如今回头看来，"人文精神"失落的过程，正是昔日先锋作家和新潮批评家逐步垄断文学场域话语权的过程。这个过程也是他们一边谈论"纯文学"、"退回书斋"、"思想家淡出，学问家凸显"等话题，一边却在暗地里向权力、资本这些新的拜物教投怀送抱的过程。直言之，先锋作家与新潮批评家（包括90年代初从新潮批评家中分化出来的部分学院批评家和后来成为各类文学组织机构领导的官僚批评家）结成的利益共同体，决定了当下文学场域的话语／制度的基本特征。具体到文学批评上，则呈现出等级分明的金字塔式的价值判断格局。居于塔尖的自然是80年代中后期轰动一时的先锋作家，这批作家大多出生于1960年前后；退而求其次的，是在新写实之后的各种文学潮流中涌现的60后或晚生代作家；再往后的是在庙堂、体制、市场之中皆不逢源的70后作家，面对这种尴尬的局面，他们曾自我命名为"中生代"；处于底座的则是被学院精英、体制、庙堂等话语权威屡屡围攻未遂转而试图收编的80后作家，还包括已在文坛崭露头角的90后作家。抛却天赋问题，写作固然是一种需要长期磨炼的技艺，然而把作家代际与价值判断高低整体挂钩，实际上是携某个代际作家的历史权威去刻意放大他们在当下的现实意义，从而压抑了当下文坛的多样性、复杂性。评价体系的等级化描绘了一幅当代文学自80年代中后期以来不断衰退的图景，实际上却是文学场域中的既得利益集团为了继续垄断话语权而对历史进行的虚假建构。所以也就不难理解，何以韩少功、余华等这个代际的作家，包括前面提到的贾平凹，每有新作面世时总是收获赞扬声一片，他们的名字也会毫无意外地出现在当年或来年官方、民间各种大大小小的文学评奖的获奖名单上或推荐书目中。问题是这些作品的实际水准总是令人失望。

长篇累牍的"思想"淹没了"故事"，这是我读完《日夜书》后最直接的感受。如果试图把"故事"的碎片整合成一个完整的"叙述"，以寻找它与文中大段大段的"思想"之间的对应关系时，便会发现"思想"与"故事"从一开始便分道扬镳无法贴合。《革命后记》(《钟山》2014年第2期)的出版或许能够解释韩少功何以如此。《日夜书》描述了一群有知青经历的人在当下的生活，是以"虚构"为名的长篇小说;《革命后记》则是关于"文革"的思考和评价，是"非虚构"的长篇思想札记。对两个不同类型的文本进行互文性阅读，便不难发现：韩少功更在意如何呈现自己多年来的思考、如何直率地表达自己的观点。当"虚构"与"思想"在小说文本中相遇时，韩少功便毫不犹豫地牺牲了前者。于是,《日夜书》也就成了安放《革命后记》思想余绪的容器。皮埃尔·马舍雷在提到文学中的思想性表达时,曾强调:"这种文学哲学就是文学所产生的思想,而不是思想在自觉不自觉地产生文学。"[1]因而,《日夜书》是一次失败的以"虚构"为名的思想操练。借用米兰·昆德拉评价乔治·奥威尔《1984》的话来说:"它只是乔装为小说的政治思想;清晰而正确的思想,但它被它的小说伪装弄得变了形,是它的小说伪装使它变得不准确、不确切。"[2]而韩少功恰好是米兰·昆德拉的长篇小说最早的翻译者。多年以后,当我们重新梳理韩少功的文学/思想轨迹时,《日夜书》注定是一部可有可无的文本。

据说余华、苏童等人与莫言一样,都是最接近诺贝尔文学奖的中国作家。莫言获奖以后,当代文学界据此认为当代文学正产生越来越大的国际影响[3]。由此引发的一个问题是:莫言获奖后,已经走向世界的中国作家现在在为谁写作?余华的《第七天》或许能解

---

[1] [法]皮埃尔·马舍雷:《文学在思考什么》,译林出版社2011年版,第299页。
[2] [法]米兰·昆德拉:《被背叛的遗嘱》,译文出版社2011年版,第234页。
[3] 董阳:《中国当代文学走入世界》,《人民日报》2012年10月13日。

答这个问题。翻开《第七天》，暴力拆迁、商场大火、刑讯逼供、杀警、医院黑幕、群体维权等事件扑面而来，当下中国的现实如此密集地涌进文本，余华从未如此贴近当下中国的现实。问题另一面在于：这些社会或个人悲剧皆为体制性、结构性社会矛盾爆发的结果，在某种程度上代表了"中国经验"的真正面相。这些经验就缠绕在我们每天的日常中。面对此类经验，我们早就习惯在短暂的震惊后陷入无能为力进而麻木不仁，周而复始。即便余华以熟练的技巧、流畅的语言重述了这些经验，《第七天》里的故事亦不过如此，因为它既未加深我们的体验，也未向我们提供审视这些经验的其他可能性。于中国读者而言，这部小说更像是近几年的社会热点、焦点事件的新闻综述或新闻集锦。与此同时，"亡灵"叙述视角的选择亦引发一些值得商榷的问题。小说中的"亡灵"聚集之地叫"死无葬身之地"，每个"亡灵"都背负着生前的悲剧来到这里。他们在相互诉说着人间惨剧的同时，发现这里居然是一片乐土，欢乐祥和，所有在人间缺失的社会正义、伦理道德、秩序都在这里实现了。于是，现世的乱相与"死无葬身之地"桃花源般的景象这两种场景在文本中产生了对峙，生存的磨难以死亡为中介在彼岸获得了意义升华。我理解余华对现世绝望的同时，亦在猜测余华是否在暗示：死亡消弭一切，"人人死而平等"(《第七天》),现世的价值、权利的受损与被剥夺将因死亡而获得意义补偿,相应的是,生前的期冀、反抗都将变得可有可无或者说毫无意义?如果是这样的话,这该是一个多么犬儒而又"政治正确"的价值观啊。余华用死亡擦干了中国经验上的血迹,正如中国梦照进中国的现实。尽管"亡灵"叙述在当代文学中早已不是什么新颖的小说技法,但是这种叙述视角依然能够给作者带来更加从容的叙述节奏和更为宽阔的叙事空间,至少它能让我们得以从外部观察中国的现世。除却前面提到的两种景观的对照和意义置换,它还能具体到《第七天》的海外传播这个问题。对于余华这样的有多种外文译本且已经多次获得国外文学奖项的中国作家来说,这应该不是一个过分的猜想:如此一来,在欧美的文化语境,《第七天》将是一个鲜活、刺激、好看的"中国故事",一个带有点西方宗教诉求意味的东方故事。然后,然后就什么都没有了……我们能指望这个故事能在它的外部激起反思的一丝涟漪吗?

三

行文至此,我需要再次强调的是,作为曾经被这些作家作品滋养、激励的文学后辈,我并无否定、消解他们之于文学史和当下意义的企图。我只是在试图通过对他们近作的阅读,来讨论当下文坛的某些症候。昔日的先锋作家们闪光的历史时刻与当下作品实际水准的巨大反差,使我不得不考虑一个问题:80年代作家们的历史遗产与近年来的作品,之于更年轻的作家们意味着什么?阎连科在与80后作家、评论家的对谈中提到:"我确实觉得80后、90后的孩子基本不读我们这一代人的书……我认为文学确实在延续过程中的某个时候发生了变化,延续的不是你的、也不是上一代的比如鲁迅的,文学的河流在某一个地方突然拐弯了。"[1]但是阎连科所关心的写作、阅读的影响与传承,在80后作家、评论家的眼中并不是一个值得焦虑的问题。很显然,两代人对周遭世界的感知、对待历史和未来的态度以及相关的阅读视野和写作兴趣,有着显而易见的差别。其中,正如我在前面通过文本分析不断提及的是,文学前辈处理经验的方式、态度是否具有说服力、感染力是一个非常重要的因素。阎连科在2013年亦发表了长篇小说新作,《炸裂志》(上海文艺出版社,2013),我可借此机会继续讨论这个话题。

谈起80年代作家,像阎连科这样的作家往往不

---

[1] 贺梦禹:《我们现在怎样看前辈?》

会被提及。这批作家与莫言、苏童、余华等人踏进文坛的时间相差无几，只不过到了 90 年代中期以后才为大家熟知。阎连科之于 1990 年代以后的文学史的意义在于，90 年代以后被大部分中国作家逐渐放弃的文化／政治诉求，在阎连科的写作中得以保留并坚韧地生长。如今看来，80 年代作家所谓的"文学自由"的显在要求是，文学有不谈论政治、不被政治牵制的自由。事实上，它还隐含了另外一个基本诉求，即作家有通过写作去表达政治关怀和文化反抗的自由。只不过在 90 年代以后，过于聪明的中国作家和批评家们，大部分时候津津乐道的是前者，而对后者进行了选择性的遗忘。所以阎连科的意义正在于此，借用萨特对加缪的评价就是："他顶着历史的潮流，作为醒世作家的古老家族在当今的继承者，出现在我们这个世纪，须知正是这些醒世作家的作品构成了也许是法国文学中最富有独特性的部分。他以他那执拗狭隘而又纯粹、严峻、而又放荡的人道主义，同当代大量的丑行劣迹进行一场没有把握的战斗。"多年来，阎连科直面被当下中国主流社会遗忘的乡土中国的创伤，他的作品充满苦难、黑暗、伤痛、绝望。他的写作代表了中国作家的良知、焦虑与反抗。《炸裂志》延续了这种风格与诉求，小说描述了一个贫穷蔽塞的乡村"炸裂村"在改革开放以后，如何在短短数年间迅速从村依次升格为镇、县、市、超级大都市的历程。阎连科以他一贯的夸张、荒诞的神实主义手法隐喻了改革开放以来的中国的历史与现实。然而当这种风格与诉求走向极端，突破边界，问题也就暴露出来。《炸裂志》以"虚构"为名的"志书"式叙述彰显着阎连科非常明显的意图，即把所谓跨越式发展的"中国速度"背后的社会代价和种种不堪史实化，或者说把80年代以来的"大国崛起"的中国形象的另一面作为历史批判的标靶。于是，整部小说的情节设置和细节处理都在不折不扣地围绕着这个鲜明的意图展开，甚至找不到一处闲笔或离题，以至于整部小说从意图到叙述再到阅读体验，都让我想起"十七年"时期那些主题先行的小说。直言之，阎连科用《炸裂志》完成了一次观点表达和情绪宣泄，而这情绪和观点早已被意图所决定。我无意反驳《炸裂志》中的意图、观念和情绪，但是我们谈论的毕竟是"小说的虚构"的边界。此外，《炸裂志》或许还是关于未来的寓言。在《炸裂志》的结尾，一支私人军队终于摧毁了炸裂市，阎连科在"虚构"中完成了一次以暴制暴的无政府主义实践。我能理解阎连科对现实的极端绝望和愤怒，却难以赞同阎连科面对此类经验的态度。要知道，在中国的志书／史书中，最不缺少的便是"毁灭"与"重建"交替循环的历史景观。

阎连科这代作家对造成社会巨大变动的历史苦难有着切身的体会,然而在他们成长的年代里,社会的动荡的同时往往伴随着新的可能性。80后是连出生都得依靠"计划"的一代,在成长的过程中又不时地成为各种以改革为名的政策调整中的实验小白鼠,在一个诸多显性或隐性的压迫都已经制度化的年代里,所有的宏大诉求都难免被切割为制度缝隙中的零碎的、个体的挣扎。这就基本决定了两个代际的作家在面对类似的经验时,会有不同的态度。所以,在前述的谈话中,蒋方舟会说:"在阎老师这代小说家的笔下好像很少看到对于商业社会或者是工业社会的赞美,现在的年轻人可能天生离自然比较远,所以希望看到对于商业社会的描摹——不一定是赞美,但至少不是对立的关系。这可能也是我们这一代作者的失职和无能吧,虽然对商业的、工业的东西感到亲切,但是却没有写出这样的作品。"[1] 所以,当我们谈起文学河流的拐弯时应该想到,拐弯之后可能是干涸,也可能是新的风景。如果80年代以来当代文学史还小有成就,那么这些成就不就出现在文学河流转弯之后吗?

80后作家甫跃辉是复旦大学文学写作专业的首位硕士生,于2013年出版了他的首部长篇小说《刻舟

---

[1] 贺梦禹:《我们现在怎样看前辈?》

记》（上海文汇出版社，2013），他的导师正是在80年代声名鹊起的著名作家王安忆。"写作"与"教学"这对老生常谈的问题被《刻舟记》再次提了出来。如辛波斯卡所言："这毕竟意味着诗歌不是一个需要专业研究、定期考试、附有书目和批注的理论性文章，以及在正式场合授予文凭的专业。"[1]《刻舟记》所涉及的问题远比心高气傲的大师们刻薄说辞要复杂得多。《刻舟记》没有贯穿始终的主要故事，只是关于少年时光种种事情的追忆和缅怀，是时间／记忆碎片的重组和叙述。这种形式让我想起余华的首部长篇小说《呼喊与细雨》（《收获》，1991年第6期）。在《呼喊与细雨》中，余华是最后一次大规模地在文本中操练先锋技巧。如今回头看来，这个文本之于当时的政治／文化语境，就是一次先锋的告别，告别的是一个文学时代及其相互依存的时代精神。《刻舟记》的暧昧之处在于，它像是二十多年后对几近消散的先锋精神余绪的一种回应和致敬：余华的残酷和冷血、格非的智性和神秘、苏童的细腻和潮湿这些风格及其相关的主题、技巧都在文本中明灭交错。因此，不管是否与"教育"相关，80年代作家的精神资源在一定程度上于80后作家的写作中得到了传承。但是，某些写作

---

[1] 辛波斯卡：《万物静默如谜》，湖南文艺出版社2013年版，第II页。

资源、精神的延续与传承,并不是评价新作品的唯一标准,那只是文学史叙述的一种观察视角。毕竟文学生态的良性发展在很大程度上还要依赖于"意外"带来的新奇和愉悦。况且,不同代际的作家所身处的情境、所面临的问题已经大不相同。"舟已行矣,而剑不行,求剑若此,不亦惑乎?"(《吕氏春秋·察今》),"刻舟求剑"的寓意不正在于此吗?因此,《刻舟记》亦包含了一种告别,它是80后作家踏入新的人生历程(创作历程)前的一次回眸,从此携带往昔岁月的碎片(前辈作家影响的焦虑)铭刻在身上的印迹穿梭于并不美丽的新世界。

"青春期写作"和一些类似的说法是评论80后作家时比较常见的,这个说法在其貌似公允的外表下隐含了诸多压迫和贬低的含义:首先,从身份上来讲,它表面是指年轻的作家们,实际上在以传统的标准来衡量他们是否具备写作的资格,或者说是否能够获得文坛的准入资格;其次,从写作内容上来讲,它指的特定的人生阶段的故事,然而在一个话语权由别人掌控的世界里,他们无法决定自己的故事是否值得关注、是否有意义;再次,写作身份和写作内容则直接关系到作品的价值判断方面,因此也就不难理解何以很多以关注青年作家创作为名的批评最终都导向了以权威面目出现的"规训"。事实上,20世纪的中国文学之所以还留下一些值得我们怀念的资源，在很大程度就是因为不断有青年作家通过书写自身代际的故事以参与这个世界的建构。仅以余华为例，多年之后谁会否定像《十八岁出门远行》这样的青春写作之于整个代际的先锋作家和一个文学时代的意义呢？况且80后作家正在逐渐向我们展示他们描述这个世界能力。颜歌的《我们家》[1]便是如此。它显示了颜歌把握日常生活的游刃有余的叙述功底。庸常生活中柴米油盐、人情世故、生老病死在颜歌对四川方言的运用中显得烟火味十足。在语言与世俗之间，颜歌正在不断调整自己的位置，有包容有反抗，"她将过于沉重的生活，一再简化、糅杂，并且消化成净洁的叙事，制造了不小的悬念，让读者一再进入她叙事的漩涡中，找到和自己生命经验相关的点点滴滴。"在她的同辈作家张怡微看来，这是属于"颜歌私人的优雅"[2]。然而在我看来，这经验也是公共的，它标志着"80后"作家告别青春期的爱与哀愁，开始审视成人世界的一地鸡毛。

诗性和隐喻大概是80后作家描述世界的另一种方式。七堇年的《平生欢》（《收获·长篇专号》，2013年号秋冬卷）开篇第一句话便是："这些年，有

---

[1] 颜歌：《我们家》，浙江文艺出版社2013年版。原题为《段逸兴的一家》，《收获》，2012年第5期。
[2] 张怡微：《私情与哀愁》，《长篇小说选刊》，2013年第5期。

些事情像只插销，死死别在心门上。锈了之后，里面打不开，外面的进不去。"这种充满张力的表达在整部小说中随处可见。在当代中国作家中很少有作家能像七堇年这般把精致、流畅而又自然、老道的语言隐喻风格贯穿文本始终，于是整个文本看上去"星光灿烂，诗意盎然"[1]。若不是一些细节的提醒，我们很难主动去思考年龄、阅历之于叙述的影响这样的问题。在《平生欢》中，七堇年从容地穿梭于过去（青春记忆）和现在（成人世界）之间，时间的碎片在她张弛有致的叙述张力中妥帖地拼贴在一起。人生的不确定性、宿命的或隐或现、生命的张狂与沉淀在七堇年克制、内敛的语言中纠缠在一起，或许这便是人生的本相："时代，看似绵长，优柔寡断，而一旦它背弃起你来，轻易得就像一个陌生人转了个身——快得让人花一辈子都回不了神来。"（《平生欢》）这样叙事氛围让读者沉迷，却无法置身事外将其类型化。所以，会有评论者如此评价："它朦胧而真实，含混而坚定。它的缺乏规定性，与其说是缺点，不如说是蕴含了更多的丰润和弹性，不离不弃，真气淋漓。"[2]

---

[1] 严锋：《重组碎片：读〈平生欢〉》，《收获·长篇专号》，2013年号秋冬卷。

[2] 严锋：《重组碎片：读〈平生欢〉》，《收获·长篇专号》，2013年号秋冬卷。

《流放七月》（长江文艺出版社，2013）显示了更年轻的作家叩问历史的雄心，作者冬筱是一位90后作家，是七月派诗人的后代。《流放七月》的故事并不复杂：两对年轻男女在交往的过程中逐渐还原了长辈们之间故事，即七月派诗人的历史。虽说历史的伤痛在冬筱的青春感怀中变得有些单薄和变形，但是我们却看到新一代作家追问历史的真诚和执着。当大写的历史出现在青春写作中的时候，历史的延续性在"虚构"中便呈现了别样的景观。毕竟在"虚构"的边界内想象历史与重述历史事实是两个层面的事情。

莫言曾撰文声称要"捍卫长篇小说的尊严"，他说："长篇小说不能为了迎合这个煽情的时代而牺牲自己应有的尊严。"[1]然而他的同辈作家们并没有用晚近的作品来证明这一点，反而显示出当下文坛的某些症候。后来，马原这个80年代先锋作家的领军人物又大吼了一声："文学当真的死了"[2]，就像十多年前他"金盆洗手"时扔下了一句"小说死了"。这话前面还有一句："各领风骚好几年，我们的时代已经过去了。"为什么是马原的时代过去了，文学就死了呢？当部分80后作家（包括个别90后）通过长篇小说创作在审

---

1 莫言：《捍卫长篇小说的尊严》，《长篇小说选刊》，2014年第1期。
2 《马原：韩寒郭敬明的出现昭示了"文学已死"》，http://cul.qq.com/a/20140829/011792.htm?tu_biz=v1，2014年8月29日。

美、世界、历史等层面为我们提供越来越多的惊喜、愉悦及其他可能性时,马原判断中的傲慢、专横之处便暴露出来。这让我想起韩少功的《日夜书》中的一个情节,小说中一个80后飞身跃下山崖前,抛给长辈一句话:"你要我说人话?你和我那个爹都是,都是这个世界上最大的骗子,几十年来,你们可曾说过什么人话?又是自由,又是道德,又是科学和艺术,多好听呵。你们这些家伙先下手为强,抢占了所有的位置,永远是高高在上,就像站在昆仑山上呼风唤雨,就像站在喜马拉雅上玩杂耍,还一次次满脸笑容来关心下一代,让我们在你们的阴影里自惭形秽,没有活下去的理由。"我想这句话也可以用来形容故步自封而又惧怕、排斥新生力量的当代文坛。

(原名《"80年代"作家的溃败和"80后"作家的可能性》,刊于《文艺争鸣》2015年第8期)

穿过话语的密林和荒原

一

每年的年底有关长篇小说的各种榜单纷纷出炉，上榜的作品未必值得谈论，落榜的作品也乏善可陈。年复一年的数量繁荣，依然难掩心不在焉的写作和敷衍了事的批评。同往年一样，2015年的长篇小说依然是在声嘶力竭的叫好声中乱象丛生。因此，在我看来，与其全景式地泛泛而谈，倒不如细读部分文本，提出与长篇小说相关的若干具体问题，由此，我们方能细致辨析这个文体的病象和症结，或许还能找到保持这个文体尊严的某些要素或新质。

二

关于2015年的长篇小说，我准备从路内与周嘉宁的一场对话谈起。这一年，他们分别出版了长篇小说新作。这两位优秀的作家相对疏离于当下文坛的喧嚣与浮躁，因此，他们的对话也少了一些逢场作戏的陈词滥调，多了一些与文学观念、技艺相关的真问题的谈论。在这次对话中，路内说："我其实非常羡慕你写小说的这样一个状态。我曾经用过一个词来讲一个作家的自我照亮、通过自我反射世界，这个词叫心解，即用心去解释。"[1] 路内谈论的虽然是周嘉宁的长篇小说《密林中》（广西师范大学出版社，2015），然而在我看来，"心解"其实是重提个人经验的重要性，这事实上是对近年来长篇小说基本品格缺失的提醒：在这个价值观、审美趣味日益趋同的时代，如何重建个人经验与世界的关系；如何重申个人经验之于"虚构"（长篇小说）的合法性。《密林中》也正是在这些问题上凸显了自身的意义。

《密林中》是一部出色的作家精神自传。这部作品的卓越之处表现在两个方面：一方面，周嘉宁执着于个人经验的反复书写，但是这种反复并不表现为具体情境中的某种情绪的凝视和放大，或者说，并不表

---

[1] 周嘉宁、路内、黄德海：《世界的一半始终牢牢掌握在那些僧侣型作家手中》，《澎湃》2015年11月23日，http://www.thepaper.cn/www/v3/jsp/newsDetail_forward_1400209。后文中凡引自该文的引文，将在其后直接标注"《澎湃》"。

现为在具体情绪中的沉溺和封闭。周嘉宁不断"反复"的是关于文学观念、关于写作实践的思考和调整,以及这些言行与自身生活状态、精神历程相互影响的过程。因此,这些绵密、繁复的个人经验实际上始终保持了流动性、开放性、探索性,只不过是以一种朴拙甚至滞重的形式表现出来。以这种形式表现出的叙事进程倒是非常符合一个有追求的作家极其缓慢、艰难甚至可能倒退、停滞的成长过程;另一方面,虽说历史进程、社会文化构成等宏大因素确实不是周嘉宁的关注重点,然而我们依然能清晰地辨认出上述因素对其写作及其所要处理的经验形态的影响。如,QQ、MSN 等即时交流工具的聊天内容取代传统意义上的对话描写,论坛成为小说中人物交流、事件发生的主要场所等,触及的都是信息传播的方式、人际交流方式／伦理、情感表达方式、认知世界的视角／价值观等方面的变化,在根本上则是关于具体历史情境的"总体特征"的感性认知。这在小说的物质层面表现为叙述语言、文体思维与社会文化构成的相互影响;在精神层面则表现为个人经验与历史进程中某个代际群体精神症候、生存图景的普遍性的关系。

著名学者张新颖看重的亦是《密林中》的上述特点:"(她)似乎一直深陷在她这一代人的经验里面,这一代人的经验当然首先是个人的经验,想象和虚构也是基于这样的经验。读她的文字，会强烈地感受到文字和个人之间的关系。这种关系，才是写作发生、进行和持续的理由。"(《密林中·序》)可见，《密林中》的意义，不仅在于它如何出色地将个人经验视角中的世界图景铺陈在一部长篇小说中，即如评论家行超所总结的那样："'个人'即是'世界'"[1]；而且在于，它的存在将近年长篇小说创作中一个很严重的病相映照出来。如张新颖所指出的那样："我之所以要提出这一点，是因为有大量的写作，我们看不到和写作者之间有什么关系，看不到写作的必要性和启动点。倒不是说作品里面要有'我'，而是说，写作者和写作之间，不能不有或显或隐的连接，哪怕你写的是外星球。"(《密林中·序》)事实上，这样的病例很容易在2015年的长篇小说中找到。

具体而言，我们反复谈论《密林中》无非出于以下几个原因：首先，侧重"个人经验"的书写并不必然保证作品的成功，然而"个人经验"却关乎文学的本质。所以，当我们认为《密林中》是近年来长篇小说佳作之一时，在广泛意义上指的是，这部小说捍卫了个人面对世界发言的权利，哪怕这声音是微弱的，

---

[1] 行超：《"自我"即是"世界"——周嘉宁小说论》，《西湖》2014年第11期。

私密的，甚至是排斥的。从微观层面，它重申的是主体在虚构疆域的霸权、中心位置，无论作者关心的是何种层面的问题，所有的经验都必须经由"主体"的重构。其次，这本是一个常识问题，并无多少玄奥和深刻的道理。只是因为近年来的长篇小说的整体颓势，它又重新成为一个不得不谈的问题。如果说，当代文学史曾发生过大规模的个人经验的消失和主体的退场，在很大程度上是意识形态规训的结果。那么新世纪以来长篇小说中"主体的消逝"，却是一个主动撤退的结果。

在余华的《第七天》之后，"小说新闻化"已经成为当下长篇小说的顽疾。在《第七天》引起争议之后的两年，东西的《篡改的命》(《花城》2015年第4期）在2015年的文坛上收获了诸多的赞誉。这是否意味着当代文坛已经默认小说确实需要社会新闻来拯救，而这并不会损毁小说这种文体的肌质，甚至会认为这是小说文体的新突破？

《篡改的命》共七章，每个章节都用了一个时下流行的词汇作为标题，如"屌丝"、"拼爹"等，这些词汇清浅直白地宣示着每个章节的叙事内容与读者所熟知的社会现象的对应关系，以及作者的价值取向与大众关于这些社会现象的基本态度之间的同构关系。小说的内容也并不复杂：农民的后代汪长尺在高考录取时被官二代冒名顶替，命运从此被篡改。汪长尺的一生始终徘徊于社会的最底层，期间经历了迫于生计为富人子弟顶罪、工伤与"跳楼"式索赔、妻子卖淫等，最后他把孩子送给了一家有钱人，希望孩子的命运就此被"篡改"。无疑，这是一个控诉权力与资本掌控社会、阶层流动固化的故事。在创作动机、故事内容、情感取向、价值判断等方面，我们都无法挑剔其无比正确的政治正确性。只是就一部小说的阅读反应而言，我们只是心照不宣地看到一个又一个社会新闻如何巧合而戏剧性地叠加在同一个人身上。如果说，《第七天》里设置了一个"鬼魂"来收集、讲述各类社会不公的新闻，那么《篡改的命》无非是设置了一个人物来充当这些事件的受害人。这两部小说分别代表了当下"小说新闻化"的两种典型。

作家迫不及待地把新闻素材加以戏剧化处理，迅速进入公共领域，无非是试图证明在各种媒介／话语相互竞争、多元共生的时代里，文学作为一种重要的媒介／话语，依然保持了它充沛、积极的政治参与和社会关怀的品格。从这个角度来说，作家的道德追求和政治诉求确实无可厚非。但是这种描述却掩盖了一些问题的实质。首先，作家作为公民个体的社会政治参与，与以文学的形式参与历史进程和社会建构，两者之间存在关联却终归是两个层面的问题。作家若为凸显自身的政治/道德诉求，而把小说处理成类似于新闻的同质性话语，他动摇的是文学本身的合法性，从写作伦理的角度而言，这本身就是不道德的。不可否认，当下中国的经验复杂性远远超出我们日常经验范围之外，甚至很多匪夷所思的事件会倒逼作家反省自己的想象力。然而这都不足以构成模糊"现实"与"虚构"、"小说"与"新闻"之间基本界限的理由。抛开更为复杂的理论描述，如果把文学仅仅视为一种话语类型，当它与其他话语类型共同面对同一种事物时，它需要在其他话语类型相互竞争相互补充的关系中，提供另外的可能性。这可能是我们关于文学最基本的要求。比如，在反思极权的问题上，我们既需要以赛亚·柏林的思辨，也需要乔治·奥威尔的想象力。

其次，"小说新闻化"的现象往往出自名家之手，而这些作品也会毫无悬念地在文学场域中获得赞誉。发生这种现象的症结并不复杂：这种现象的发生本身就是作家们控诉的权力和资本在文学场域运作的结果。具体而言，这些作家凭借早些年的优秀作品树立了自身在文坛的地位和声誉，文化象征资本的原始积累便得以完成。以小说的形式谈论社会热点，既能在公共领域树立作家高尚的道德形象，也是写作迅速被大众关注的便捷途径。于是，我们看到，一方面是粗糙的作品在文化象征资本的运作下熠熠生辉，一方面是作家沉寂数年后重返文坛中心使得文化象征资本又得到以扩张。这是一个反复循环的过程，也是当下文坛的典型病相之一种。每年年底的各类文学排行榜包括各类大大小小的文学评奖是推广优秀作品的方式，还是作家文化象征资本影响力排行榜，这确实是个问题。

新闻之于小说的诱惑力像是一种病毒，它在2015年感染了更多的作家，甚至会产生新的病毒形态。刘庆邦的《黑白男女》（《中国作家》2015年第4期）便是一个例子。《黑白男女》讲述的是矿难家属如何重建生活的故事。这是一个极具挑战性的话题，因为它既涉及到国家制度、政府职能运作，又涉及世态、人情。然而，刘庆邦最终把这个极具话题性的故事处理成了主流媒体报道"灾后重建"的长篇新闻通讯。整部小说像是关于受难者家属日常生活的流水账，这或许只事关作者描述经验时的才情和技巧。但是角色功能的设置却直接关乎作者的价值观。至少在《黑白男女》中，我们看到主流媒体处理灾情报道时的叙述框架及其背后的意识形态对其创作的影响。或许灾变之后的生活重建意味着回归日常，但是这种日常毕竟是巨大灾变后的日常，所以，这日常的另一面或许就是危机四伏。这既是世态常情，也是叙事的可能性和不确定性。但是两个角色的出现彻底将这个故事拉回到主流新闻的腔调。这两个角色分别是工会主席和一位矿工的遗孀，后者还曾是一位教师。前者总是及时处理受害者家属的现实困难，而后者则现身说法经常帮助其他遗孀进行心理疏导。不难看出，这两个角色分别对应了新闻报道中"政府高度重视"和"热心群众"／"民间力量"，这些让"灾后重建"焕发出昂扬的乐观主义基调；具体到文本内部，这两个角色则可以消弭任何层次的情节冲突，从而让叙事牢牢地限定在政治安全的边界之内。由此引发的问题是，在长篇小说结构和角色设置与主流新闻报道模式高度相似的情况下，刘庆邦复述这个"家属情绪稳定"的故事意欲何为？

如果更年轻的作家传染上这种病毒，是一件多少令人失望的事情。盛慧的《闯广东》（花城出版社，2015）封面上写着一行字"这不是一个人的奋斗故事，而是一代人的烈火青春，堪称当代版的《平凡的世界》。"这样的题目和推荐语都在表明，这部小说定位于讲述在时代大潮中个人奋斗终获成功的励志故事。我并不反对长篇小说故事类型的多样性。这行为本身是值得敬佩的，毕竟，在这样一个时代里，书写光明和理想确实是一个有难度的尝试。而事实证明，盛慧确实没有实现推荐语里所标榜的高度。或许我们已经习惯雷同的经历在不同的打工者身上发生，甚至是具体情境、故事情节、人物关系都那么相像。我们甚至可以忽略新闻素材对这些故事的干扰，去寻求更值得讨论的现象。然而结果却是,个人奋斗的成功不是因为体制所提供的正常上升渠道,或者说并非来自制度的保障,而是来自上层社会的赏识和慧眼识珠,这个阶层恰恰又是与造成打工者们苦难的制度是一种共谋关系。这样类型的励志故事难免令人不安地想起那些前现代的道德说教故事,个人努力总会获得神赐或贵人相助。这样的价值观所试图消除的是,现代社会中个体与制度复杂的互动关系,以及个体在现实语境中清醒的自由意志。简而言之,"个人奋斗"是一个现代性的故事,而非个人言行自我完善的道德故事。如果年轻的作者秉持如此陈旧的价值观去书写这个时代的挫败与光荣,我们很难想象理想主义在当下重新扎根的可能性。

在与"小说新闻化"有关的小说中,话题大多集中于阶层、权力、资本、制度等层面,它们是当下中国结构性、体制性矛盾最重要的表征。它们并非遥不可及的抽象概念,而是切切实实地构成了我们当下生存最基本的语境,渗透在日常生活的细节中,与我们的生存焦虑和不安全感、我们的言行、价值形态变化有着直接而又千丝万缕的联系。因而,这些庞然大物在小说中也未必非要直接体现为官员、富豪等符号,它们对普通人的冲击也并不总是表现为泾渭分明的阶层对立,或赤裸裸的压迫和暴力。所以,对于无法避而不谈的问题，最重要的便是如何在"虚构"中更好地谈论它。王十月的《收脚印的人》（《红岩》2015年第4期）或许能给我们带来一些启发。

如小说题记写的那样："依然，此书献给被遮蔽的过往"，王十月想讨论的是盛世背后的原始积累，歌舞升平面纱下的历史真实，大到经济繁荣小到个人成功的源头和历程。简单说来，这是一部追述／审判资本、权力原罪的小说。它在形式、内容、细节等方面的出色表现，让这个看似并不新鲜的话题重新散发出深刻的意义。

小说的叙述者是一位作家，他需要在一场司法鉴定中通过讲述自己的经历来证明自己并非是精神病患者，而这场司法鉴定的举办目的却是为了证明他确实是患者。限制性的自叙视角和"悬疑"的叙事效果，便构成了小说叙事结构的第一个层次。

在具体的叙述过程中，作家同时又在不断强调自己是个"收脚印的人"。"收脚印"的说法来自作家故乡楚地的传说，据说将死之人会在死前的一段时间里，每到入睡之后，灵魂便飘荡至人生经历中的某些具体场景中去捡拾自己的脚印。于是，全知全能的叙事视角和荒诞魔幻的叙事效果，又构成了小说叙事结构的第二层次。

两个层次的结合，使得叙事者能够从容地在现实／虚构、过去／未来、全知／未知／限制中自由切换；如果同时考虑到这是一场自证清醒的自述，叙事者还能根据叙事需要随时插入其他类型的话语，如抒情、思辨、议论等，甚至可以毫无障碍引入作家访谈、新闻材料、网络语言等。由此，一段可能冗长、平淡的自叙便显得具有开放性、可读性。

小说的主要内容以作家自叙自己从打工者到作家的成长经历为主。得益于叙述结构的开放性和自由度，在自述经历的同时，那些与他的经历有关的其他人物及其经历也从容不迫的进入叙述视野，这些人大多是自己当年的工友，有的已经消失（死亡，失踪，失联），有的依然如故，有的则完成身份转变（官员，商人）。于是，这个以个人经历为主的叙事，其纵深度和视野均得到极大的扩展，从时间上来说，个人经历与一个群体／阶层的分化联系在一起，从空间上来说，个人经历又与各个群体／阶层的生活产生交集。需要提醒的是，这份自述的人生经历中的某些重要的转折点，本身就是改革开放进程中某些重要政策调整的结果。由此，个人经验、群体经历、阶层分化都与具体的历史进程产生关联，这些经验在叙述形式的带动下在文本中形成了紧张的互动关系。因而，王十月所试图实现的写作诉求，最终都落实在复杂、具体的经验上。

最后,我想强调的是,个人自述中的身份转变这个问题。身份转变其实是世俗意义上的成功。这个过程其实便是从制度的受害者到制度的共谋者的过程,这个过程也是权力、资本缓慢滋生的过程。从叙事的角度来说,"成功学"的叙事是一种限制性视角叙事,它遮蔽隐藏了部分历史的真实,而"收脚印"所具备的全知全能视角则是一种祛蔽、还原的过程,正如我们在文本中经常能够看到,"收脚印的人"的灵魂飘荡在具体情境的上空,事件的细节尽收眼底。事实上,这不仅是一个回溯、描述历史真实的过程,也是把自身拉回历史深处进行自我反思、自我审判的过程。尤其是后者,把自我重新放置回具体的情景中,实际上呈现的是一种与历史同谋的状态,由此,所有的宏大批判和控诉都落实在坚实的自我批判基础之上。而构成自我批判内容的正是那些内容饱满、细节充沛的个人经验。也正是因为这一点,使得《收脚印的人》成为同类作品中少有的清醒、深刻之作。

三

《收脚印的人》所呈现的气势和态度,令我再次想起文章开头的那场对话。周嘉宁对路内说:"这里说到一个坚定的自我。但是我的坚定性又始终存活于自我质疑……我觉得比如像路内身上，肯定会有自我质疑，但也有很强烈的自信，这个自信是'我很牛，我要把世界都灭了'的想法，也往往是在男性身上比较容易出现的想法……所以我其实非常羡慕，你在深刻地自我怀疑同时，还拥有想要击溃世界的自信，自信和自我质疑结合在一起，对我来说是一种迷人的特质……"（《澎湃》）其实，如何写／写什么倒未必与性别相关，只不过王十月、路内这样的作家确实有着强烈的为世界命名、为时代赋行的冲动，他们主动把自己抛进世界的漩涡中搏斗、沉浮，与周嘉宁等人的"小世界"式的映照和反射相比，代表了长篇小说的另外一个方向。

路内在 2015 发表的长篇小说叫《慈悲》（《收获》2015 年第 3 期）。小说写的是一个国营化工厂的兴衰和工人命运的沉浮。路内笔下这种工厂带有典型的"工厂办社会"的计划经济特征，这样的国营的工厂其实上是个麻雀虽小五脏俱全的微型社会。社会变革、国家政策的调整等宏大历史进程在此类工厂发展上表现得尤其明显。所以，当路内写下"前进化工厂"（一个典型的计划经济时代、社会主义遗产式的名字）在"文革"、改革开放、严打、投机倒把、国企改制、市场经济、私营企业兴起等大大小小的时代风潮中光荣与衰败以及工人们的命运流转时，实际上，呈现的是历史表情的变化和身不由己被历史挟裹的人们的精神、心态和日常的变动。简而言之，人与历史复杂纠缠的状态和细节在小说里得到了呈现，也正是这一点使得路内的创作在当代文坛显示出极高的辨识度，这也使得如《慈悲》这类的长篇小说实现了帕慕克所言的"小说博物馆"的意义："小说也构成了一种内容丰富且有感染力的档案——有关人类的共同情感，我们对普通事物的感知，我们的姿态、谈吐、立场……因为小说家对此进行了观察并且细心地在作品中加以记录……小说则观察并保存了同一时期日常生活的组成部分，如意象、物品、交谈、气味、故事、信仰、感知，等等。"[1]

路内其实有着更大的企图，"慈悲"这个题目表明他大概是想写一部与信仰有关的小说。小说中人物聚合离散的命运和一些细节确实也弥漫着大开大阖的悲天悯人的情绪。比如，小说中多次出现的"祭炉"情节和结尾处关于真假寺庙和真假和尚的讨论，都彰显着路内试图用某些精神资源来整合历史纷繁、现实离乱的良苦用心。"祭炉"源自古老的手工艺传统，它传达的是对技艺与人的关系的尊重和敬仰，对应的

---

[1] 〔土耳其〕奥尔罕·帕慕克：《天真的和感伤的小说家》，彭发胜译，上海人民出版社2012年版，第121页。

是文本中现代化工业流水线上的操作工;"和尚"与"寺庙"则涉及更为强势的宗教观的问题,对应于文本中那些尘世间的罪恶、怨恨和伤害。只是这些都是在古老中国几千年时间里形成的精神资源和世界观,面对于当下中国而言几乎是突然降临、多少还有些被动意味的现代性、后现代性经验,这是否会显得突兀?可能是个值得商榷的问题。

然而这个问题并不影响《慈悲》依然是一部优秀的长篇小说。在我看来,它的卓越之处还在于,它让有难度、有智力的写作重新回到当下的长篇小说中来。这是一部靠对话推动叙事的小说。路内把与历史背景的相关信息和推进故事进展的要素合理地化约进对话,由此保证了故事的连贯性和叙事的节奏感。这种冒险但是颇有成效的做法自然带来了良好的阅读反馈。对于那些偏爱故事情节的读者而言,能获得阅读上的愉悦感;而对于那些不仅仅满足于故事性的读者而言,则需要携带自身的知识贮备和价值观念与对话中的那些重要信息,进行相互质疑和相互补充。在小说阅读中难以获得智力反馈和知识训练恰恰是当下长篇小说创作中的又一个病相。

关于长篇小说的"智力"和"难度"要涉及很多更为具体的讨论。作家在文本中凸显的价值观念或者说信仰能否有效地整合那些被叙述的经验,亦是比较重要的问题之一。换而言之，小说中事件所呈现的价值取向与作者所试图传达的观念是否贴合，它考验的是作者命名世界的能力。在我看来，韩东的《欢乐而隐秘》(《收获》2015年第4期)和葛亮的《北鸢》(《人民文学》2015年第12期)在这个方面存在着不足之处。

《收获》在官方微博上推介韩东的这部最新小说时评价道："在小说摧枯拉朽的语言背后，暗含了某些关于宗教哲学的探讨，因果报应，死生轮回。荒诞的故事由狂欢式的笔调予以呈现，带来一场欢乐而隐秘的阅读体验。"事实上，这个故事呈现的形态非常单薄：所谓"荒诞"无非是一个三流影视女演员（林果儿）与亿万富翁（齐林）的情感纠葛，其中还夹杂着林果儿与游手好闲的前男友（张军）的分分合合；所谓"宗教哲学探讨"也无非是作为叙事者/禁欲者/旁观者，同时也是林果儿的"男闺蜜"秦冬冬以佛法来谈论、解释这些纠葛。韩东大概是觉得，小说中这些有着充足的物质保障、无基本的生存焦虑的人，是能为宗教/信仰扎根提供可能性的，这倒是像"仓廪实而知礼节，衣食足而知荣辱"的现代翻版。问题在于，韩东所描绘的中产阶级精神生活与其宣扬的佛教观念始终存在着巨大的鸿沟。小说里有个细节：秦冬冬告诉林果儿那些未来得及出生的婴儿也是有灵魂的，叫"婴灵"；林果儿在第七次堕胎之后开车去寺庙赎罪的路上撞在一棵樱花树上，树上飘下七片花瓣落在车子上，这被林果儿视为"婴灵"显灵，因为"樱"与"婴"同音。按照佛教的理念，堕胎即为杀生，但是在韩东笔下，中产阶级的杀生却在婴灵、樱花的修辞中，完美地演绎了赎罪、诗意与禅韵的融会贯通。小说的结尾，齐林车祸身亡后，林果儿找到张军受孕，她认为怀上的孩子是齐林的转世投胎，然后为了孩子的身份问题，她又嫁给了秦冬冬。这便是小说的题记为何是："谨以此文献给齐林、王果儿和我儿子以及他父亲。"或许这里有超出我们经验把握之外的深意，毕竟这一切都在秦冬冬"佛法无边"的议论中得到了合理解释。简而言之，韩东关心的是信仰／宗教拯救当下的可能性，但是他的故事呈现的却是另外的形态，即中产阶级如何通过"消费"宗教／信仰换来自身道德净化。于是，故事的价值形态反过来收编了韩东的写作动机，反而使得韩东的写作行为更像是为某种生活方式开脱、辩护、灌输价值。我在这里无意区分阶层的价值形态的高低，只是认为，韩东的这部长篇多少暴露了当下写作伦理中的一个症候，即中产阶级的文化幼稚病。

当下中国经验的复杂性是中产阶级的文化幼稚病滋生的土壤。面对现实情境的失语和关于未来的不确定性和不安全感，使得他们试图寻找一劳永逸的济世良方，于是宗教成为顺手可得的精神资源。然而因为缺乏关于切身生存问题的细微体察，很多关于宗教的谈论都像是模糊历史真实的策略性叙述。至少在当下的中国，宗教问题正日益演变为阶层问题，它正越来越多地表现为某部分群体的文化品位、社会身份以及慈善手段，愈发远离普度众生、信仰重建的宗教初衷。

中产阶级的文化幼稚病的另一个体现，便是在历史虚构中凭吊风雨飘摇、人世飘零。《北鸢》便是中产阶级在历史虚无中自我感伤的典型样本。这样的小说通常有着大致趋同的情节架构：高门大户在晚清以来的历史中多舛、曲折的命运轨迹。故事中或许还有几分历史真实作为背景，然而几乎所有的革命、爱情与历史都围绕着世家的爱恨情仇、生死离别展开。放眼望去，豪门弟子的身影遍布20世纪中国历史的每个关口和角落——一言以蔽之，豪门恩怨几乎与20世纪中国历史形成了同构关系。在历史虚构中寄托情怀，本是写作常态，只是有些情怀却是时代病的反映。中产阶级的现实处境，以及把这种处境投射进历史虚构和文化想象中所带来的虚无主义，是两个层面的问题。简单说来，在当下中国的现实语境，中产阶级其实是徒有其表的孱弱的存在，他们既构不成保持社会平衡的力量，也无保障自身安稳的可能，要么成为权贵的帮忙与帮闲实现阶层上升，要么在社会冲突中成为矛盾的转嫁物和替代品，迅速沦落为底层。所以他们只能在历史的虚构中聊以自慰，一方面，豪门衰败、礼乐崩坏折射的是中产阶级在现实语境中的不安全感和关于未来的悲观展望；另一方面，世家弟子在时代风云际会中纵横阖捭成为历史的主角，这种历史想象掩盖的是他们在现实中的无力和无能。对于中产阶级的现实焦虑，我抱有理解和同情。但是我们若承认写作是一种权利，特别是在当下的中国，它所包含的微弱的申诉和抵抗的权利还有存在的必要性；那么，过分沉溺于写作带来的自我满足、自我安慰和自我封闭，特别是切断历史想象、历史虚构与现实体察隐秘的互动关系，则等于宣布放弃权利。而这权利正是包括葛亮在内的中产阶级们在这个时代还剩余的、屈指可数的言说渠道之一，这里包含了微茫的机会和希望。

四

关于作家与世界相处的方式，路内还曾谈到："这个全世界是什么？可能就是所谓的文学所映照出来的世界吧。但是即使是这样一个世界，其中有一部分仍然牢牢掌握在那些僧侣型的作家手里，那些东西是不会流失出去的。征服型的作家永远只能征服他所征服的那一半，但是地球的另一半仍在黑暗之中，他甚至无法认知出来。"(《澎湃》)我想，王安忆大概就属于这种僧侣型的作家，她们掠过世事繁华的表象，执着于世界深处的或幽暗或澄明的秘密。"文学的神秘性，情感的神秘性"抽丝剥茧般在这类作家作品中得到了细致的呈现。

《匿名》(《收获》2015年第5、6期)发表的时候，王安忆说陈思和鼓励她"要有勇气写一部不好看的东西"[1]。是否"好看"在很大程度上取决于读者的个人喜好，难以定论。但是绵密的细节纹理、复杂抽象的命题和简约冷峻的语言，确实让王安忆以"匿名"的方式写出了一部无法通过其写作脉络来辨识的作品。

就情节本身而言，这个故事基本架构非常简单：一个被错认而遭到绑架的人被抛弃于与世隔绝的深山独自生活一段时间后，被人发现并开始重建对俗世日常的认知。于是前半部叫《归去》，后半部叫《来兮》。这种描述显然大大简化了王安忆在叙事上的野心。事实上，王安忆无意叙述一个可能会被类型化或者说有鲜明主题的故事。但是在叙事的过程，她又让故事不断向各种类型或主题发出暧昧的召唤。在这个过程中

---

[1] 路艳霞：《王安忆新书发布会自称不是聪明作家》，《北京日报》2015年12月28日。

她不断唤醒读者某种阅读记忆和阅读期待，却又在不断地挫败、消解它们。具体说来，小说的开头充满悬疑，似乎要展开探案推理的故事模式；在家人找寻的过程中，展开的却是世情冷暖、人间百态、三教九流、芸芸众生的浮世景象，像是世情小说的缓缓铺展；被绑架的人在幽闭的空间里辨识外面动静，听着两帮人在为是否绑架对了人而争吵，在江湖黑话中辨识信息时，总让人感觉一个惊心动魄的黑帮故事将要发生；及至这个被错认的人被遗弃在深山里时，时间停止，万物静谧。一个失忆的人，忘记自身身份、历史和教化的人，与一个天地蛮荒的原始空间相遇，人与万物彼此打量，时间流转只是日升月落的循环。这样的故事氛围难免令人想起1980年代的那些"寻根"故事；后来这个"匿名"的人被人发现，送进了小镇的敬老院。这个小镇民风颟顸而朴素，奉行一套未被现代社会熏染的处世原则和人际关系，而与这个人日常交往的都是些畸零的人，如丧失劳动能力的老人、患有白化病的少年、先天心脏有病的儿童、黑帮大哥等等，此时的故事在写实意义上有些像与现代主流文明保持距离的边地风情小说，在隐喻意义上又有些像与主流社会有些隔绝的边缘群体的故事。这些近似某个类型或主题的叙事往往是展开不久又转向别处。对于读者而言，阅读的期待与失落交替进行。我想，这正是王安忆在叙事上的"霸道"和高明之处：为了避免这个故事被可能的主题和类型收编，她故意布置了这个"匿名"的叙事迷宫。读者在一次次阅读受挫后，只能依靠王安忆所指引的思考方向。

王安忆一边苦心营造着叙事的迷局，一边又强势地掌控叙事的走向，这一切源于她所要实现的叙事意图，如其所言："以往的写作偏写实，是对客观事物的描绘，人物言行，故事走向，大多体现了小说本身的逻辑。《匿名》却试图阐释语言、教育、文明、时间这些抽象概念，跟以前不是一个路数的。这种复杂思辨的书写，又必须找到具象载体，对小说本身负荷提出了很大挑战，简直是一场冒险。"[1] 很显然，王安忆试图用长篇小说的形式来讨论抽象的命题，而这种尝试不仅与读者关于小说的共识相抵触，而且对于王安忆本人而言也是一种巨大的挑战。所以王安忆需要利用既有类型／主题的小说惯常叙事形式来引导读者逐步进入她的抽象叙事，同时她也需要通过对具体经验的描摹渐渐完成写作思路的铺展和转变。我们可以以《匿名》的上半部《归去》为例，继续谈论王安忆在叙事形式上的匠心之处。《归去》的内容分两部分

---

[1] 许旸：《王安忆谈新作〈匿名〉：我慢热，请耐心点》，《文汇报》2015年12月15日。

展开，一部分是家人寻找失踪者并逐步放弃的过程，一部分是失踪者在被绑架、转运的过程中逐步丧失对外界信息的辨析能力并最终被抛掷于人迹罕至的深山老林里生存的过程。在叙事刚展开的时候，两个部分的内容交替进行、彼此映照。在这个阶段，既是现代世俗文明逐步展开的过程，也是失踪者逐步远离这个现代世俗文明的过程。事实上，这个现代文明的逐步展开还有更为长远的叙事意义，即为后来建立起的原始、野蛮的环境提供参照与铺垫。在失踪者刚被带入山林时，王安忆的叙事发生了微妙的变化，她开始逐步减少了第一个部分内容的叙事容量，而渐渐加大了第二个部分的叙事容量。叙事比重和频率微妙变化的过程，其实就是失踪者逐步忘却历史、身份、知识、记忆的过程，而这些无一不是现代文明的标记。所以《归去》的结尾写到家属去警署注销失踪者的户籍时，有关现代世俗的场景就完全在文本中消失了，而原始、野蛮的山林及其隐喻的"世界"开始统治了文本和叙事。至此王安忆方能愈发从容地在一个迥异的"世界"中展开思辨和讨论，就像王安忆自己也承认的那样："写到后面我得心应手了不少。"[1] 坦率地说，这确实是

---

[1] 许旸，《王安忆谈新作〈匿名〉：我慢热，请耐心点》，《文汇报》2015年12月15日。

一个朴拙然而却颇具成效的叙述过程，正是通过对类型／主题小说叙事模式和阅读期待的利用，王安忆有效地把读者的思考引向了自身的叙事意图，而且借助微妙的叙事结构的调整和大量的铺垫，她也平稳地实现了从具体经验的描摹到"抽象的审美之旅"[1]写作方式的转变。

"王安忆的小说越来越抽象，几乎摆脱了文学故事的元素，与其说是讲述故事还不如说是在议论故事。"[2]陈思和非常精辟地评价了这部小说最终呈现的文本形态。甚至可以说，王安忆煞费苦心地处理叙事形式，就是为了能够通过这个文本实现或抽丝剥茧、拂尘见金或大开大阖、信马由缰的自由"议论"。传统现实主义中的"议论"大多表现为关于具体情节的评价，而这种评价又完全受制于作者试图灌输的价值观，在极端上甚至表现为把叙事降格为观点的例证。王安忆的"议论"则溢出了这个范畴，这些"议论"更像是细节铺展中微弱的停顿，是关于细节的注释和补充。因此，在我看来，这种"议论"的功能更像是细节、叙事的丰富，是一种以想象力支撑的抽象思辨形式。

---

[1] 柏琳，《〈匿名〉：一场属于王安忆的抽象审美之旅》，《新京报》2016 年 01 月 14 日。
[2] 许旸，《王安忆谈新作〈匿名〉：我慢热，请耐心点》，《文汇报》2015 年 12 月 15 日。

若在整体上把《匿名》视为一场思辨，便会发现它是一部依靠想象力来成全抽象思辨的叙事。首先，王安忆"处心积虑"地引导读者见证了，我们熟悉的一切是如何渐渐烟消云散的。她让我们清晰看到一个人摆脱历史、社会、语言、记忆以及身份、具体的生存环境——这些让一个人成为一个独特个体的建构性因素——的过程，并让我们心悦诚服地相信一个具有鲜明特征的人"退化"为只具备生理特征和生存本能的人是可能的。用具体的事件来展示这个过程固然必要，但是将具体、偶然的事件变得对读者具有说服力、引导性，则需要依凭强大的想象力所制造的迷惑性、欺骗性。其次，当这个只具备生物性特征的人，两手空空、"赤裸裸"地走进那个只依靠自然法则运行的世界时，王安忆念兹在兹的关于"语言、教育、文明、时间这些抽象概念"的讨论和思辨才有了可能。具体而言，王安忆设置的情境中"人"是自然法则的一个构成部分，或者说自然之一种，从这个角度来说，他与其他自然、生物并无本质的区别。只有当"人"与周围的自然、周围的世界相互识别、命名时，"人"才有了区别于其他自然的可能。换而言之，在这个情境中，王安忆试图重新演绎"人"的起源过程，即从"人"藏匿于"自然"，到"人"区别于"自然"这一过程。严格说来，只有到了后面那个阶段，上述那些抽象概念才有了可以依凭的具体材料，因为这些抽象概念的起源、发展无一不与"人"从生物性向社会性、历史性转变的过程相关。因此，在这个过程中，王安忆需要调动想象力提供细节、描述具体进程，由此那些抽象概念的讨论才能落实在具体经验上。尽管，考古发现可能为这个过程提供一些实证性知识，但是在具体的语境中重建、演绎具有说服力的、鲜活的具体经验，则是需要非凡的想象力的。

因此，这一切都使得《匿名》像是一场精细设计而又充满想象力的封闭性实验。她预设了前提，设置好参数，搭建了情境，全神贯注地观察记录实验对象的种种情况，做出猜测、判断，并试图引起其他人讨论参与的兴趣。所以在我看来，与其在知识的意义上去计较那些抽象辩题的对错和方向，倒不如说王安忆在试探我们目前的知识、理论关于人、历史、社会等方面的认知边界，她使用的工具便是想象力，想象力越过认知极限的地方便是一片"匿名"的区域，而这个区域可能藏匿着新的智慧、真理和秘密。这也是何以王安忆会强调"耐心点，坚持看完下半部"的原因？因为，在后半部《归来》中那个实验对象走出了极端的情境、慢慢恢复了对周遭世界的感知后，王安忆的叙述也越来越接近读者熟悉的经验范围。这个时候，王安忆的实验已取得成效并接近尾声，她也不再需要以最大程度地试炼、冲撞甚至是瓦解现有认知及其承载的想象力为代价了，毕竟她最需要的是把这个实验成果带回现有的文明、以可以理解的方式呈现出来。简而言之，王安忆以其出色的叙事实验试炼了长篇小说的可能性，虽说《匿名》所呈现的种种可能性是不可复制的，但是却为当下长篇小说江河日下的颓势挽回了尊严。

如果说王安忆执着于世界深处那些秘密，那些掌控世界运行的抽象规则；那么迟子建则更倾心从相反的方向，以感性的方式去描绘这个世界的神秘。《群山之巅》（《收获》2015年第1期）里有一系列身份特殊的人物，如手艺精湛的屠夫，预知生死以刻石碑为生的奇女子，专司枪决死刑犯的法警，小镇殡仪馆的入殓师。这些与生死相关的职业并没有带给读者一种源自陌生的惊悚感，在小镇外部日益喧嚣的现代文明的映照下，反倒让人感觉他们所构成的小镇生活代表了一种朴素、恒常的价值秩序。迟子建笔下世界的"神秘"，并不源自未知和恐惧，而是关于"失落"和"消失"的挽歌。迟子建怀念的是类似于小国寡民的社会形态：朴素、鲜明的伦理观，简单、安稳的社会交往，敬畏万物、人神通灵的萨满世界。小说展现的正是这样一种社会形态被侵蚀的过程，如小说所陈述的那样"他强奸了安雪儿，等于把龙盏镇的神话给破了"。所以，屠夫之子强奸了法警的女儿（通灵奇女子）就不仅仅是道德事件／刑事案件了，而是成了世界秘密消失的隐喻。于是，缉凶的过程也就成了还原、追溯、展开秘密消失过程的叙事。小镇的历史起源在缉凶的过程中缓缓铺展，与此同时环绕着小镇历史的宏大的社会进程与小镇产生了愈发频繁的互动关系，于是革命、历史、经济等种种现代性庞然大物开始以各种方式、自外而内地改变着小镇的种种面貌。所以，在迟子建看来，世界的秘密总是与一种独特而又和谐自洽的传统、伦理和生活方式相关，只是在来势汹汹的现代性大潮面前这一切都将淹没于同质化的现象之中。

五

作家与这个世界的关系就像周嘉宁《密林中》中的那个意象，每个作家都在孤独地探索描述这个世界的可能性，如同在密林中穿行，脚下的路可能是小径也可能是迷途，但是只有走到最后才能确定这一切是否可能。这个世界的秘密对于何顿来说，是那些掩盖在废墟下的足迹和小径。《黄埔四期》（《收获·长篇专号》2015年春夏卷）叙述的是国民党军队在抗日战争主战场上的故事，以及这些抗日功臣在建国后的命运遭遇。何顿以其非凡的耐心清理出一条血迹斑斑的来路。捡拾路上的遗骸,召唤空中的游魂,并非只是为了凭吊和伸冤。安置好身后历史鬼魅,方有辨识路在何方的可能。然而父辈们所参与的激荡的历史,对于生长于平庸时代的年轻作家而言,更像是一种压迫与嘲讽。林森的《暖若春风》(安徽文艺出版社,2015)便是这样一部长篇,现实的平凡与琐碎在关于大历史的反复诉说下愈发显得凋敝、暗淡。小说的结尾,主人公扔掉挂在客厅墙上的曾出身于黄埔军校的曾祖父的画像和诗词,整部小说的叙述基调也从抑郁的氛围转向了"暖若春风"的开朗。很显然,面对风雨激荡的大历史,不同代际作家的基本态度分野便呈现出来,至少在林森看来,摆脱历史的重负,把大历史祛魅,方能较为从容地摸索前往的道路。

事实表明,身处于小时代的年轻作家们确实更关注大历史维度之外的日常经验。张怡微的《细民盛宴》(《收获·长篇专号》2015年春夏卷)围绕一场场家宴展开普通市民家庭的龃龉和亲情。这是一个颇费心思而又具中国特色的叙事结构,即饭桌与人情。在张怡薇细腻的叙事中,一幅死水微澜般的庸常生活场景浮现出来。任晓雯的《生活,如此而已》(北京十月文艺出版社,2015)的基本情节非常简单,即一个有着童年阴影和自卑心理的女孩如何在成年以后过上自毁、毁人的生活。在沉溺于不自知的庸常生活中任"恶"生"恶",任晓雯展现的是一幅消沉无望的人生精神图景,或许这也是现实的常态之一种。《我们的踟蹰》(《作家》2015年第3期)展示的是另外一种现实图景。作者弋舟是个惯常在历史维度中呈现个人经验的作家。这一次,他取消了历史维度讲述了一个犹犹豫豫、欲说还休的中年人的爱情故事。陈再见的《六歌》(花城出版社,2015年)则在历史和日常之外讲述了一段奇闻。这个故事涉及了六件命案,当初曾各自以中篇的形式发表过。将这六个故事并列时,便会发现各自成篇的故事中的人物、线索、内容在相互补白、相互提醒,最终构成了线索交错、情节紧张而又有完整性的悬疑故事。这个故事涉及黑帮、贩毒、畸恋等,既有话题性又有可读性。总而言之,这些都是2015年可圈可点的长篇小说。然而这些小说在整体上所呈现的精神委顿的状态却也是当代文坛的一种现象。或许是因为现实过于粘滞、沉重,而未来又充满种种令人不安的不确定性,于是精神响度很容易在无物之阵中消磨、沉沦。问题不在于小说该不该书写碎片化的情绪、琐碎的经验或一己的悲欢,而是在于这些经验与周围世界的关系是否也一并得到或多或少的呈现。我想,这涉及到小说在现世存在的基本理由:"在被哲学遗弃、被成百上千种科学专业分化了的现代世界中，小说成为我们最后一个可以将人类生活视为一个整体的观察站。"[1]当下的中国长篇小说确实存在一种倾向："现实是没有任何廉耻感地重复着，然而思想，面对现实的重复，最后总是缄默不语"[2]，这里的"思想"并不仅仅是指那些高深的、以体系形式表现出来的知识形态，重要的是那些被描述的具体经验所包含的与周遭世界对话的潜能。不如此，我们将丧失为小说辩护的基本理由。

（原名《当前长篇小说的现状与可能——从一场小说家的对话谈起》，刊于《当代作家评论》2016年第3期）

---

[1] ［法］米兰·昆德拉:《帷幕》，董强译，上海译文出版社2012年版，第97页。
[2] ［法］米兰·昆德拉:《帷幕》，董强译，上海译文出版社2012年版，第137页。

现实感、历史观与新经验

尽管这些年长篇小说的繁荣大部分时候仅仅表现在数字上，但是这却给研究者带来另外一种契机：长篇小说因其细节和密度的问题，能够较为细腻、清晰地反映当下历史语境中中国作家讲述中国经验的方式和价值取向，这里面所呈现的问题亦能构成审视当代文坛种种精神症候的较为贴切的视角。

如何在全球化进程日益加速的今天来解释中国、辨识中国，是知识界普遍存在的焦虑。大体而言，从鸦片战争到晚清立宪失败，是 19 世纪的中国经历了朝贡体系崩溃后，逐步遵从世界条约体系的过程。在资本主义体系向全球迅速扩张的、如阿锐基所言的"漫长的 20 世纪"里，中国的社会结构、历史主题、时代的精神状况亦在不断变化。特别是 1978 年以来的 30 余年的国家进程，浓缩了欧美现代国家几百年发展的经验和挫折，文学在这样急剧的历史进程中根本无法抽离其中。所以，在前现代、现代、后现代诸因素混杂的 21 世纪的中国，中国作家以何种方式来叙述、整合当前历史情境中的诸种经验，确实是个非常重要的问题。长篇小说因其容纳经验的密度和广度，为我们讨论上述问题提供了非常合适的平台。2014 年的长篇小说同样如此。

一

县城中学教师房国春卷入了家乡农村基层政权选举不公所引发的一系列事件，从此以后，他走上了漫长的上访之路。1980 年代以来中国农村、农民为转型期的中国所付出的惨痛代价，在房国春的上访历程中得以再现。这是《黄泥地》(《十月·长篇小说》2014 年第 2 期) 所架构的叙事线索。在这条叙事线索中，刘庆邦以悲悯、沉郁的现实主义情怀，掀开了被高歌猛进的中国梦叙事所遮蔽的一个阶层和一个群体的被侮辱的和被伤害的基本利益诉求。从这个角度来说，刘庆邦继承了乡土文学所坚守的现实主义文学精神，即，对被时代浪潮逐渐淹没、摧毁的乡土、农民、农村的持续关怀和书写。然而，当刘庆邦试图以乡土中国的士绅情怀去重新激活现实主义的批判功能时，问题便出现了。我能理解刘庆邦的良苦用心，他无意评价依附于乡土中国的社会结构而形成的乡绅阶层及其作用，他只是试图通过重提"乡绅"精神来唤起人们对沉痛的经验背后的利益诉求的重视。问题在于，当社会情境完全改变之后，依附其中的某些特定的精神资源如何在当下成为可能？当刘庆邦不断强化房国春的乡绅形象时，我们审视经验的焦点便发生了偏移，现实的焦灼感无意中化为深深的怀旧，现实中与此呼应的是，"乡绅"及其相关的精神资源只是社会学研究中冰冷的名词和概念。

作家现实感的混乱也许源于自身观念的偏执，也可能是自身精神资源的枯竭，抑或是社会分层、阶层固化所造成的经验隔绝。我们可以借助刘心武的长篇新作《飘窗》(《人民文学》第 5 期。)继续讨论这个问题。退休高级工程师薛去疾住在一处高档社区中比较边缘的一栋单元里，这便使得他得以透过房间的飘窗看见小区围墙外的市井百态。接下来的主要问题不是刘心武如何如余华那般让小说写作呈现新闻集锦的倾向，而是在于刘心武的令人瞠目结舌的启蒙情节设计：薛去疾试图用西方古典小说去感化黑社会打手庞奇，而庞奇似乎也接受了自由、平等、博爱的人道主义，并把薛去疾视为精神导师。我无意在这里讨论启蒙的合法性，而是惊讶于刘心武的想象力：他居然把肤浅的人道主义视为拯救芸芸众生的精神资源，想当然地认为底层人民可以通过接受道德感化而实现精神、尊严的重建并由此获得自我拯救。这里自我崇高化和无意中透露出的道德歧视，多少会使刘心武的写作伦理显得浅薄而粗暴。"飘窗"是个看风景的空间位置，而刘心武的"飘窗"又坐落于高档社区内较为边缘的地带，这大概也是刘心武对自己所属阶层在社会结构中的位置的认知，所以"飘窗"也是刘心武观察经验的视角。这让我联想起他的长篇处女作《钟鼓楼》（《当代》1984年第5期、第6期）。钟鼓楼下的大杂院既是故事发生的空间，也是刘心武观察经验的位置。彼时的刘心武身处经验之中，他通过对一个四合院内九户人家十二小时内发生的事情的描述，展现了北京城的风俗、人情、观念的历史变迁，这里面既有鲜活的日常场景，又有时代主题和历史信息。事实上，也正是历史变迁和社会结构的变化导致了刘心武这样的作家在现实感上出现了混乱。刘心武这批作家在1980年代的启蒙思潮中涌现，通过文学干预生活既斩获了社会精英的赞誉，又在文学史叙述中奠定了经典地位。这一切都在1990年以后的市场经济语境中迅速转化为巨大的文化资本，文化资本维持着阶层上升。虽然阶层上升并不必然导致经验隔绝，然而刘心武依然秉持着1980年代的文化逻辑从而意识不到新的历史语境下经验的复杂性。所以，从"钟鼓楼"

到"飘窗"不仅是空间转换和视角改变,而且成为刘心武这样的作家在写作伦理出现精神症候的隐喻,即从玻璃窗内俯瞰脚下芸芸众生,在经验外部发表感慨,这样的姿态和距离既安全又有道德上的自我满足。最后需要强调的是,我在这里并不涉及启蒙文学观本身的讨论,问题的症结在于刘心武处理经验的方式把他所赞同的启蒙拖入了一个可笑滑稽的境界。

如果说刘心武在写作伦理上出现的精神症候,尚属于意识不到作家写作的姿态、立场与阶层固化、经验隔绝之间的关系,那么刻意为之的美化将使这个问题变得突出起来。著名作家孙离、大学教授喜子(孙离妻子)、报社主编李樵(与孙离有感情纠葛)、青年学者谢湘安(与喜子有感情纠葛)、民营企业家孙却(孙离弟弟)等人在家庭、工作、社会交往等方面的经历构成了《爱历元年》的主要内容。从这些人的身份、言行及其所代表的阶层来看,《爱历元年》(湖南文艺出版社,2014)是一个关于中国中产阶级/社会精英的故事。这些人从容地穿梭于官场、学界、商界、情场之间,在风光无限的成功人生历程中,向我们展示了他们的情怀、抱负。然而这样一个故事在当下中国的历史情境中多少显得有些伪善。首先,小说中的人物身份及其代表的阶层在当代中国的社会结构中并非相对独立的社会力量,他们的身份标签及其成功的表象都是以对权力／体制的认同来获取的，所以，他们既无法拯救自己，亦无法成为社会变革的中坚力量。在现实中，他们最多只能被视为庸俗成功学的样本。其次，与他们"成功"的形象相对应的是，小说一直在试图呈现这个阶层的道德情操和社会责任感，这个企图在现实的逼视下亦显得有气无力。因为，无论中产阶级们在文本中如何忧国忧民，他们的夫子自道都像是在为自身存在的合法性寻求辩护，进而完成了对现实真相的掩盖。总而言之，王跃文试图在《爱历元年》中为中国的中产阶级谱写道德赞歌，小说可被视为王跃文自身情怀的寄托。然而文本与现实的反差与隔绝，让小说最终沦为通俗电视剧的水准。因为小说中最吸引眼球的也是作者浓墨重彩的地方，便是中产阶级们的感情纠葛，正如小说的题目所暗示的那样。

在通俗的道路上走得更远的大概就是刘醒龙的《蟠虺》（《人民文学》2014年第4期）。《蟠虺》可能是2014年故事性最强的一部长篇小说。有着大好前途的考古学家郝嘉在二十多年前跳楼自杀，国宝曾乙侯盘的真假变成了一个谜，此后的故事进展都围绕着曾乙侯盘的真伪和所有权展开，情节扑朔迷离、跌宕起伏。所以，有媒体用"中国版《达·芬奇密码》"来形容其文本的悬疑风格，也不算有多夸张。然而这么吸引人的一个故事却是以抽空历史的纵深度为代价的。文本细节提醒我们，郝嘉的纵身一跃发生在1980年代最后一年的那个夏秋交替的时刻，这是个带有历史隐喻的时刻。经历过这一切的诗人王家新在当时曾感慨："季节在一夜之间／彻底转变／你还没来得及准备／风已扑面而来。"（《转变》，1990年）在这个沉重的历史时刻，郝嘉的死亡成为一种隐喻，历史在这一刻发生断裂。于是，故事的发生也就有了一个历史的源头，这个源头使得故事的开端带有历史暗示的意味，历史断裂意味着社会变动的轨迹发生偏移，意味着新的历史情境的发端，官场、学界首当其冲。然而在随后的故事展开中，情节统摄一切，人物脸谱化、关系阵营化、道德伦理绝对化，直言之，这是个不需要情节之外任何因素支撑便得以成立的自我封闭、自为自在的故事。这样的故事不需要任何历史背景作为依托，或者说任何历史背景都能成为故事发生的情境。因为在这样的故事中，历史是被掏空的，是平面的，仅仅是指示故事发生的物理时间而已。当历史的"源头"成为历史的"噱头"，那么故事里所谓的"社会批判"等因素也就只是迎合市场和阅读语境所添加的商业符号而已。我从不认为通俗文本低人一等，也从不认为通俗文本应该与"社会批判"等严肃话题保持距离。我反对的是，像刘醒龙这样的严肃作家对重大历史时刻的挪用和削平。如果再考虑到，近些年古董收藏热、艺术市场的火爆及其相关的出版热以及这些现象所掩盖的社会隐患等因素，我想我更有理由对《蟠虺》做出这样的挑剔。

范小青的最新长篇小说《我的名字叫王村》（《收获·长篇小说春夏卷》2014年）与前述几部相比，并不是一个以故事性见长的文本，然而范小青对当下经验的处理方式和态度却有许多值得称道的地方。故事的主要内容是，"我"（王全）为了寻找走失的患有精神分裂的弟弟而穿梭于城乡之间的见闻、经历。这个简单的叙事框架却包容了复杂的经验以及惊人的叙述张力。作品所涉及的经验跨越城乡：既有耕地荒废、农业用地被侵占等中国农村发展中的焦点问题，又有基层政权的权力运行潜规则和农村的基本现状；既有鱼龙混杂的城市底层现实，又有涉及整个社会的官僚体制（如法律、治安、社会救助体系等）的运行状况。"我"神神叨叨如祥林嫂般的讲述方式在某种程度上对读者而言是一种考验。随着时间的推移，越来越庞杂的经验开始慢慢融入这絮絮叨叨的碎语之中。当我们在她恒定的叙事节奏中，不知不觉被这些我们早已习以为常、麻木不仁的经验重新包围时，沉重的压迫开始让我们愈发焦虑。这里涉及两个问题。首先，被熟悉的经验重新刺激源于范小青冒险而朴拙的叙述实验所带来的陌生化效果。其次，我们当然不能以范小青所描述的经验本身来评价其作品的优劣，况且她也无意将这个文本处理为肤浅的问题小说。陌生化只是一种手段，让我们重新面对熟悉经验并在经验的围困下意识到自己的焦虑、茫然与失语，才是范小青的目的。值得强调的是，范小青并没有对这些经验做出判断，这本身便是书写、表达困境的一种反应。换而言之，范小青试图传达的是，中国经验的复杂性和作家面对这些经验时焦灼而失语的状态，而小说中"寻找弟弟"便成为一种隐喻，这"寻找"其实便是身份、位置的寻觅、确认，是描述经验、提出问题、传达态度的方式的摸索。事实上，这正是大部分时候我们在当下语境中的精神状态。从这个角度来看，这个包含了密集的具体经验的文本又完成了一种抽象的表达。

二

相对于现实感的混乱及其整合经验时的失语状态，中国作家在通过虚构来描述历史时会显得相对从容，由此展现的才情和想象力也显得较为充沛。这大概得益于古老中国的繁茂的野史叙述资源。长久以来，与强大而专制的正史叙述传统相伴生的是源远流长的稗官野史叙述。此类历史叙述一直在丰富、修正或颠覆正史叙述的遗漏、遮蔽或歪曲，在历史动荡或前途未明的时刻，此类叙述尤其旺盛。1990年代初的新历史主义写作潮流便是如此。这股写作潮流一方面表现为中国作家1980年代以来持续追逐西方文学潮流的结果，一方面却是动荡之后历史进入转型期时，作家的某些创伤记忆或无法公开谈论的隐秘的历史态度与野史叙述的文化基因相遇的结果。当我们事后反观这场新历史主义与中国野史叙述合流所掀起的写作潮流时，很容易发现：哪怕是细节或局部的历史重述，其宗旨都在整体上颠覆正史叙述的涉猎范围、叙述逻辑、价值判断，它们在很大程度上是在以反抗对象的逻辑去抵抗反抗对象，即以一种宏大叙事对抗另一种宏大叙事，或者说在用一种表现形式不同的历史功利观去替代另一种历史功利观。这样的结果，并非是两败俱伤，而是在短时间内迅速耗尽新历史主义或中国野史资源为通过虚构重述历史所提供的能量和可能性。毕竟，这种颠覆式的历史叙述所依靠的仅仅是"虚构"所提供的虚弱的保护，而正统的历史叙述背后是整个国家意志及其所能调动的各种有形、无形的力量。所以，中国作家虚构历史的方式在十几年间，渐渐由颠覆式写作发展为渗透式写作。其中的原因，既有作家历史态度的成熟和包容，亦包括具体的历史叙述策略的调整。渗透式的历史叙述最为突出的特征便是，回避正面对抗，以更为柔软、细腻的方式进入正史叙述的缝隙或盲点，在可能的范围内为历史叙述的异质因素争取更多的生长空间，呈现历史的多种面相，并由此慢慢松动正统叙述僵化的历史表情。这倒是得益于野史资源中那种坚韧却变通甚至有些狡黠、犬儒的民间智慧。

说到这里便不能不提贾平凹的最新长篇小说《老生》（《当代》2014年第5期）。我以为，《老生》是贾平凹继《废都》以来最好的长篇小说。在《老生》之前，贾平凹近几年的长篇小说创作水准确实让人堪忧。在《古炉》中，贾平凹用"文革"武斗掩盖了乡村伦理道德秩序崩溃源自自身资源枯竭这一真实原因，又把《王凤仪言行录》这样的前现代思想视为乡村乃至中国秩序重建的精神资源。《带灯》呈现了中国乡村目前政治生态的困境，但是他又把解决困境的希望寄托于乡土、血缘、宗族势力在权力结构高层的运作。带灯与省委高官元天亮之间的短信交流足以说明这一切。在文学女青年式的乡镇干部与学者型的省委高干之间的一厢情愿的、单向的交流模式中，这些短信内容一经贾平凹式的美文抒情方式的处理，便不由自主地滑向对权力、知识、性别等不平等关系的认同和赞美中。

《老生》让我们看到了重新出发的贾平凹。《老生》依然和乡村相关，然而却是唱师眼中的乡村世界。唱师是葬礼上为亡人唱歌的人，为的是让亡人的灵魂平平安安走进阴间。唱师是沟通阴阳两界的灵媒，他四处唱歌居无定所。所以，唱师对乡村经验无所不知，他既能融入经验内部，又能作为旁观者在外部观察。于是，百年中国的乡村经验在唱师的挽歌中徐徐铺展，并与宏大的百年中国历史进程形成了呼应。不同于新历史主义通过戏仿、虚构来消解宏大历史叙述的意义，《老生》并无解构之意，只是试图把百年中国的宏大历史进程置于乡村经验的内部来进行审视。于是，我们在宏大历史的阴影里看到乡土中国的历史变迁：乡村里掩藏着革命血污和猥琐，革命中暗含着乡村的伦理秩序的崩溃和残余，历史进步性与乡土思维碰撞和纠缠，乡村世界的日常与反常在中国革命、改革进程的挟裹下身不由己、跟跟跄跄或许还有一些执拗的反抗。总而言之，贾平凹试图在百年中国历史的宏大叙述中为乡村经验和历史寻求一个栖身之地。在这个栖身之地，百年乡村经验及其历史不仅展示了其生命力自足而充沛的一面，而且呈现了它在与百年中国宏大的历史进程冲突与弥合中被掩盖、消弭的过程。

叶兆言的最新长篇小说《很久以来》(《收获》2014年第1期)亦有类似的倾向。《一号命令》(《收获》，2012年第5期)之后，叶兆言继续把目光投向1949年之后的历史细节。《一号命令》描述了一个原国民党投诚军官在"文革"中的一段遭遇。严格说来，这并非一次成功的历史叙述，因为叶兆言所描述的历史细节，难免会使人怀旧地记起1980年代文学中那段"伤痕"、"反思"写作潮流中所涌现出的大量类似经验。当一个优秀的作家去重述一段别人叙述过的经验而又未能带来新的审美可能性的时候，多少会有些让人失望。《很久以前》弥补了这个缺憾，这个发生在南京的故事从汪伪政权时期一直延续到当下，两个女人的命运就穿梭于汪伪政权的建立与崩溃、国共内战、反右运动、四清运动、"文革"、改革开放等大写的历史变动中。然而，叶兆言对大写的历史本身并无兴趣，而是津津乐道于大写历史背后的普通个体的人生、命运的庸常与无常。"庸常"是无论历史如何变动也撼动不了的吃喝拉撒、生老病死、爱欲情仇，这里是大历史所掩盖的中国人的日常生活和基本诉求；而"无常"则是被抛入剧烈的历史变动中人生、命运的不可预知性，这里是被历史重压之下中国人无法掌控自身命运的无奈和荒谬。在庸常与无常之间形成的叙述张力中，我们关于大写历史的平面的认知被扩展为多面、歧义、丰富的历史想象。

"新写实小说"和"新历史主义小说"这两种创作潮流都在叶兆言创作历程中留下深深的印迹，因而，叶兆言对于历史的态度也显得与众不同。前者使得叶兆言更倾向于在日常细节中呈现历史变动的痕迹，后者则使得叶兆言执着于历史的偶然、不可预知以及历史叙述的可操作性。因而，在叶兆言的历史叙述中，我们不仅看到大写的历史对人的命运的大起大落的撞击、笼罩和掌控，而且看到历史的碎片与具体的、个人的、庸常的生活之间的复杂关系：贴合、闪现、消融、游离……此外，必须强调的是，多年之后，当我们重新提及"新写实主义"时，应该意识到"新写实主义"的发生，本身就是遭遇历史挫折之后作家重新调整历史态度的结果。

叶弥的《风流图卷》（《收获》2014年第3期）一度让我想起王小波。王小波把硕大的阳具、怒目金刚的性当成历史反抗的工具。多年之后，在不关心革命的年代里，我们只记住了王小波的性，而性的背后空空荡荡、一无所有。而叶弥告诉我们，无论是否反抗，情欲和爱都是历史的一部分，生长在大历史的纹理、肌质中。

《风流图卷》是从1958年和1968年这两个敏感的历史时间节点进入叙述的，前者往往与反右、大跃进、大饥荒等重大历史事件产生联系，后者则涉及"文革"爆发、武斗席卷全国、军队接管城市等"文化大革命"的不同阶段。叶弥在直面这些集体性的历史创伤的同时，让我们听到了，在革命绞肉机发出的巨大轰鸣声中不时传来的情欲的低沉呐喊。但是《风流图卷》并非是关于美好如何被毁灭的悲情叙事，亦非以情色消解革命的解构叙事，而是让一段令人绝望的历史呈现了更为丰富、驳杂的图景：在这个特定的时空情境中，与历史的暴虐、谎言和创伤相伴的还有个体与人性、身体与欲望、意志与爱情的滋生、纠缠与明灭。叶弥以其细腻而不失厚重的叙述语调和宽广而深刻的叙述视野，让我们意识到现实主义重新介入历史禁忌的可能性。

三

无论长篇小说的文体和功能如何变化，我们在对其进行评价时都保留了一个基本标准，即它在多大程度上涉及了时代精神状况。简单说来，对长篇小说的评价，很难不去考量具体的历史年代的新经验、新问题在长篇叙事中留下的印迹，以及作者处理这些经验、问题的能力和态度。事实上，这也是"新小说"以来20世纪中国长篇小说传统的基本精神特质之一。

如果不在学理层面过于纠缠细节，我们可以说，1980年代以来特别是1990年代以后，诸多新经验的产生源于"社会主义"与"市场经济"的嫁接。一方面，是中国日益深陷资本主义全球分工体系，一方面是国家如何应对这种情况并保证意识形态的正确性。无论居于何种政治／知识立场，我们都无法否认这种历史语境所带来的认知焦虑。长篇小说所要处理的新经验和新问题恰恰根植于这种语境之中。

近几年，以上海的历史变迁为背景并出自上海作家之手的长篇小说，如金宇澄的《繁花》、夏商的《东岸纪事》，均在文坛获得了较高的评价。相对于前两部作品中较长的时间跨度和身份各异的人物群落，程小莹的《女红》(《小说界》，2014年第1期）将叙述的焦点集中于一个特定年代中的特定阶层，即1990年代初国企改制进程中出现的下岗工人。《女红》的故事主线是：一群纺织厂的下岗工人散落在城市的各个角落，各自谋生一段时间后，聚在一起组建了一支乐队。串联起这一切的是，一个叫马跃的男人和几个女人的交往（他们都曾是纺织厂的工人）。从表面上看，这是个关于欲望与生存的故事，是关于个体恢复对世界的感知并重新确立自己在社会上的位置的叙事。但是一个不容忽视的历史背景介入了这个叙事，即1990年代初期，市场经济体制开始建立，伴随着国企改制，社会上出现大批下岗工人，于是工人阶级这个曾经带有浓厚的意识形态色彩的阶层被迅速地抛入社会底层。所以，当这个历史背景与具体的叙事相融合时，这个故事便成为关于一个阶层（或阶级）在历史转折时期解体、重建自身主体意识的隐喻。

从国家主人翁、领导阶级到需要切割的体制负担，这群工人的辉煌和离散确实构成了制度批判和反思，然而这又并非是近几年新左派知识分子谈论的"新工人"的崛起，因为他们的重聚并非有意识的组织行为，而是基于生存、欲望、人际交往等偶然性基础上的重聚，且在这个过程中依然和体制保持着若即若离的依附关系而非对抗、质疑；同时，在整个叙事进程中，国家记忆、城市发展、市民生活等多重而具体的背景皆参与其中。所以，《女红》里呈现的新经验在于：作者并没有让这个故事像通常的下岗职工故事那样呈现出单一的价值形态，而是让故事的进展与当下历史语境中的各种因素产生了千丝万缕的关联，从而使得这个故事充满张力并向阅读、阐释敞开了各种可能性。

如果说《女红》关注的是社会结构中某个阶层／群体的故事，那么周嘉宁的《密林中》(《收获·长篇小说秋冬卷》2014年）则涉及的是改革开放后出生、市场经济体制下成长的一代人的某些精神状态。

在这个带有自传色彩的青年女作家的成长故事中，作者描绘了一组人物群像，即80后这个年龄代际中试图通过文艺来实现生存和理想双重诉求的那个群体。因此粗略地看，这像是一部写给小众的成长小说，或者说像是80后文艺青年成长史。然而周嘉宁在描述他们的身体、精神在与世界碰撞后产生的种种困境和挣扎时，却敏锐地捕捉到历史进程、文化构成等因素在他们的生存图景中刻下的印迹：首先，年少轻狂文学爱好者们啸聚于网络论坛中，在虚拟中指点江山，不齿于与体制共谋，以地下状态为荣。以匿名的方式掩饰孤独、胆怯和空虚，在虚拟的空间里实现群居。这些便是这个代际典型的社交方式。然而一旦触及现实，所有反抗都开始摇摇晃晃，于是或以文学的名义或以文学为代价不由自主地滑向体制的轨道。其次，通过QQ等即时通讯工具聊天时滔滔不绝，而面对面交流时却陷入失语，这是这个代际典型的沟通方式，表现在文本中便是聊天记录替代传统意义上的对话。这里不仅有小说文体的变化，而且隐藏着人类交流伦理上的危机，离开工具将无法实现沟通，每个人都将成为一个彻底孤独的个体。人与工具之间关系的错置，使得人异化为工具的一部分。简而言之，这种症候已经成为一代人的文化基因，同时也与小说的文体／思维变化相互影响。再者，大量的关于经典作家作品的谈论出现在作为文艺青年成长史的小说中，并不能仅仅被视为一种小说材料或者说是作者的写作资源。这其实是一种表达上的症候，当小说中的人物对经典作家作品及其人生侃侃而谈的时候，实际是在借助别处的资源和话语在谈论、比附自身关于文学与人生、理想与现实、个体／群体与体制的看法。抽空这些资源和话语，思想和话语的空洞便笼罩了这个代际，他们将无法直面自身与外部世界，无法用自己的语言来谈论自己和这个世界。

总而言之，无论是有意还是无意，周嘉宁都使这个带有鲜明的年龄代际和文化身份特征的小众故事，变成了一个描述历史进程中整整一代人精神症候的大故事。

四

事实上，我在喋喋不休地挑剔中国的长篇小说时，内心却充满了对长篇小说的巨大期待。如以赛亚·柏林在谈及如何处理现实经验时说的那样：

> 每个人每个时代都可以说至少有两个层次：一个是在上面、公开的、得到说明的、容易被注意到的、能够被清楚描述的表层，可以从中卓有成效抽象出共同点并浓缩为规律；在此之下的一条道路则是通向越来越不明显的却更为本质的和普遍的深入的，与情感、行动水乳交融、彼此难以区分的种种特征。以巨大的耐心、勤奋和刻苦，我们能潜入表层以下———这点小说家比受过训

练的"社会科学家"做得好……[1]

在当下的中国，各类社会科学在解释中国时或许比文学更快捷、更直观乃至更有权威性，然而这个时代诸多秘而不宣的肌质、纹理，那些隐秘而伟大的情感、经验，那些历史深处的秘密和知识，却有待"无用之用"的文学特别是长篇小说去发现。正因为这样，以赛亚·柏林才会认为："托尔斯泰、莎士比亚、陀思妥耶夫斯基、卡夫卡和尼采已经比约翰·巴肯、H·G威尔斯或波特兰·罗素探索得更深。"[2]

（原名《现实感、历史观与新经验：2014年长篇小说阅读札记》，刊于《扬子江评论》2015年第3期。）

---

1 ［英］以赛亚·柏林：《现实感》，译林出版社2014年版，第22页。
2 ［英］以赛亚·柏林：《现实感》，译林出版社2014年版，第22页。

后 记

几句话

1

这本书的出现完全是个意外。

大概在 2021 年四五月间,师友们酝酿某个活动时,提到了我的一篇评论,觉得"文学青年编年史"这个名字不错,可以出本集子。

我从长篇小说评论中筛选出了若干篇章,拼凑成了这本集子。里面的文章最早写于 2011 年,最晚写于 2021 年,大多是在南京谋生时所写。十年这样的数字是编完后才发现的巧合,并没有特别的意义。编完发走,便感觉事情已经结束。作为文学批评这个行当的二流从业人员,我并不觉得自己的集子之于别人有什么意义,组装的知识和转借的意义都是预设的生产流程的自动产出,与"创造"意义上的意外、溢出和不确定并没有什么关系。它除了能够确认我曾品评过一些作品,剩下的就只有与自我安慰相关的虚荣心,而自我安慰与自我蒙蔽常常是同义词。批评无非是通过别人的写作来制造意义，却难以确认自身作为写作的意义。所谓"学术""专业"之类的词语在很多时候只是某种修辞，过分依赖类似的词语所营造出的"智识""深度"等意义幻景，只会让"谋生"这样朴素、简单的诉求都蒙上了不道德的意味。

这种多年来反复出现的自我厌弃再次袭来，是在今年二三月间。其时，我刚刚完成春节前就计划好的两篇评论，几乎同时，出版事宜亦被重新提起，静默的日子却遽然降临。于是，我决定不再像往常那样通过自我说服、重新确信来抵御厌烦、消沉和嫌弃，直到下一轮循环重新开启。这种方法如同药物成瘾，每次假装正常，都是逐步加大剂量的结果。实在是太消耗了。既然世界可以随时轻易停摆，那么通过自恋式、撒娇式的抵抗想向世界证明自身多少有点价值的行为实在是空洞、滑稽。无需想象放任自流的边际，匆忙靠岸大抵还会是那个熟悉、安稳、狭窄的孤岛小世界。或许会撞见陌生的岛屿，也许岛上什么也没有……那就继续漂下去，毕竟海里还有很多未知的浮游生物……

2

2022年没有春天，我只能每天在顶楼的天台上挥汗如雨，以防止自己在自我厌弃中窒息。在团购群里各种只可意会不可言传的具体真实面前,我的文字虚无缥缈,与这个世界没有任何关系。我意识到自己将在很长的一段时间里再也不会在自己的文字中找到任何慰藉。当群里有年轻人开始告别时,我开始变得焦躁。因为,我发现自己的感慨依然是"批评"式的,假装可以与那些悲伤共情,却无法触及具体的经验。那是一种职业式的伤感,永远是姿态大于内容。于是,这篇后记写得煎熬而漫长。我想替自己做个了断,却又在内心怀疑自己在继续制造废弃之物。所以,每敲打一个字都像是在黏合碎片,惯常的思维和修辞难以串字成行,像是一张张书页被烟头烙出无数的洞。最后,我决定把这篇已经写了一万字多字的后记删改成现在的样子。多说无益,也算为以前的文字做了总结。

3

夏天和恩惠终于在6月犹犹豫豫地到来。中旬的某一天,我决定去那个把城市分割成两半的地方看看。我骑行至江边,搭上了轮渡,沿着对岸继续骑行,直到遇上杨浦大桥立在岸上的桥墩,它周围围着铁丝网,并挂着军事重地之类的警示牌。我并没有见过对岸以前的风景,正如我无法预知它将来的样子。江风和热浪让人倦怠,我坐下来歇息。自行车立在眼前。那是我第一次仔细打量这部已经骑了两年多的女式自行车。这辆自行车原先是吴亮老师的，长期闲置于办公室，新车上落满灰尘，车毂上锈迹斑斑。我来上班后，张罗过一次大扫除，他便把车子送给了我。我至今不知道车子的标牌到底在哪里，一直以为车梁上的那行字母无非是 phoenix 或 forever 之类的标识。我当时只注意到车前轴安装了一个三洋电机以驱动车头的照明灯。为此，我还被交警拦下过，理由是私自改装……那天，我终于看清车梁上那行并不显眼的花体英文，elite city，车锁上则是更小的两个单词，hard lock。这两行字像是在提醒我的处境：2019 年 8 月 25 日的夜色中，我坐着一辆货车来到这个城市定居。大概三个月后，一些不详的气息开始蔓延。反反复复的震荡早已打磨出新世界的轮廓，而我却在旧时光的幻觉中浑浑噩噩地度过了近三年，还以为一切都终将恢复。如今，一贯迟缓、愚钝的我终于看清自己一直卡在新旧之间的裂缝中。正如这些文字既留不住旧世界的记忆，也触不到新世界的尘埃……

江风携裹着热浪和香烟的灰烬及时把我呛醒。我意识到，就在刚刚，迷恋隐喻和反讽的职业癖好再次发作了。我有点恶心……

于是，起身离开……

2022 年 10 月 4 日下午三点 巨鹿路

图书在版编目（CIP）数据

文学青年编年史/方岩著. -- 上海：上海文艺出版社，2023

ISBN 978-7-5321-8559-7

Ⅰ.①文… Ⅱ.①方… Ⅲ.①长篇小说－小说评论－中国－当代－文集

Ⅳ.①I207.425-53

中国版本图书馆CIP数据核字(2023)第015487号

本书为上海文化发展基金会2022年度第一期文化艺术资助项目

发 行 人：毕　胜
责任编辑：张诗扬　金　辰
封面设计：钱奕纯
内文制作：艺　美

书　　名：文学青年编年史
作　　者：方　岩
出　　版：上海世纪出版集团　上海文艺出版社
地　　址：上海市闵行区号景路159弄A座2楼 201101
发　　行：上海文艺出版社发行中心
　　　　　上海市闵行区号景路159弄A座2楼206室 201101 www.ewen.co
印　　刷：上海盛通时代印刷有限公司
开　　本：890×1240 1/32
印　　张：10.125
插　　页：5
字　　数：179,000
印　　次：2023年3月第1版 2023年3月第1次印刷
Ｉ Ｓ Ｂ Ｎ：978-7-5321-8559-7/I.6744
定　　价：68.00元
告 读 者：如发现本书有质量问题请与印刷厂质量科联系　T:021-37910000